横 断 面

王蓬 著

文学陕军亲历纪实

西安出版社

图书在版编目（ＣＩＰ）数据

横断面：文学陕军亲历纪实 / 王蓬著. —西安：西安出版社，2016.6（2023.4 重印）

ISBN 978-7-5541-1640-1

Ⅰ. ①横… Ⅱ. ①王… Ⅲ. ①回忆录—作品集—中国—当代 Ⅳ. ①I251

中国版本图书馆 CIP 数据核字（2016）第 152201 号

横断面：文学陕军亲历纪实

著　　者：王蓬
出版发行：西安出版社有限责任公司
社　　址：西安市雁塔区雁南五路1868号曲江影视大厦11层
电　　话：（029）85253740
邮政编码：710061
网　　址：www.xacbs.com
印　　刷：天津图文方嘉印刷有限公司
开　　本：787mm×1092 mm　1/16
印　　张：24.5
字　　数：307 千
版　　次：2016 年 7 月第 1 版
　　　　　2023 年 4 月第 2 次印刷
书　　号：ISBN 978-7-5541-1640-1
定　　价：52.00 元

△本书如有缺页、误装，请寄回另换。

题记

为天地立心，
为生民立命，
为往圣继绝学，
为万世开太平。

（宋）张载

写在前面

1970 深秋，在陕南秦岭脚下的一个乡村，绵绵秋雨之中，已经务农六年的我趁无法下地干活，到村合作医疗站要到一叠处方笺和半截铅笔，当晚，多年不曾用笔的我竟然悄悄写下一篇小说，由此开启了我近半个世纪的文学生涯。

1975 年初冬，我正在地里劳动，大队会计扬着通知来找我，要我到省上去开会。我心里激动地"怦怦"儿跳着，拿过通知，才知道是刚恢复的《陕西文艺》召开小说作者会。这是我第一次参加全省的文学活动，也是第一次见到陈忠实、路遥、贾平凹、邹志安、京夫、李凤杰、晓雷、韩起等已闻其名的同行，还见到了刚解放出来的杜鹏程、王汶石、李若冰等老作家。

后来，粉粹"四人帮"，新时期文学大潮汹涌澎湃，经历了拨乱反正、作协恢复、《延河》复名、"太白会议"、路遥去世、"陕军东征"、《平凡的世界》《秦腔》《白鹿原》先后获茅盾文学奖、新老交替、人事更迭、几次换届，并从 1993 年起连任两届省作协副主席至 2013 年卸任，长达 20 年之久。

转瞬之间，步入老境，有了回首往事的资格。把自己亲历、亲见、亲闻的陕西文坛往事记录下来，自然，这只是个人阅历、目光所及，只可能是陕西文坛舞台的一角，一个横断面，远不及陕西文坛实际的威武雄壮、丰富多姿、佳作不断、新人辈出的精彩。

整理结集的见闻实录有 18 篇之多，修订之间，蓦然觉察，所记叙的往事与人物中已有胡采、柳青、王汶石、杜鹏程、李若冰、路遥、京夫、邹志安、蒋金彦、王晓新、蒿文杰等十余位离开了我们。最让人伤感的是正写作中间，又传来陈忠实病逝噩耗，天不假人，奈何。一时间，天南海北，悼文哀辞，报刊微信，再目睹1980年在陕西新时期文学史上有划时代意义的太白会议期间，留下的那张同样有划时代意义的陕西九位青年作家合影。正是那次会议，讨论怎么办好《延河》、组织队伍时，路遥建议：发一期小说专号，全用陕西作品向全国推，得到与会者的热烈响应。最后决定发一期"陕西青年作家小说专号"，第一次向全国公布自己的青年作家，要求每人拿出一篇能够代表水平的力作，并配发照片、小传，高规格地隆重推出。

1981年《延河》元月号，由陕西省作家协会主席、著名评论家胡采作序的陕西青年作家小说专号问世，推出了莫伸、路遥、王晓新、邹志安、陈忠实、王蓬、贾平凹、李天芳、京夫（按作品顺序）九位青年作家的作品。当时在全国众多刊物中尚属首次，影响颇大，许多报刊都发文章介绍。

这次与会作者陈忠实、路遥、贾平凹、邹志安、京夫、王蓬、徐岳、王晓新、蒋金彦九人合影也被称为新时期陕西作家群，个个都意气风发，俨然一个生机勃勃的群体；另外，在同一时期，陕西老作家胡采、王汶石、杜鹏程、李若冰也有一张合影，个个都慈祥平和，再现了陕西老作家的风采。如今这两幅堪称经典的照片上，大多数人都已离去，让人无比伤感，也无比怀念他们。为让更多的人知晓这些曾经发生的陕西作家与陕西文坛故事，应是一件饶有意义的事情。

结集这部书稿的理由也恰在于此。

目 录

胡 采：长者风范

一

  陕西文坛解放后因为有胡采、柳青、杜鹏程、王汶石、王宗仁、李若冰、魏钢焰、胡征以及他们创作的一批作品《创业史》《保卫延安》《风雪之夜》《柴达木手记》被誉为"文学重镇"。这种传统、土壤、氛围必然要对后来者产生影响。在新时期文学发展的 30 多年中，陕西也因有陈忠实、路遥、贾平凹为代表的作家群体，以及《平凡的世界》《白鹿原》《秦腔》等巨著叠获大奖，影响深远被誉为文学大省。

  陕西文学取得引起世人注目的成就，除了地处八百里秦川，汉唐故都，历史源远流长，文化积淀深厚，党中央曾在延安，革命风云际会等诸多原由之外，也与一位贤能忠厚的长者难以分割，他就是我国现代著名的文学

陕西文坛先辈。

左起 杜鹏程、胡采、王汶石、李若冰

评论家，在新时期文学大潮涌动之际，同时担任陕西省文联主席、陕西省作协主席十多年之久的胡采。

原本以我的年龄、阅历是不可能与这位评论大家有多少交集，偏由于新时期文学潮流中产生的起落沉浮，曲折坎坷，使我与胡采老师有了多次往来，而且在关键时刻，他还对我伸出援手，尽力相助，才使我度过险情，免于灾难。

事情发生在 1980 年冬天，其时正是新时期文学拉开序幕，全国首届短篇小说评奖揭晓，刘心武的《班主任》、卢新华的《伤痕》、蒋子龙的《乔厂长上任》等一批深受读者喜爱的作品入选。陕西两位青年作家：贾平凹的《满月儿》、莫伸的《窗口》也榜上有名。这对陕西文学界无疑是极大鼓舞。各地纷纷创办文学刊物，组织作者队伍。在这种热烈的气氛下，

汉中地区也召开文学创作会议，当时还没成立文联、作协，是由地区群艺馆组织召开的会议，我因为已在《人民文学》《延河》等报刊发表作品，被列入有陈忠实、路遥、贾平凹、莫伸、邹志安、京夫等人组成的陕西青年作家行列，所以让我在会上介绍所谓创作经验。正好莫伸出公差来到汉中，其时，他还在铁路上当装卸工，《窗口》获奖后，抽出来在铁道系统搞宣传。因我们相识，所以让我请莫伸去会上讲课，他讲得很好，反映不错。汉中师范学院因有作者在会上，回去鼓动中文系与学生会，邀请莫伸和我到学校去讲课。那也正是高考恢复，"老三届"学生进校，学习空气最浓的当口，学校贴了海报，去的学生有中文系，还有外系的文学爱好者，大教室挤得满满当当，我谈了些创作体会，莫伸介绍了些全国获奖作品与作家，举例生动，掌声不断，气氛也很好，没想到却惹了大祸。

事情在第二年反对资产阶级自由化运动中爆发，尽管理论界在邓小平、胡耀邦支持下，开展"实践是检验真理惟一标准"的大讨论，由于极左积习，前进中阻力很大，报纸上开始批判白桦的电影《太阳和人》，还有话剧《女贼》《假如我是真的》也被点名。在此背景下，汉中师范学院也有人写材料反映我和莫伸在讲课中鼓吹资产阶级自由化，导致省上一位领导在全省贯彻反对资产阶级自由化的大会上点了我和莫伸的名，这下不得了，一时间，风声鹤唳，流言纷飞，传递消息者有之，幸灾乐祸者有之，"文革"中惨烈的阶级斗争刚过去，人们还记忆犹新，真有种"山雨欲来风满楼"的味道。

偏在此时，省作协正向省上相关部门反映我的情况，就在上半年，时任《延河》主编的王丕祥专程来汉中，到我务农的张寨村家里了解情况，又与汉中地委宣传部沟通，希望共同努力，改变一下我的生存环境，提供有利条件，也就是解决工作。没想到在节骨眼上，却旁生枝节，飞来横祸。

当时，我一方面担心事情闹大，影响解决工作；另一方面仔细回顾并没讲出格言论，仅是在举例中引用了所谓"伤痕文学"，远不及生活中惨烈，那也是事实，中央文件中都说到"文革"祸及亿人。再退一步讲无非继续当农民，反正已当了近 20 年还怕什么？这样一想，反而坦然了，谁也没有去找，一切顺其自然。

后来，不知为什么，也没人找我什么麻烦，反而接到省作协让我参加读书班的通知。到了省作协才知道，我和莫伸惹的风波，之所以没事了的原因是胡采老师出面说了话，起了作用。省上领导在大会上点我和莫伸名时，胡采老师也在主席台坐着，下来就对省上领导说，这是我们两个骨干作者，都在基层，一个是工人，一个是农民，年轻人说两句过头话有可能，要说搞资产阶级自由化他们可能还没那个水平，再说两个作者作品都写得不错，是健康的也是积极向上的……胡老是延安出来的老革命，行政级别十级，不比省上领导差。胡老出面说后，此事也就不了了之。我也于 1982 年底结束 18 年务农生涯，破格调进汉中地区群艺馆。

二

要说，胡采老师从 1978 年重新走上领导岗位，到 1993 年 6 月退居二线，差不多有 15 年时间同时担任省文联主席和省作协主席，这正是十年动乱结束、百废待兴、组织队伍、重整旗鼓的关键时刻。陕西文学界新人辈出，力作不断，受到全国关注，取得的成绩与辉煌，胡采老师功不可没。从 1979 年开始连续举办十多期的骨干作者读书班，便是胡老主政省作协时的一大功勋，对培养新人起到显著作用。

我们常以上世纪五六十年代陕西文学而骄傲，而那一时期的辉煌背后则有成功经验。当时走上省作协领导岗位的胡采、柳青、杜鹏程、王汶石、李若冰、魏钢焰等，都是从延安出来的老革命，戎马倥偬，没时间读书。

于是 1954 年省作协成立后就采取办法，一方面送年轻的同志，比如李若冰、董墨、贺鸿钧、沙陵等去北京读文讲所；另一方面则组织刚进入中年的胡采、柳青、杜鹏程、王汶石、李若冰、魏钢焰等人集中时间读书，每有新作则集体研讨。胡采也站在理论家的高度及时评论，如鸟之双翼车之双轮。所以，陕西产生柳青、杜鹏程、王汶石、李若冰，必然就产生了胡采。

他的代表作《从生活到艺术》系统地评价了柳青、杜鹏程、王汶石、李若冰的著作，使他们广为人知，也使胡采的理论，因结合实际作家，实际作品，上升到一个崭新的台阶，同样产生了一部广为流传的理论名著——《从生活到艺术》。

胡采重新走上省作协领导岗位，很自然地会采用办读书班这个行之有效的办法，从 1979 年 10 月开始，一期十个人左右，三个月脱产读书，地

1979 年 5 月，中断了十余年的陕西省作家协会恢复工作。

前排中 胡采

方在省党校。这得力于胡采与时任陕西省委宣传部部长刘端芬是延安时代战友。此举得到刘端芬部长支持，亲自出面协调，在省党校教学楼五层拨了两间教室，一间住五人，每人一床一桌，宽敞明亮，吃饭在省党校食堂，冬天还有暖气，这在当时已很阔气。

我能够参加读书班一方面是从 1976 年起，连续在《延河》上发表了短篇小说《学医记》《妯娌之间》《猎熊记》《银秀嫂》《老楸树下》等作品；另一方面我还在农村是靠挣工分养家的农民，处境引起大家同情。省作协也看重我这个文学新人，早在 1979 年就和陈忠实、京夫等参加了首期为时三个月的读书班。1981 年 10 月，讲课风波后，又第二次让我进读书班，

1984 年 5 月，新充实的省作协主席团与省委副书记周雅光合影。

左起 前排：李若冰、胡采、周雅光、杜鹏程、王汶石；
　　　后排：路遥、贾平凹、陈忠实、王丕祥、杨维昕

提供食宿和回村记工分的误工补贴，这真是天上掉馅饼的好事。这期读书班结束时，还让大家去四川、云南、贵州、广西等地参观，记得同行的有叶广芩、马林帆、文兰、李佩芝等人。对于我提高文学修养，开阔眼界起了很大作用。

开始，我以为是我在农村的困难处境引人同情，后来从聊天中得知胡采老师不仅是对我和莫伸伸手相护，对路遥、陈忠实、贾平凹、邹志安、京夫、晓雷、李天芳、李凤杰等许多青年作家在创作实践、工作调动、使用提拔方面，都曾不遗余力予以过支持，充分体现出一位长者的风范。

陕西省作家协会资历很老，成立于1954年，原为中国作家协会西安分会，为全国六个分会之一，是西北五省作家协会。"文革"后各省陆续成立作协后才只管陕西作家，是正厅级单位。最早的主席为创造社"狂飙诗人"柯仲平，五级高干，与中央西北局书记刘澜涛平级。之后的主席团成员胡采、柳青、王汶石、杜鹏程、李若冰都是从延安出来的老革命、大作家，但因为年龄和身体原因都需退二线。从1992年便开始酝酿换届，此次拖延时间较长，由于隔着道秦岭，我并不清楚人事安排。此前，我没有担任过任何职务，属一般干部。我压根没想到能当省作协副主席，最早告诉我消息的是时任省委宣传部文艺处处长孙豹隐。他在1993年初《白鹿原》研讨会的间隙对我说，你这些年的努力和成绩有目共睹，是秦岭南面的代表人物，进主席团大家没有意见。

1991年底，我已创作出版结集的作品有长篇小说《山祭》《水葬》；中短篇小说集《油菜花开的夜晚》《隐秘》《黑牡丹和她的丈夫》；散文集《乡思绵绵》《京华笔记录》和传记文学集《流浪者的奇迹》等八部著作。虽然也获得些奖项，产生了些影响。但若没有上届胡采老师等老一辈作家支持，我能够当选省作协副主席是不可想象的事。

说真的，对当省作协副主席，我压根就没有想到，思想上很有些纠结。

1979 年省作协首期读书班。

左起 前排：杨维昕、韩望愈、王丕祥、王汶石、胡采、杜鹏程、李若冰、黄桂花；

后排：胡广深、赵茂胜、司机、京夫、郭培杰、王蓬、周矢、田奇、张敏、朱合作

胡采主持的作协活动：1980 年夏在太白召开的农村题材座谈会。

左起 第一排：贾平凹、王丕祥、刘建军、李秀娥

第二排：徐岳、陈忠实、白冠勇、王晓新、陈贤仲、蒙万夫、玉枭

第三排：京夫、邹志安、王蓬、肖云儒、胡采、蒋金彦

第四排：路遥、李星、李玉明

这与我阅历相关，从少年时就被流放到农村，漫长的屈辱生活足以摧毁一个人的自信。两次经历"四清运动"，农村干部被逼绑吊打的惨状历历在目，能够搞专业创作就是我最大愿望。另一方面，我离开农村也已十年，去鲁院、北大学习对提高修养，开阔眼界至关重要，这些阅历也告诉我，不能辜负老一辈作家的期待，最大的回报便是拿出一部力作。其余，顺其自然。

事实是陕西作协第四次代表大会 1993 年 6 月 8 日至 10 日召开，陈忠实当选为陕西省作家协会主席，赵熙、王愚、王蓬、刘成章、李凤杰、莫伸、贾平凹、高建群、晓雷、杨维昕等 10 人当选为副主席。我和莫伸两个惹过祸，也是最底层的工人、农民同时当选副主席，连任两届，直到 2013 年 6 月同时卸任，长达 20 年。

三

最使我难以忘怀的是 1987 年，我第一部长篇小说《山祭》由漓江出版社出版。这是我多年农村生活的积淀，从 1983 年萌生创作念头，再次回到 1965 年我在秦岭深处修渠住过的山村，遍访故人，搜集素材，1984 年去北京鲁院读书，对辅导老师龙世辉讲述构思，龙老师是《林海雪原》《三家巷》《芙蓉镇》等名著责编，经验丰富，《山祭》初稿便是由他初阅，提出意见，我前后历时五年，三次大改才得以出版。我怀着忐忑不安的心情，如同小学生向老师交作业一般，趁在西安开会期间给胡采老师送去一册，请他有空翻阅，没敢请他写评论。不想，过后却收到胡采老师长达近5000 字的评论，高屋建瓴，鞭辟入里，对《山祭》做了高度评价，认为是一部现实主义的力作。上海《文学报》1988 年 6 月 23 日在评论版头条刊登，几乎占了整版，节选如下，亦表达对胡采老师的怀念。

❶ 胡采致王蓬信手稿

❷ 1981年省作协读书班组织参观四川宝光寺，有王蓬、叶广芩、马林帆、文兰、李佩芝等

❸ 1981年省作协读书班成员组织参观云南石林，参加人员同上。

现实主义的艺术感染力

——长篇小说《山祭》读后

去年岁尾，在西安召开创作会议期间，我本来希望同你多聊聊，谈谈天。我们已经很长时间没在一起聊天了。但是非常不遂人愿，在开幕当天的下午，我就因中途犯病提前离开了。回到家里，病还是持续了一阵子。最近虽已好转，但是看来，终于是年龄不饶人，精神不济了。怎么样？你开完会回去后，一定早就开始新的耕耘了吧？祝你在新的一年里，创作上获得更大丰收！病中，我读了你的第一部长篇小说《山祭》，感受很深。从中，我看到了你近年来在自己的生活领域和思想感情领域的丰富蕴蓄，在艺术创造上的刻苦努力，并已经取得了显著成就与巨大进展。这部作品，我前后读了两遍。第一遍，是在病中断续读的。第二遍，一气读完。我是被作品中动人的情节所牵引，被自己内心对主人公们的坎坷、曲折、悲苦命运的深切关怀所驱使，从头一气读完了最后一章的。当我读到这最后一章中对以冬花姑娘为代表的主人公们的生活结局和命运归宿，所做的符合生活实际，符合主人公们自身的生活经历、身世素养、思想感情、人物性格等逻辑发展的动人描写时，一方面感到这种描写是真实可信的，同时对这种结局又不无某种痛楚和遗憾之感。你的《山祭》可以说是一部现实主义的力作。

在读《山祭》正文之前，我先看过了附在前面的"内容简介"。简介开头的一句话："作品描写了一个传奇似的故事"，引起了我的注意。可以说，这句话曾对我起了导游性质的作用。正是它引领我走遍了《山祭》中的山山水水，观临了老鹰崖下散落的茅屋房舍、人家，探视了众多的人物的心灵奥秘悲欢离合和多种多样的生活际遇。

文学报

1988年6月23日　·第378期·　（代号）
LITERATURE PRESS

现实主义的艺术感染力

——长篇小说《山祭》读后致王蓬

胡采

著名评论家胡采在《文学报》1988年6月23日发表评论王蓬长篇小说《山祭》长文

在文学作品中描写"传奇故事"或"传奇似的故事"是正常的。古今中外的不少名篇，都曾经这样做过。其文学价值，受读者欢迎的程度，经久不衰。这次读了《山祭》，受到的启发是多方面的。对如何正确看待、理解、描写传奇，也有了进一步认识。我认为你在《山祭》中对姚子怀这个人物的描写，就基本上是这样做的。你在描写姚子怀的骠悍性格、侠义行为、在同土匪斗争和"打山子"生活中所表现的英雄主义精神，并因此而受到年轻姑娘们的崇拜、爱恋，主动表示愿委身与他相依为命等重要生活情节时，甚至又到他在极左势力操纵下被诬为匪，遭受批判斗争，并被错判入狱，而他竟仍然能够镇定自若，等等。对所有这些，我注意到你既没有从抽象的人性论来理解这一问题，也没有以神化手法对人物进行任意渲染，而是从人物所经历的特殊生活遭遇和生活环境出发，从符合人物的生活实际和人物自身思想性格的发展实际出发，进行了入情入理的描写。这就使你的作品，使你在作品中对这个人物的描写，既富有引人入胜的传奇色彩，又具有现实主义的艺术魅力，达到了深切感人的真实程度。

《山祭》中小宋老师的这种个人打算和个人得失观念的集中暴露，就是他在冬花姑娘同聋得结婚宴会上的疯狂变态行为。他既是左的政策的受害者，又是执行左的政策的害人者，既有年轻幼稚的一面，又有个人的不纯良的思想动机，这就构成了小宋老师这个人物的复杂性。他的这种复杂性，同他作为一个艺术形象所具有的深刻悲剧意义，是连在一起的。我是这样考虑的：处在那种是非颠倒的动乱年代，类似小宋老师这种思想认识、感情表现和精神状态的人，在他的同年同辈人中，是有相当大的代表性的。我个人还认为：在我所看到的一些文艺作品中，在描写这类人物的悲剧意义时，《山祭》对小宋老师这个艺术形象的塑造，是深刻的。

我曾经思考过冬花姑娘的悲剧性的生活结局。这种生活结局，当然是由小宋老师造成的。如果在她年轻而平静的生活中，在她纯真而又特别灵

秀的感情弦索上，不曾出现过小宋老师这样一个有文化的翩翩少年，占有了她的心，而这个占有她的心的人，偏偏又中途背叛了她，如果没有这些，她的生活，她感情上的跌宕，肯定不会发展到如此剧烈和沉重的程度。最终，她同矮子聋得的结合，从前前后后的发展变化看，与其说她是出于爱情的选择，勿宁说她是顺从了命运的安排，并在思想上加以认可了。一旦认可，她也就再不反悔了。

身残的聋得，为人忠厚老实，当然是一种美德。在此时此刻、此情此景下面，冬花姑娘所以特别重视这一美德，这也直接涉及到小宋老师对他的背叛所造成的思想上和心理上的积淀。当聋得想到自己目前的境况和各方面的条件，担心他们两人的结合，会给对方造成不幸，并把这种心情诉说给冬花姑娘时，冬花姑娘曾对聋得做了一次情真意切、推心置腹的对话，表达了她对聋得的为人，怀有最深挚的信任和感激之情。通过这次对话，进一步深化了冬花姑娘的整个为人、气度、品德和心灵的美。在冬花姑娘身上所显示的，虽然更多的是属于民族传统型的美好素质，但这种素质，在当代我国的现实生活中，特别在偏远山区的人民生活中，在冬花姑娘这一代青年人身上，不但有积极的现实意义，而且有一定的普遍意义。而你在刻画冬花姑娘这个具体人物时，在坚持生活的真实性的基础上似乎又多多少少融进了一些理想化情意的成分。我个人认为，你这样做，当然是可以的，也是处理得好的，增加了人物的魅力。

信是断断续续信手写的，是想到哪里写到哪里的。不妥之处，请予指正。

从《山祭》中，我看到了你熟悉山区人民生活的很大优势。我被作品的浓郁生活气息和生活情趣深深感染了，希望不断读到你的新作！

胡采小传

　　胡采（1913—2003），男，汉族，文学评论家。原名沈承立。河北蠡县人。1947年加入中国共产党。

　　1938年后历任山西第二战区文化抗敌协会《西线》《西线文艺》主编，延安《大众习作》主编，陕甘宁边区文化协会创作组组长，《群众文艺》主编，西北文联副秘书长，《西北文艺》主编，西安市文化局局长，陕西省对外友协副会长，中国作家协会西安分会专职副主席兼《延河》《小说评论》主编，陕西省作家协会主席，陕西省文联主席。中国作家协会第三、四届理事，中国文联第四、五届委员，全国第六、七届人大代表。1933年开始发表作品。1954年加入中国作家协会。

　　著有评论集《主题、思想和其他》《从生活到艺术》《新时期文艺论集》《胡采文学评论选》等8部。

　　　　　　（见《中国作家大辞典》696页，中国文联出版社1999年12月第一版）

柳　青：文学是愚人的事业

今年（2016 年）是柳青诞辰 100 周年。余生也晚，没有见过柳青，却亲耳聆听过柳青的录音教诲：文学是愚人的事业，是老实人干的事情，要老老实实干一辈子，要 60 年一个单元。

1978 年春，砸烂十几年的省作协刚刚恢复，路遥去柳青病房录下柳青对陕西青年作者的录音教诲。在省作协小会议室播放，与会者有重新走上领导岗位的胡采、王汶石、杜鹏程、李若冰，刚改正的诗人余念，驻会作家毛锜、李小巴、任士增，再就是小说重点作者：陈忠实、路遥、贾平凹、京夫、李凤杰、李天芳、晓雷、莫伸、邹志安、王蓬、韩起、王晓新、徐岳、郝昭庆、赵茂胜、胡广深、霍如壁等，还有《延河》的全体编辑，小会议室坐得满满当当，却悄无人声，都安静地听着柳青那浓重的陕北口音讲述的文学真谛。

柳青是真正影响了几代作家和读者的作家，他的《创业史》堪称不朽的名著，他的文学成就和创作道路至今为人津津乐道，也是文学界研究不尽的课题。

他的《创业史》最初以《稻地风波》的名字在《延河》连载，我读过后就记住了梁生宝、郭改霞、富农姚士杰、贫农郭振山，后来，《梁生宝买稻种》一节还入选中学课本。那时，柳青就成为我崇拜的文学偶像。之后，走上创作道路，在陕南乡间农舍，晚上凑着灯光，硬是把《创业史》能翻烂，也不知读了多少遍。又找来他的《铜墙铁壁》《狠透铁》《种谷记》无一不是反复阅读，对他创作道路和创作方法也十分神往。由于柳青与赵树理、周立波、孙犁曾被那时报刊誉为描写农村生活的"四大名旦"和"四杆铁笔"。我又专门找到赵树理的《三里湾》、周立波的《山乡巨变》、孙犁的《风云初记》等著作阅读，来作比较，同样描写农村田野四季景物，看看"四杆铁笔"的手法有么不同，再是把他们塑造人物的本领暗做比较，还真起到加深印象、事半功倍的效果。至今我对这些描写农村生活的作家作品还十分喜爱，去年还购买了10卷本的《孙犁全集》。

上世纪七十年代初，我开始在偷偷写小说，后来参加省上会议，才发现陕西多位作家都受柳青作品影响，陈忠实、贾平凹、路遥、邹志安、京夫、王晓新等都把柳青作为文学膜拜的对象。每次开会，柳青都是聊不尽的话题。

1965年柳青夫妇与日本友人吉左和子

❶ 1950 年的柳青

❷ 写作中的柳青

❸ 李准（左一）、王汶石（左二）、柳青（右二）、杜鹏程（右一）在全国第三次文代会上（1960年夏）

❹ 晚年柳青

　　陈忠实说他上高中就节省饭钱，一期期购买《延河》，因为正连载《创业史》。当民办教师、基层干部时开始学习创作，先后读烂了九本《创业史》。他的第一个短篇小说《接班以后》在试刊的《陕西文艺》1973 年 3 期发表后反响很大，很多人都是由此知道了陈忠实，包括在陕南乡村务农的我。然而，据陈忠实说他后来在与柳青交好的一个朋友那里看见这期《陕西文艺》，柳青在他的《接班以后》上，几乎在每页都有修改增删之处，陈忠实说他看了钦佩得五体投地，深深为柳青的严谨、认真，及追求文字精确、生动、传神的精神感动。邹志安说最喜欢柳青的语言，时常一个人在屋里看得想笑。京夫说柳青、王汶石把关中农民心理研究透了，后来者很难超越。路遥说柳青这个陕北老汉把世事看得比谁都透，比最有经验的老农都精明，谷丰麦欠、盐涨布跌，商人都算计不过他，只有这样才能把黄堡镇上的集市写得那么精彩。那会每次开会，大家都聊到半夜，给我这个还在乡村务农的业余作者很大启发。看得出来，大家都深受柳青、王汶石等老一代作家影响，但在喜爱上又各有不同，莫伸说他喜欢杜鹏程的《在和平的日子》《年轻的朋友》等中短篇集，因为这些作品是写铁路生活，他那时还在铁道上当装卸工。我则喜欢王汶石的《风雪之夜》《沙滩上》等短篇小说集，因那时还正学写短篇小说。不难看出，陕西的文学新人都是在柳青、王汶石、杜鹏程、李若冰等老一代作家开创的基础上产生对文学的兴趣，开始写作时也难免模仿这些大家，真正走上创作之路后，才慢慢找到自己的表达方式，形成自己的风格。可以说，以柳青为代表的老一代作家为当今的陕西文学打下了坚实的根基。

　　陈忠实认为：《创业史》艺术上成熟，形成独特风格。首先，全书结构严谨细密、匠心独具。开篇用"题叙"提供生活源头，最后有"结尾"承上启下，显示生活的去向，并与下一部相衔接，力图使这部小说具有历史的厚重感，产生史诗效果。其次，在形式上，作者往往打破时空限制，

"少年立志" 宣传栏

柳青与《创业史》主人公梁生宝原型王家斌

巧妙地穿插进人物的历史回忆或对事件及进程的概括综合的叙述，以增加篇幅的生活容量。在艺术描写上，作者既具有细节烘染和心理刻画细致入微之长，又兼擅俯视开阔、气概雄浑之胜。语言洗炼生动又清丽流畅，并富有关中的乡土气息，使小说极富感染力。

路遥则在《柳青的遗产》中说：柳青是这样一种人：他时刻把公民性和艺术家巨大的诗情溶解在一起。作为一个艺术家，他始终像燃烧的火焰和激荡的水流。他竭力想让人们在大合唱中清楚地听见他自己的歌喉；他处心积虑地企图使自己突出于一般人。但在日常生活中，他又严格地把自己看作是一个普通公民，尽力要求自己不丧失一个普通人的感觉。对于今天的作家来说，我们大家不一定都能采取柳青当年一模一样的方式，但已故作家这种顽强而非凡的追求，却是我们

每一个人都应该尊敬和学习的。

　　文学评论家李星说："熟悉柳青的人，包括他的朋友和敌人，都没有像一个只和柳青匆匆几面，远远不可能成为忘年交的朋友的年轻的路遥，如此深入地理解着，准确抓住了柳青心理、性格、气质的最突出、最根本点。更为可怕的是，一个刚刚走上文学之路的年轻人，在自己的事业还远未打开时，就借柳青之身，坦露式预设了自己全部的心灵世界和人生目标：在一切领域一切事情上都要比别人强，都要当排头兵，即使快要倒下去的时候，他也要把所有的文学健将甩在后头。"

　　延安大学教授、《路遥传》作者厚夫则认为："司马迁在《史记·六国年表序》中言："夫作事者必于东南，收功实者常于西北。"北宋理学大师张载言："为天地立心，为生民立命，为往圣继绝学，为万世开太平。"西北人性格朴鲁执拗，既是缺点，更是优点。这是做事的基本方式，也是"一根筋精神"。具体到柳青与路遥，他们都是陕北人，柳青是路遥的文学教父，路遥在诸多场合有过这样的表述，他也撰写过《柳青的遗产》《病危中的柳青》以表达对柳青的敬意。因为生身与成长之地域的相似性，文化认同的相近性，故路遥从一登上文学场，便一直默认柳青就是"文学教父"。路遥与柳青在文化认同上具有相近性，在性格、心理上具有相似性，这样他自然认同柳青的创作观，也在方方面面向柳青学习。

　　事实上，《创业史》的艺术成就远远超出了个人的意义，金汉总主编的《中国当代文学发展史》中说："《创业史》艺术结构严谨，构宏伟，有着明确的史诗性追求"，"初步具备了史诗品格"。曹万生主编的《中国现代汉语文学史》说《创业史》是描写上世纪五十年代农业合作代运动众多长篇小说中少见的展现出"有史诗性品格的著作"，虽然最终没有完成，却回应了时代的要求，一举奠定同类体载小说的基本写作方式，被认为代表了"十七年文学"中农村题材小说的最高成就。在某种意义上说《创业史》

柳青故居

属于中国当代文学的一个高度的标志。

我们起码可以看到，在上个世纪五六十年代文艺思想和文艺政策受极左思潮影响那种艰难的环境里，柳青如何以超凡出众之思想深度和艺术功力，完成了一次艺术高峰的攀登和创造。这是同代人努力在做而没有做到的，柳青做到了。我们研究他，就是研究十七年文学中一个具有代表性的伟大的作家，处在不像今天改革开放时期的文艺政策和创作环境下，进行了怎样艰难而勇敢的艺术突围，完成一个文学高峰的创造，我们从中学习和汲取对今天和未来有益的东西。

作为同省的晚辈作家，我切实地感受到柳青对陕西乃至全国文学界的贡献，远远不止是完成了一部达到史诗性品格的著作《创业史》，还在于树立起了一种严肃、严谨、认真、执著的创作态度，以及作家这个职业应具备的生存方式。上世纪五十年代初，柳青作为延安出来的老革命，以胜

利者的姿态进入刚成立的中华人民共和国首都北京，在《中国青年报》文艺部担任主编，他懂英语，戴金丝眼镜，穿很洋气的背带裤，他的教养和眼界能够适应任何文明生活。但是，他以作家的敏感预感到一种有可能改变几亿农民千百年生存方式的运动将要来临，他知道一个作家最终想要的是什么，应该抓的是一种什么机遇。他毅然放弃了北京，选择了终南山下的如他笔下蛤蟆滩一样的长安县皇甫村，不是三年五载，而是整整十四个年头。仅是这种孤注一掷的孤绝就绝非意志薄弱、苟利而择者所能做到。柳青的内心一定如同他笔下描写的秦岭，巍然高耸，隔断云天；又如官渠岸上的白杨，树杆粗壮，直插天际，碧绿肥大的树叶在风中摇摆，轻拂着蓝天上的白云。

作家是要具备一定的境界的，否则写出的作品注定平庸。陕西的老一代作家不止一次讲起，柳青说搞创作的人就像挑着筐鸡蛋去黄堡镇赶集，别人敢撞你，你不敢撞别人。这话我不知在多大程度上影响了陈忠实萌生的念头："生命的历程中遇到怎样的挫折怎样的委屈怎样的龃龉，不要动摇也不必辩解，走你自己认定了的路吧，不要耽误了自己的行程。"但柳青在蛤蟆滩整整十四个年头的阅历注定影响过陈忠实在原下的日子。青少年时代不必去说，仅是成为省作协专业作家、省作协副主席后，历时六年写完《白鹿原》，功成名就，又在 2002 年春节过后，陈忠实过完六十岁生日，又开始了在原下的日子。《吟诵关中》《乡土关中》《关中风月》《原下的日子》等多部作品便是在这一时期完成。

至于一直视柳青为"文学教父"的路遥，更与柳青一头扎进蛤蟆滩的行为一致，多次深入陕北矿山矿井、沙漠戈壁、黄土窑洞，以柳青式的执著，以《创业史》那种有着明确的史诗性追求，历时五年完成了同样"有史诗性品格的著作"的洋洋三卷本、百万字巨著《平凡的世界》

印象至深是那天听完柳青的录音，主持会议的《延河》主编王丕祥让

大家讨论。谁发了言、讲的什么我已淡忘。惟独坐在我对面的京夫发言至今记得，京夫沉默、不爱说话。那天显得有些激动，说："柳青要咱们 60 年一个单元，现在咱们都 30 多岁，快 40 岁的人了，时间不够咋办？"

"轰"，所有的人都笑了。

实际上，对我来讲，牢记住柳青的教诲：文学是愚人的事业，是老实人干的事情，要老老实实干一辈子，要 60 年一个单元，就足够了。听完柳青的教诲，距我

《柳青纪念文集》由西安出版社出版

离开农村，结束 18 年的务农生涯，还有整整五年，白天下地劳动，晚上坚持笔耕，在完成长篇小说《山祭》《水葬》，又历时十年，踏访穿越秦巴大山的七条蜀道；二十次西行，寻叩从长安到罗马的丝绸之路。探访丝路，绝非时尚。踏上古道，就必然要遭遇戈壁、炎热、严寒、缺氧和种种险情。大戈壁上，太阳只要升起，气温就迅速升高。在吐鲁番曾遭遇到地表达 64℃高温，沙里烫熟鸡蛋绝非妄语。尤其中午，明晃晃的太阳照耀着，四周的空气闪烁跳动，眼睛刺痛，嘴唇干裂，同行的伙伴抱怨动摇是否再向前行？意志毅力倍受挑战，但惟有此刻，方能体味古人坚韧不拔、探求不已的情怀，其实丝路也正是先贤志士如此一程一站地打通。在张掖草原，曾专程探访张骞被拘禁故地，祁连山下，无边荒漠，漫漫十余载，如何度过？不亲身经历，绝无半点体味。再是高原缺氧，只要超越海拔 3500 米，空气就稀薄的只有内地的一半。每走一步都大口喘气，对决心意志都是无

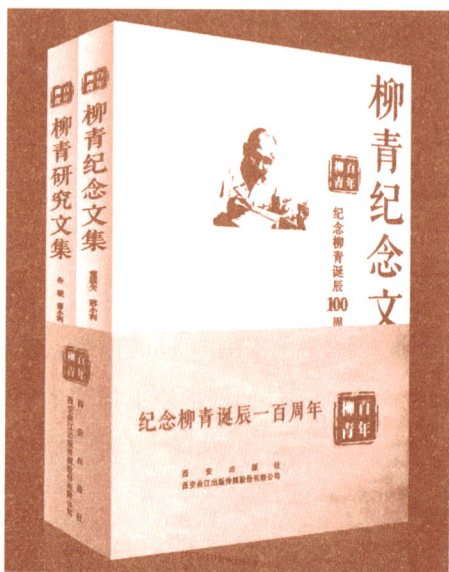

前　言

　　走近柳青，让我们凝望一代文学大师与人民群众朝夕相处的沧桑岁月，感知他独特的创作道路和艰辛的生活历程，学习他与人民同呼吸共命运创造幸福生活的精神，领悟他高尚的人格魅力以及崇高的理想世界。

　　柳青是作家艺术家深入生活扎根人民的典范。他落户长安14年，参与了皇甫村互助合作运动从初级社到高级社的全过程，以此为素材创作的长篇小说《创业史》，浓墨重彩地展示了合作化时期农民群众在中国共产党领导下走社会主义道路的生活画卷，成为中国现实主义文学的辉煌巨著。

　　他不平凡的人生，深入生活、扎根人民的精神，是广大文艺家获取创作经验的宝贵资源。柳青留下了一个作家史诗般的足迹，更为我们留下了无尽的精神财富。

柳青纪念前言

柳青雕像

情挑战，但眼望前面山峰，总想看个究竟，以至最高登上过海拔 5400 米的雪峰。为减少麻烦，有两次仅单车独行，固然利索，但全程却被一种孤寂与担心笼罩，因为要独自承担路途发生的种种意外和一切责任，事实是在祁连山腹地遭遇暴雪冰雹的后怕和车坏祁连山的焦灼至今仍记忆犹新。

在所有的这些过程之中，总有一种要弄成件事情的精神、一个陕北老汉在注视、催促着自己。我清楚，这就是已经默默渗透在一代后来者身上、无法摆脱、只有老老实实继承的柳青精神。

我会终生记住并感激这位陕北老人。

柳青小传

柳青（1916—1978），原名刘蕴华，陕西省吴堡县人。当代著名小说家。他早年从事革命活动，1928 年加入中国共产主义青年团，1936 年加入中国共产党，1938 年奔赴延安。抗战胜利后，任大连大众书店主编。解放战争后期，又辗转回陕北深入生活。解放初期，任《中国青年报》编委、副刊主编。1952 年任陕西省长安县（今西安市长安区）副书记，并在长安县皇甫村落户达 14 年。"文革"期间，遭受残酷迫害，被迫停止工作。一贯深入生活，几十年如一日生活在农民中间，有着丰厚的生活积累。1936 年开始发表作品，1952 加入中国作家协会。著有长篇小说《地雷》《种谷记》《铜墙铁壁》他的小说大都以农村生活为题材，代表作《创业史》（第 1，2 部）。

（见《中国作家大辞典》685 页，中国文联出版社 1999 年 12 月第一版）

王汶石：留下的是敬仰

一

　　一个人能否引起别人敬仰与尊重，很大程度上在于境界与情怀，并不在于权势与财富。前者在人心目中犹如原野上生长的参天大树，树干粗直，树叶绿阔，轻拂着蓝天上的白云，常给人精神上的鼓舞和心灵上的滋润，王汶石老师便是这样一棵矗立三秦大地上的参天大树。

　　最早知道王汶石是 1963 年前后，我还在读初中，《延河》上连载中篇小说《黑凤》，其实就体量上来说，完全是部长篇，书中虽然写的是关中农村生活，但主人公黑凤、月艳、芒芒等几个男女青年全都性格鲜明、活灵活现。班上有位女同学，长得很漂亮，就是皮肤有点黑，不知哪位调皮的男同学受小说启发，便把那位女同学叫"黑凤"，这么一来，每次《延

河》一到，大家便喊着"黑凤"，争相传阅，引起阵阵欢笑。学生时代这幕趣事记忆犹新，也就记住了大名鼎鼎的王汶石。

真正见到王汶石是在1975年冬天，陕西省召开短篇小说创作会议，安排了几位大家讲课，其中便有王汶石。那时，我已在农村务农多年，开始在文学路上艰难跋涉，只要学习创作，只要谈作家作品，便绕不开王汶石和他的作品。我搜集到一本《风雪之夜》和一册袖珍读本《沙滩上》，如获至宝，那些脍炙人口的名篇《风雪之夜》《卖菜者》《土屋里的生活》《春节前后》《春夜》《大木匠》《老人》《井下》《新结识的伙伴》《米燕霞》，在乡村那些孤寂劳累的日子里不知阅读了多少遍。收工回来，抹把汗水，抓紧担水、铲土、垫圈，腾出时间，躺在床上阅读一段王汶石的作品，简直是种享受。那种轻快明净的笔调、幽默诙谐的描写、个性鲜明的人物、情趣浓郁的生活画卷，无不让人神往，让人忍俊不禁地会心微笑，不知觉

陕西文坛先辈。
左起 杜鹏程、胡采、王汶石、李若冰

间驱散疲劳，只觉得风和日丽、白云轻卷，沉重的日子也变得轻松。在农村时，我常被安排到水利工地之类的艰苦地方去支差，别人感到头疼，我却有种窃喜，因为那种地方相对单纯，干活、吃饭、睡觉，三点一线，可以挤出时间读书。每次出行，在行李卷中总不忘塞进几本书去，其中注定有王汶石的作品。别的长篇一类，读过知晓就行，王汶石可是百读不厌，尤其是自己也尝试着写短篇小说的时候，更是像拆机器零件一样反复研读过王汶石的短篇。我发现王汶石对关中农村的风土人情了如指掌，研习得十分深透，对户族妯娌婆媳姑嫂叔伯之间的关系描述准确精致。也十分注意在作品中不时插入对农村风景的描写，比如这段我曾经抄写在练习本上的话：

> 吴淑兰，一个肤色微黑，瓜子形脸庞，约莫二十七八岁的农村妇女，站在路边的田塍上，穿一件合体的阴丹士林小衫，黑市布裤子，嘴角挂着宁静而好奇的笑容，望着对她说话的人。身后，是碧绿如海的棉田和明朗的天空。

按说，前面一段已经对一位上世纪五十年代关中青年农村妇女的衣着、面容、神态刻画得准确到位楚楚动人了。可最后又添上一句："身后，是碧绿如海的棉田和晴朗的天空。"

此绝非多余或闲笔，不仅为人物添幅如油画般逼人眼目的背景，使人物更加鲜活如生，还为下面打了伏笔，因为两位女主人公都是务棉高手，她们将在这如海的棉田展开竞赛。类如这样的神来之笔，在王汶石的作品中随处都可发现，这也只有那些深谙短篇小说创作规律的大家方可为之。这一点对我很有启发，于是在写作中，便很注意插进必要的风俗风景描写。想不到若干年后，王汶石在《文艺报》发表文章，评论我的长篇小说《山

❶延安时代的王汶石

❷王汶石在家中

❸王汶石与夫人高彬

❹含着微笑看待生活

祭》时说："你的景色描写是很漂亮的，有层次，有深度，绚丽多彩，幻化无穷，既是油画又是水墨画，表现出秦岭的雄伟、姿色和魅力。"其实，他没有想到，这点本领也正是从他老人家那里学来的。

也许正是注意向王汶石这些大家们认真学习的缘故，那些年月写的虽然也是"学大寨"一类的作品，但还有些生活气息，受到了省上重视。那时省作协尚未恢复，叫文艺创作研究室，《延河》当时叫《陕西文艺》，1975年冬天召开创作会议，我被通知参加。会议有两项内容，一是修改自己的作品，一是听大家讲课。记得有王汶石、李小巴，文学新人中有陈忠实。

那次听课真正感到有收获的还是王汶石的讲话，在省文化厅招待所，冬天挺冷，大会议室也没生火，大家都穿着棉衣坐在下面，王汶石穿着中式对襟棉衣，进来时戴着口罩，防咳喘，有人小声议论说是"文革"挨整落下的毛病。王汶石看去挺和善，智慧慈祥中透着一种威严，在我心中引起的是一种敬畏。王汶石讲话的时间不长，没有穿靴戴帽，引用当时流行的行话套话，而是开门见山，直接谈到短篇小说创作的艺术规律，印象最深是他用虎头、蛇身、豹尾来形容短篇小说的开头、发展与结尾。讲开头一定要精彩，在短短百字左右的第一段一定要吸引和抓住读者，引起阅读兴趣，中间的情节发展要曲折、起伏有致，才能引人入胜。至于结尾，更要下足工夫，出人意料，戛然而止，但又不能瞎编，在意料之外，却要在情理之中……

那些年月，能听到这样的至理名言、经验之谈，真是振聋发聩，有茅塞顿开之感。因为那时，我刚开始学习短篇小说的创作，感到开头十分困难，老绕圈子，不能进入正题，再是结尾老收不住，勉强结尾又平淡无奇。过后，在作品的开头和结尾都下过很大工夫，也产生了些突破。特别值得回忆的是当初我并不知道《延河》的小说编辑高彬同志就是王汶石夫人。曾获《延河》优秀作品奖的《银秀嫂》寄给《延河》后，高彬

1993年陕西省第四次作代会。
左起 王蓬、王汶石、王丕祥、李春光

同志曾来信，在热情肯定中又提出修改意见，这些信件曾给还在农村劳动的我很大的鼓励。

二

真正近距离聆听王汶石的教诲并领略到他的风采是粉碎"四人帮"后的事情了，那时作协、《延河》相继恢复，人们热情空前高涨，几乎每年都召开创作会议，曾经在全国为陕西赢得"文学重镇"的几位大家胡采、柳青、王汶石、杜鹏程、李若冰、魏钢焰都多次出面，参加座谈、讲课辅导，陕西的文学创作也因为力作不断，频频获奖引起全国关注。事实上，包括文学在内的文明发展与传承，总有规律可遵循，只有开创、继承，才能发扬光大。

在陕西这片土地上写作，会有一种与生俱来的压力，因为一位位大家宛如矗立的丰碑在召唤、鼓舞、激励着你，正是在这种压力与激励之中，

我历时五年三易其稿，完成了第一部长篇小说《山祭》。我怀着忐忑不安的心情，像小学生交作业等候老师批改一样把作品寄给了王汶石老师想听取他的看法。其时，我正在北京鲁迅文学院学习，压根没想到时间不长就收到王汶石老师寄来的厚厚的回信。信是用毛笔写的，字体苍劲，笔墨酣畅，堪称上乘书法作品。信有十几页，对《山祭》的得失做了详尽的评述。从作品的结构、人物的塑造、语言的特色都一一涉及，自然，也对作品的不足之处有中肯的批评。作品能得到这么一位大家的重视，使我受宠若惊。把信让同学们传阅后，大家一致叫好，说真不愧大手笔，看似信手拈来，却高屋建瓴，独具慧眼，一语中的，入木三分，这完全是一篇上乘评论，应该见报，而且是大报，小报上登就糟蹋文章了。我于是有了勇气，把这封信寄给了《文艺报》。一天，我下楼梯，被两位同学拦住了，记得是聂震宁（后任人民文学出版社社长兼总编辑）和查舜（现任宁夏文联副主席）两人要我请客，我说平白无故请什么客？他们扬着手中的报纸说："看看，该不该请客？"我拿过报纸一看，《文艺报》评论版的头条文章《人们总想了解一点社会和人生——读〈山祭〉致作者王蓬》，几乎占了多半个版面，正是王汶石老师的那封来信，当时只觉得一股热血涌上心头，为一种巨大的鼓舞所笼罩，这张《文艺报》我珍藏至今，时间为 1988 年 5 月 7 日。

三

转眼工夫，这几乎就是二十年前的往事，我也由当年一个农村业余作者到了快要退休的年纪，尤其是收到高彬老师寄赠的厚厚四卷本《王汶石文集》更是感慨万千。仔细阅读这散发着油墨清香的书页，像再次拜访一位德高望重的师长，更像重新阅读一个时代，重温一段岁月，还有与书中那些故友相逢的一种喜悦。但我也注意到，王汶石从 1956 年 3 月在《人民文学》发表其短篇小说《风雪之夜》，到 1966 年"文革"开始，被迫搁

晚年王汶石

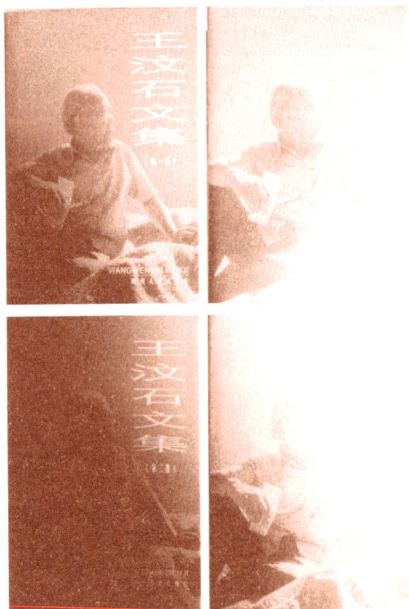

《王汶石文集》四卷在陕西人民出版社出版，2004 年 9 月第一版

笔，只有短短十年，就在中华大地上成就了一位短篇小说能手。他的几乎每个短篇都引起过轰动，引出大量的评论，吸引无数的读者，给他们带来鼓舞和喜悦。也被茅盾、邵荃麟、唐弢、胡采、巴人、阎纲、李希凡、严家炎等多位评论大家关注。茅盾称赞王汶石是："含着微笑看待生活。"众多当代文学史认为王汶石的短篇小说达到"当时小说艺术可能达到的最高水准。"可惜的是时间太短暂：只有十年！恰好是一个作家智慧最清醒、精力最充沛激越，人生也最老练成熟的当口，却被迫搁笔，犹如一支旋律正高昂弹奏、进入高潮，却丝线绷断戛然而止，让全场观众为之一惊。这不仅是王汶石老师个人的悲剧，也是整个时代和广大读者的悲剧，这也正是让我们伤痛之处。不仅如此，王汶石的搁笔，是陕西乃至全国文坛失去了一位在短篇小说创作领域的能手，失去了多篇贡献给时代和读者的名篇力作，也留下了一片轻易无法填补的空白，这正是我

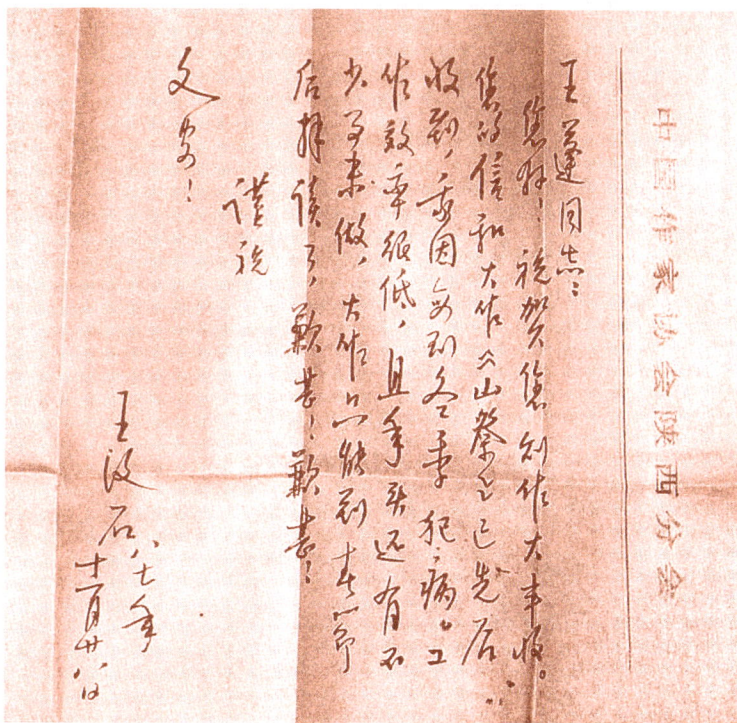

王汶石致王蓬手稿

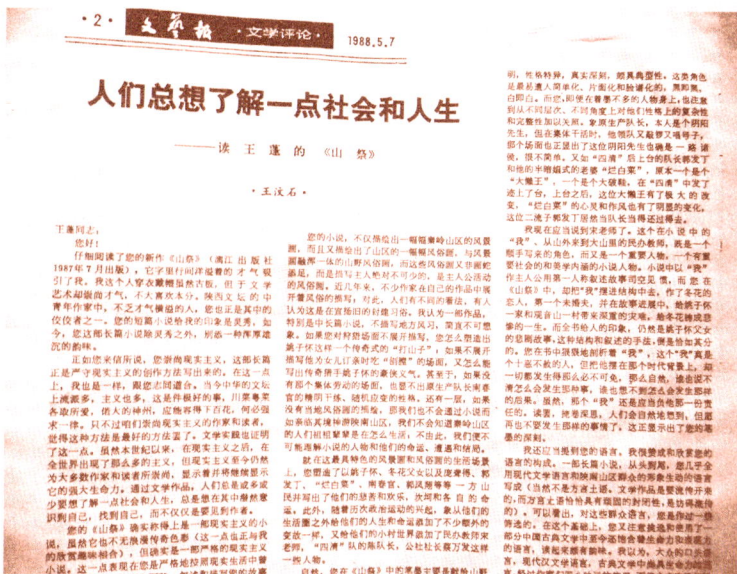

王汶石在《文艺报》1988年5月7日发表对王蓬长篇小说《山祭》的评论

们久久不能抚平的伤痛!

值得欣慰的是王汶石的夫人高彬老师,凭着早年投身革命的磨砺和坚强意志,及从事多年编辑工作的学识和修养,梳理钩沉,含辛茹苦,整理出版了洋洋四卷本、200 万字的《王汶石文集》,为我们留下了一份宝贵的文学遗产和精神财富。文集中不仅有我们喜爱过的那些短篇小说、中长篇小说,还有之前不曾读到过的剧本和诗歌,以及在新时期中,王汶石老师为培育新人写出的大量评论、随笔和通信,通过这些,我们能强烈地感受到王汶石老师对文学事业矢志不渝的热爱和忠贞。我还另有一种收获,那便是阅读收入在文集中的日记,读王汶石老师的日记,可以说是一种享受,许多篇什竟像作品一样结构完整,感情充沛,优美感人,又比作品更加真实,同时也能感受到老一代作家在深入生活所下工夫之深,用心之苦,真正冰冻三尺,非一日之寒,王汶石老师能取得如此之高的文学成就绝非偶然。

尽管,长长的岁月已经逝去,但留下的将是深深的敬仰。

王汶石小传

王汶石〔1921—1999〕。山西万荣人。原名王礼曾、王钟斌,中共党员。1941 年毕业于东北竞存中学。1936 年起从事抗日救亡活动,加入山西牺盟会,并任荣河县儿童救国会主席。1942 年调赴延安,历任西北文艺工作团创作员、研究员、团长。后任陕甘宁边区文协、《群众文艺》《西北文艺》副主编,中国作协西安分会第一届秘书长,专业作家。陕西省顾问委员会委员,省作协副主席、名誉主席,省文联

副主席，全国文联第四届委员，中国作协第二、三、四届理事、第五届名誉委员。1946 年开始发表作品。1954 年加入中国作家协会。文学创作一级。享受政府特殊津贴。著有长篇小说《黑凤》，中篇小说《阿爸的愤怒》，短篇小说集《风雪之夜》《王汶石小说选》，论文集《亦云集》及《王汶石散文选》《王汶石文集》(四卷本)，歌剧《边境上》《战友》等。

（见《中国作家大辞典》89 页，中国文联出版社 1999 年 12 月第一版）

原载《陕西文学界》2007 年 1 期

2016 年 4 月修订

杜鹏程：激情荡漾的诗人

　　杜鹏程是以长篇小说《保卫延安》、中篇小说《在和平的日子里》、短篇小说集《年轻的朋友》享誉中外的作家，但无论阅读他的长篇、中篇，还是短篇小说，若写战场，仿佛嘹亮的军号在耳边吹响，无畏战士正跃出战壕，冲向敌阵，呐喊伴着硝烟，刺刀闪着寒光；若写铁路建设，又好像看见成千上万的建设者，逢山开道，遇水搭桥，火车正嘶鸣着在巴山蜀水间奔驰，读杜鹏程的书，能让人激情澎湃，热血沸腾，不能自己。

　　杜鹏程本质上是位激情荡漾的诗人

一

　　1978年春天，凋零衰败的文艺界呈现出一片可喜的复苏模样。《延河》编辑部在西安首次召开一个认真探讨艺术的座谈会。晚上，我们几个参加

会议的业余作者，漫步街头，交谈着白日里老作家杜鹏程所作的《从生活到作品》的报告。

"讲得真好，真实深刻。"

"可是，他为啥不好好谈一下《保卫延安》呢？"

的确，以写《保卫延安》而受人尊敬的杜鹏程，在讲话中很少提及他的代表作，让人感到遗憾。"大概彭总的问题中央还没结论，不好在会上讲吧。"年龄较长的郝昭庆推测。

因为，即便在《保卫延安》遭到禁止、焚毁的年代，我们几个也都偷偷阅读过这部巨著。不仅仅是在荒唐的年月滋润了心灵，唤起对生活的热爱和对文学的追求，也平添一种战士般的勇气。我还注意到《保卫延安》1954 年由人民文学出版社出版后，受到时任社长、参加过红军长征的革命家兼诗人冯雪峰高度评价，他认为建国以来所有战争题材的小说里，"真正可以称得上英雄史诗的，这还是第一部"。先后出版的各种文学史，也几乎绕不开《保卫延安》，称赞它以前所未见的宏大规模，群体式的英雄形象，大气磅礴的战争场景反映了延安乃至西北战场，在全国来讲也是第一部表现人民解放战争的巨著，是名副其实的英雄史诗。

我还在杜鹏程的回忆文章中读到，1953 年，他去北京修改《保卫延安》，有一天，冯雪峰与他一直聊到晚上，他起身告辞，冯雪峰要送他，他坚持不让，冯雪峰说他要出去办事，实际还是找借口送他。当时杜鹏程才三十多岁，冯雪峰却是"五四运动"后就出名的诗人，曾和鲁迅并肩战斗，参加过长征，如今又主持人民文学出版社，还是中国作家协会的副主席，却如此诚恳地对待他这样的普通战士，他深受感动。所以在 1957 年他怎么也不相信冯雪峰会是"反党反社会主义的右派分子"，因替冯雪峰辩诬差点也掉进了"阳谋"。所以，我们对杜鹏程这位前辈作家的尊敬中，还有人格人品的敬仰。

"那我们这会上他家去聊聊。"刚发表了《人民的歌手》和《窗口》的莫伸这样提议。访问这位享有盛誉的大作家，我们都有点惶恐。可是，当我们真正坐在屋里的时候，不安的心情却一扫而光。杜鹏程正好在家，见我们来，马上起身让坐倒茶。而我们看到的一切，也实在平常！两间普通的住房，我们坐着的一间，既是卧室、工作室，同时又兼着会客厅；唯一显出一点现代化气息的是一台电视机，两个孩子正在接受电视功课辅导。

交谈在不知不觉中开始了，主人很爽朗，也很健谈；他谈起深入生活，谈起战争对人的磨炼，谈起作家的职责，也谈寻常人谈的家常话。当几个话题说完，我们便趁机把来访的意图说出来："你怎样写出《保卫延安》的呢？"

主人只略沉思了一下，便讲了起来。

陕西文坛先辈。

左起 杜鹏程、胡采、王汶石、李若冰

那是全国刚解放的时候，作为新闻工作者的杜鹏程，随西北野战军到了新疆，在新华分社担任社长，一静下来，即使在深夜，一想起那些在一个锅里搅稀稠，在一条战壕对烟火，却已牺牲的战友就睡不着！他感到如果不把这些英雄们艰苦卓绝、惊心动魄的业绩写出来，就像欠了一笔债！这股热劲激励着年青的杜鹏程拿起笔来写这个小说的。可是，对一个才二十八岁的青年来讲，真正拿起笔来，才感到困难重重，写一稿不行，推倒重来，又写一稿，

杜鹏程代表作《保卫延安》

还不行，又从头来……单是写废的稿纸也足能装满一只麻袋，整整花了四个年头。

"四个年头！"我们忍不住惊叹着。

"其实，要细算起来，远远不止四年哪！"主人又深有感触地说："在写《保卫延安》以前要没有在革命队伍中十几年的生活实践和写作实践，要写出这个作品是根本不可能的事！"

1938年，他16岁，离开家乡韩城奔赴延安，在一个小山村征粮，扩兵，收军鞋，开路条所经受的革命最初的锻炼；他以随军记者身份跟随一个英雄的连队一起行军打仗，南北转战，而记在他本子的近百个人都为中国革命献出了他们年青而宝贵的生命，他永远也忘不了一个被敌机炸死的侦察员，他的肠肚里尽是绿色的细草和生苞谷粒；自然，他也永远忘不了作为我

军高级指挥员的彭总即使比战士多吃一口野菜也认为是惭愧的事情……

　　他把它们仔细记下来，汇成了整整两百万字的《战争日记》，在行军打仗中，被窝、棉裤都扔掉了，唯独这些《战争日记》却保留了下来。

　　杜鹏程在讲述这些的时候，语调是缓慢、深沉的，充满了感情。

　　当我们说起这些年《保卫延安》以各种形式在群众中秘密流传，广大群众都希望《保卫延安》能再版时，主人表示他和群众的心情一样。并立起身来，从桌子抽斗里取出一本硬壳的《保卫延安》说："我的书一本也没有了，这是昨天刚从南院门旧书店买回的，真巧，还是我送给一位战友的。文化革命中，战友去世了，天知道这本书这些年有过什么光怪陆离的遭遇！"

　　他感慨地表示：如果有可能的话，还要把《保卫延安》重新修改一遍。"那又得花多少时间和精力！"我们看着那厚厚一大本都替他发愁。

　　"我的作品都是改出来的，三遍五遍、十遍八遍是常有的事。"说着他随口背诵着他的中篇小说《在和平的日子里》的章节。这部小说出版快二十年了，他还那么熟悉，简直让人惊讶。

　　"刻苦，这全凭刻苦，这部小说修改过十来遍，所以都背下来了。"他解释着，又谈起他刚发表的短篇小说《历史的脚步声》仅两万多字但光底稿就十来万字，历时半年，大改六次，还因此害了两场病的事。

　　听到这里，我不由感到一阵羞愧，平常在写作品遇到难处，苦苦思索时，常想：那些大作家所以能写出大部头作品，一定是下笔千言一挥而就。可真没想到：原来如此！

　　我把这个想法说出来，主人爽朗地一笑，说："你们看《哥德巴赫猜想》了吗？搞文学创作也得有陈景润那种精神啊，柳青就多次讲：'文学事业是老实人的事业，是愚人的事业，搞文学没别的诀窍，只有两个字：吃苦！'"

杜鹏程（左一）1947年与战友合影

杜鹏程与夫人张文彬及女儿

不知不觉，几个小时过去了，为了不影响主人休息，我们起身告辞。主人毫无倦意，还特地拉着莫伸的手说："我是含着眼泪读完你的小说《人民的歌手》的，看完心里几天都不平静，这篇小说写得好，反映了人民对总理的感情。"最后，主人一直把我们送出了大门口。

归来时，行人渐稀，夜风渐起，喧闹的城市静下来了。但是，我的心里却怎么也平静不下，似有一种无形的力量在激励、鞭策、鼓舞着自己对未来的文学道路，不管何其艰难辛苦，都充满了信心……

二

后来，由于我连续在《延河》上发表了《学医记》《妯娌之间》《猎熊记》《银秀嫂》《老楸树下》等短篇小说。杜鹏程的夫人张文彬又是小说组编辑，对我比较了解。早在 1975 年，就是张文彬与副主编贺抒玉一起到我务农的汉中张寨村，看了我的作品，让我参加省上小说改稿会的。杜鹏程这位大作家也逐渐认识我了，几次在省作协院里碰到，都很和气地打招呼。让我最难忘记的是杜鹏程主动叫住我谈论我的一篇作品。

那是 1979 年冬天，我在西安参加为期三个月的读书班，恰巧在全国最大文学期刊《人民文学》第 11 期上发表了短篇小说《批判会上》。在文学界有些不成文的规矩，看一个作者的创作实力，在哪级刊物上发表作品十分重要，再好的作品发在市级、省级与全国刊物上份量就不一样。在《人民文学》发表作品，标志着这个作家在全国范围获得认可。所以，凡是在文学创作这条道路上奋力攀登的作者没有不希望作品能上《人民文学》。这是我首次在全国性刊物发表作品，也是苦苦奋斗多年的结果。比如在《人民文学》发表的《批判会上》写于 1979 年初，那时，农村正在平反冤假错案，我曾两次经历"四清"运动，批判会上那些荒唐往事，被冤屈者的凄惨遭遇都历历在目。利用春节，写了两个 4000 多字的短篇小

说，除了《批判会上》，还有一篇《这是复员军人》，写一个上过朝鲜战场的复员军人，因多年代替生病的地主分子父亲扫街道、尽义务，也糊里糊涂成了阶级敌人，怎么也洗涮不清。作品一本正经，正话反说，有点"黑色幽默"，在《陕西日报》1979 年 3 月 25 日发表后，引起很大反响，编辑吕震岳曾给我转来许多读者来信。也是因为冤案太多，作品发表得恰逢其时。

事隔多年后时任《人民文学》小说组长、资深编辑涂光群曾撰文回忆我这篇作品发表过程："我最早知道王蓬，是上世纪七十年代末，他还是陕西汉中地区一个务农的知识青年。他向《人民文学》杂志投了篇小说稿。他的稿件不知怎地被送至一位老编辑那里。因是无名作者，那编辑大约没

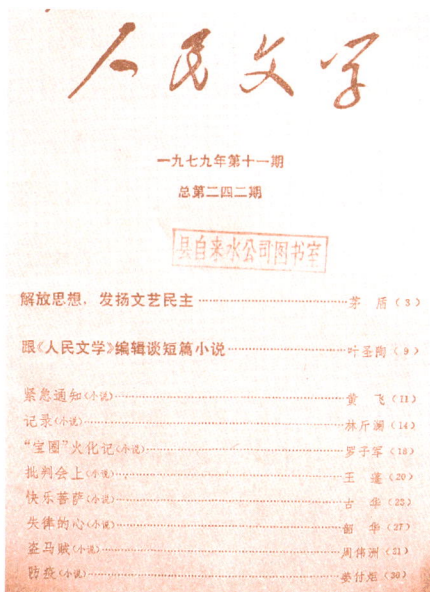

1979 年 11 期人民文学目录

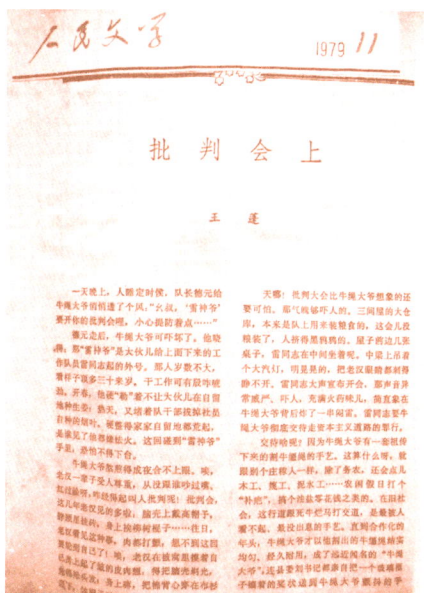

王蓬小说《批判会上》刊登于《人民文学》
1979 年 11 期

有看稿，说了句：这是陕西来稿吧，便随意搁置一边，要作退稿处理。恰好有位负责西北稿件，一向敬业，不欺无名的编辑，听见了老编辑那句话，她悄没声儿地从那放置一边的稿件中，捡出了陕西王蓬这篇。她仔细读了这篇《批判会上》，她相当吃惊这不起眼的几张纸，竟写下了一篇很像样子有乡土气息却又似新潮的黑色幽默小说，作者辛辣嘲讽极"左"为虐时期，工作队干部如何搞"大批判"，胡乱折腾"牛绳爷"那样老实干活为众人服务的能工巧匠，而农民们用反讽的"批判"发言滴水不漏地抵制了那位干部。不长的篇幅没有多余的文字，显得浑然天成，见出其写作能力。因之她将小说稿推荐给复审者的我，我读后觉得这位编辑从这"不起眼"的几页土纸中发掘出一篇可用稿，也可能是个有希望的文学新人，真是不容易。于是王蓬首次投稿在《人民文学》1979年第11期发出。"（见涂光群《王蓬的崛起之路》原载2006年2月11日《各界导报》）

其实，涂光群不知道的是我早在1976年就给《人民文学》投过稿，其中一篇《谷生记工》，虽没采用，却收到编辑回信，认为语言生动，有生活气息，我才有勇气继续投稿。后来我在北京文讲所时，《人民文学》负责西北稿件的女编辑向前告诉我，因为以前就看过我的稿子，才会对要退的《批判会上》在意，所以上稿绝非一蹴而就。

《人民文学》这期刊物共发14个短篇小说，《批判会上》排在第4篇，位于名作家古华、汪曾祺之前。而且这期集中发表的精短作品也引起反响，《人民日报》等几家报刊及国外有评论。我这篇小说《批判会上》被翻译为英语语种，收入美国威廉士大学出版社所出《中国，新一代收获》，同书选有刘心武、蒋子龙、陈忠实小说；北岛、舒婷诗等。

小说发表时，杜鹏程来读书班讲课，那天我正在院子里，听见有人叫我，一看竟然是杜鹏程，他刚下作协的车就看见我，我以为他是要我带他去读书班。岂料，他开口就问："《人民文学》上的小说是你写的吗？"我

《杜鹏程文集》四卷本陕西人民出版　　　新版《杜鹏程文集》
社 1993 年 6 月第一版

说是。杜鹏程连说："好，好，小说我看了。"他接着又说，"短篇小说的特色就是以小见大，窥一斑而知全豹，看来你读书不少，这篇小说你把握得不错……"

一个农村业余作者的作品能得到大作家杜鹏程称赞，自然对我鼓励很大，更坚定了在文学创作这条道路上攀登的信心。

三

虽然，杜鹏程在 1991 年就离开了我们，但他创作的数百万字作品却成为国家宝贵的文化遗产。他的夫人张文彬，也即作家问彬抗战时曾在汉中设办的西北儿童教养院读书。2006 年，我曾陪她故地重游。张老师也曾两次赠我由她主编的不同版本的《杜鹏程文集》，对我探访丝绸之路有很大帮助。

杜鹏程在中年时

比如在《夏河谷地访名寺》中："我没想到首先进入甘南和拉卜楞寺的工作组长竟是一位文学前辈，我所敬重的著名作家杜鹏程。他在其收入《杜鹏程文集》卷四的战争日记中，详细记载了进入甘南及拉卜楞寺的各种见闻。他惊讶拉卜楞寺"首先是有名的五口大锅：四口烧茶、一口做饭。最大的一口有四尺深，直径近丈"。他还发现"藏族信奉喇嘛教，妇女较漂亮，就是不讲卫生，其美丽不下汉人，甚觉可爱"。杜鹏程作为进入藏区的首位党代表，其任务之一便是动员安多藏区的保安司令黄正清起义。可惜，时间不足1月，工作刚刚展开，又突接王震司令来电："立刻返回兰州，随大军进疆。"

又如在《穿越祁连山》中："写过长篇小说《保卫延安》的著名作家杜鹏程在《战争日记》（收入《杜鹏程文集》卷四）记载："过祁连山时，我们先头部队五师通过这数百里荒无人烟的地区时死伤一百六十余人，有的全班全排一块冻死了；有的马兵把马缰绳挽在胳膊上躺倒就死了……"

在《西域名城：喀什》中："建国初期，王震将军率西北野战军进入新疆。进驻南疆的是郭鹏军长、政委王恩茂率领的第二军，他们从吐鲁番出发，历时26天，跋涉两千多公里，到达喀什，受到五万各族各界人民夹道欢迎。末了，部队驻扎疏勒，从此疏勒历史揭开了新的一页。

"当时，随军进入喀什的还有我敬重的作家杜鹏程，他在收入《杜鹏程文集》的《战争日记》中这样描写喀什："维城是标准的少数民族城市，全城没有一座高楼或新式建筑，街道也无大的商店。一排排低矮的木头小

房，木房内货架环绕，两三丈见方的地板上，铺上毛毡或地毯，商人便坐在那里售货。站在街上，看着拉毛驴的行人，戴着面纱的妇女，以及听着那用维语的叫卖声，真像到了西亚的城市一样。"他还写道："维吾尔族是能歌善舞的民族。黄昏偶尔出去散步，你总会听到，从树下或屋内传来冬不拉的声音。据说这里不少老人，都是用歌声，唱着维族的历史或故事，青年和姑娘们围着听，有的还边听边舞蹈。"十分感谢这位文学前辈用文字记录下来边城喀什最真切的情况。整整半个世纪之后，我在喀什停留期间，每每参照，以便对喀什有更真切的把握。"

不难看出，不管何时何地，杜鹏程都深深热爱着祖国和人民，在祖国的土地上，他永远是位激情荡漾的诗人。

1979 年参加第四次文代会的陕西代表。

左起 贾平凹、魏钢焰、李若冰、胡采、莫伸、杜鹏程、王汶石

杜鹏程小传

　　杜鹏程（1921—1991）陕西韩城人。笔名司马君、普诚，中共党员。大学毕业。1937 年参加中华民族解放先锋队。历任延安抗大、鲁迅师范学校学员。后到陕甘宁边区农村工作，经过整风、大生产运动后赴工厂工作，在西北野战军任新华社随军记者、新华社西北野战兵团野战分社主编。1949 年后历任新华社新疆分社社长，陕西省作协副主席，陕西省文联副主席，专业作家。全国第二、三届政协委员，中国文联第四届委员，中国作协第二、三、四届理事。20 世纪 40 年代开始发表作品。1955 年加入中国作家协会。著有长篇小说《保卫延安》，中篇小说《在和平的日子里》《历史的脚步声》，小说集《年轻的朋友》《平凡的女人》《杜鹏程小说选》，另有《杜鹏程散文选》《杜鹏程散文特写选》，评论集《我与文学》等。

　　（见《中国作家大辞典》471 页，中国文联出版社 1999 年 12 月第一版）

原载《汉江文艺》1982 年 1 期

2016 年 4 月增订

李若冰：西部散文先驱

在中国文坛，若讲西部散文，李若冰是绕不过去的巨大存在。早在上世纪五十年代，他就单枪匹马，独闯西部。中国西部的祁连雪峰、瀚海大漠、葱茏绿洲、长城烽燧、戈壁油田、壮丽冰川在李若冰胸中燃烧起团团烈火，仿佛浑身有使不完的激情。刚诞生的年轻的人民共和国，多年战乱结束、百废待兴的各项事业，与刚从北京文讲所学习归来，二十六七岁的李若冰昂扬的心态、火热的激情完全一致、十分合拍，"把自己的手紧紧地扣在生活的主动脉上"，"用自己的胸脯贴着生活发展的脉搏，感受生活、感受时代"，去热情地讴歌共和国第一批勘探者。他认为石油是共和国工业发展的血液，为祖国勘探奉献更多的石油，是每个勘探者神圣的职责，

歌颂资源丰富的大西北和乐于奉献的勘探者，也是文艺工作者义不容辞的责任。他奋笔疾书，在刚三十岁时，就为读者捧出了第一本散文报告文学集《在勘探的道路上》（作家出版社 1956 年 3 月），3 年后，又把集中反映青海柴达木盆地石油工地生活的散文报告文学结集为《柴达木手记》（作家出版社 1959 年 4 月），这两部讴歌时代、讴歌建设者的散文报告文学集深受读者欢迎，在中国文坛引起轰动，也为李若冰带来巨大声誉，可谓一举成名。《在勘探的道路上》《柴达木手记》也成为李若冰的成名作、代表作。

1956 年，在全国首届青年作家代表大会上，他和作家柳青受到了周总理的接见。周总理对他说："你是这里最年轻的作家，希望你写出更好的作品。"之后，他又一次次地西出阳关，穿越河西走廊，登上祁连山，以一个作家的身份挂职兼任了柴达木地质勘察大队的副大队长，在柴达木、

陕西文坛先辈。

左起 杜鹏程、胡采、王汶石、李若冰

塔里木盆地和塔克拉玛干大沙漠以及高山、雪湖和草原上留下了他一步步跋涉的足迹，写出了一篇篇脍炙人口的散文佳作。他的作品就像石油一样从心底里源源不断地喷发出来。在短短十年中，《旅途集》《红色的道路》《山·湖·草原》《神泉日出》《爱的渴望》（合作）《李若冰散文选》《高原语丝》《塔里木书简》《满目绿树鲜花》等十多部描述中国西部山川地貌，讲述西部人物故事的散文集，文笔优美，故事感人，直抒胸臆，充满激情，深受读者喜爱，他的西部散文系列著作是矗立在中国西部戈壁大漠间的文化丰碑，使一代代的年轻人了解了西部，也使李若冰蜚声文坛，他是新中国西部当之无愧的散文先驱。

二

　　1926 年，李若冰出生在关中大地北部的陕西泾阳蒋路乡阎家堡，那是发源于陇山泾水积淀的一方厚土，泾河自北向南流淌，渭河则由西向东从八百里秦川划过，两河相交，竟有一成语产生：泾渭分明。

　　凭此，也该称块风水宝地，更何况中国最早的《诗经》便在《小雅·六月》中直接描述泾阳："猃狁匪茹，整居焦获。侵镐及方，至于泾阳。"之后，周、秦、汉、唐均为三辅名区，京畿重地，风光辉煌，不必细述。

　　泾阳委实有许多出众之处，偌大的平原，置身其间，放眼环顾，四野直达地平线。即便上了北塬，也仅是比平川高出数丈的平原，并无山岭纵横。此外，从地图上看，泾阳大致在中国疆土的中心点上。无怪乎中华人民共和国惟一的大地原点选准了泾阳县永乐镇。

　　但少年李若冰却生于寒门，本来姓刘，出生后不久被卖给一户杜姓人家为子，故曾用名杜德明，后得知他生母姓李，为了纪念他去世的亲生母亲，内心铭记一个孤儿心灵上永远也难以弥合的心理创伤，他改为母姓，开始用现名李若冰。

上世纪五十年代李若冰在柴达木

李若冰代表作《柴达木手记》

李若冰酷爱骆驼，曾用笔名驼铃

抗战爆发后，国共合作的统一战线建立，泾阳成为八路军驻地，著名的青年干部培训班便设立在泾阳安吴堡。受其影响，1938 年 12 岁的李若冰奔赴延安参加抗战剧团，只有小学四年级文化程度的他得力于在剧团受到的艺术熏陶。战地宣传在火热的生活、火热的战斗中所起到的作用，使他深深热爱上艺术、热爱上文学，并考入鲁艺文学系，正式开始了长达 60 年的文学生涯。

有必要写上一笔的是他所以能够考上鲁艺，得力于作家孙犁。李若冰的考试作品是《看戏》，在一篇不长的小文章中写出了真情实意，反映出他直接从生活中发现生动素材的能力，也因此而被孙犁看中，成为鲁艺文学系的学生。孙犁是 1944 年夏天由华北到达延安的，最初在鲁艺文学系做研究生，后来因在延安的《解放日报》发表了《荷花淀》《芦花荡》等短篇小说。其像荷花一样清新独特的艺术风格引起了文坛广泛的关注，被誉为开启了中国"诗化小说"的先河。时任鲁迅艺术学院院长的周扬专门去孙犁住的窑洞看过他。之后开始在鲁院当教员，为学生讲授《红楼梦》。这些阅历在《孙犁全集》中有记载。李若冰和老师孙犁也留下这一段难得的师生情谊。

40 多年后，两人都步入晚境。1986 年元月，李若冰辞去陕西省委宣传部副部长、文化厅厅长职务，于 5 月底到天津参加第二届散文节。到达天津当天下午，李若冰便由人陪同，专程前往孙犁寓所探望老师。孙犁闻声出门迎接，对这位 40 多年前的学生，孙犁还有印象，也记得名字。那天，孙犁精神状态很好。孙家阳台上有一棵石榴树，正开着红花，也给李若冰留下了深刻的印象。以上在《李若冰纪念文集》收入 1986 年 6 月 3 日的日记里有记述。

其实，早在上鲁艺前，李若冰便开始练习写作，他先取笔名驼铃，是他看见延安城外的骆驼，想到这种负重远行的生命是令人敬仰的，驼铃是

跋涉者心灵的歌唱。这一时期，他利用分分秒秒的时间博览了古今中外的优秀文学作品，还尝试去写点小文章。也就是在此时，他的一个诗意盎然的笔名"沙驼铃"诞生了！这是因为他常在延河畔看到骆驼那奇丑而又可爱的形影，对它的坚韧、负重和对信念的执著精神油然而生的敬意。

这也预示着沙驼铃注定要与雄浑苍凉的西部打一辈子交道。早在1954年李若冰进入青海柴达木盆地，同时还兼任酒泉地质勘探大队副大队长。此后五进柴达木，曾在大庆油田、关中农村、塔里木和塔克拉玛干大沙漠等地生活。1959年他的《柴达木手记》结集出版时，当时书中的多位主人公已被打成右派，但他却坚持不删改这些人的名字，大胆地让所谓"右派"以本来创业者和奉献者的形象走进读者的心灵。

在新时期文学大潮中，李若冰焕发青春，再走西部，重进塔里木，在80年代中又推出散文新作《塔里木书简》《高原语丝》《龟兹乐舞之乡》等，在艺术创作上登上新的高峰，从这些作品里也看到了他的生命流程。人们都说，他是西部散文的代表人物，最早发现了西部美，歌颂了西部美，为祖国石油工业树起了一座丰碑。1993年8月，他和已故的著名诗人李季，被石油部授予"特殊贡献奖"，他俩被称为是石油文学的奠基人和开拓者。

三

李若冰创作的西部散文开创了一个时代，也影响了几代作家。由解放军部队汽车兵成长为作家的王宗仁说："我是先读李若冰写柴达木的散文，尔后才走进柴达木的。那时候他的那些散文都零零散散地发表在报刊上，凡我尽力可以找到的都会找来珍宝般保存起来。"后来王宗仁因喜爱李若冰写柴达木的散文，作为奔忙在青藏线上的汽车兵也喜爱上了文学，几十年过去，也成为以创作西部散文出名的军旅作家。以写石油题材出名的作家肖复华视李若冰为自己创作的教父，他的第一部著作《世界屋脊神曲》

千方百计托人请李若冰作序。

青海作家朱奇与我交好多年，每次见面必谈李若冰，说他早年在部队因写诗转业至青海文联，面对苍凉高原，心中一片茫然，写什么呢？恰在这时，李若冰写西部、写青藏高原的散文和报告文学给他的心灵打开了窗户，《在勘探的道路上》《柴达木手记》，他读了一遍又一遍，李若冰成为他心中的文学偶像。他深入祁连山，寻叩唐蕃古道，到牧区采访，在青藏高原呆了半辈子，结集十几本诗集和散文集，连任两届青海省作协主席。1988 年，他在精心结集《朱奇抒情散文选》时，特地请李若冰作序，而李老为朱奇写的《朱奇散文的魅力——〈朱奇抒情散文选〉序》也被李老收入《李若冰文集》卷四首篇位置。

深受李若冰西部散文启发，在散文领域辛勤耕耘，取得相当成就的散文家还有和谷、师

晚年李若冰

李若冰重返柴达木

李若冰与夫人贺鸿钧

银笙、刘成章、朱鸿、闻频、牧笛、薄厚、史小溪、陈长吟等多位作家，他们之中不乏以散文名世，或有佳作入选中学课本，或荣获各类大奖，但在最初迈上散文创作道路，李若冰的西部散文都给过他们启迪和教诲，李若冰在他们心目中也自有一份别人无法取代的分量。

在我的文学生涯中，接触李老是从他夫人贺鸿钧老师开始的。1970年前后，在陕南农村务农的我开始写作，因在报刊发了几篇作品，1975年夏天，时任刚恢复的《陕西文艺》副主编的贺鸿钧和小说编辑张文彬（杜鹏程夫人）经地区文化馆介绍，来到我务农的村里，因我父母冤案尚未平反，她们没来家里，把我叫到村里学校，我那会二十六岁，已务农上十年，她们详细问了我的情况，又看了我拿去的作品，看得出来，她们对我处境十分同情，说了许多鼓励的话，带走了作品，还说争取让我参加省上创作会议，她们下来就是为省上开会了解作者情况。不用说，贺鸿钧老师这次来对正在苦苦奋斗着的我是巨大的鼓舞。后来，她们回去替我说了不少好话，使我能在1975年冬天去西安开会，第一次见到路遥、陈忠实、贾平凹、邹志安、郭京夫、李凤杰、李天芳、晓雷等久闻其名的同行。我的两篇作品也分别发表于《陕西文艺》1976年3期和4期。作品第一次上本省正儿八经的文学刊物，在我的文学道路上投下亮色。还有

1996年12月全国第五次作代会，李若冰贺鸿钧夫妇 （王蓬　摄）

件事也让我难忘，1981年汉中发了洪水，铁路公路都中断了，其时接省作协通知，一是让我在《延河》当一段见习编辑；或是参加省作协为期三个月的读书班，我却无法去西安，贺鸿钧老师说让我坐飞机去，《延河》给报销。当时县级领导才能坐飞机，我还是农民，因是生平第一次坐飞机故印象深刻。

　　后来李若冰老师担任省文联主席，我也任汉中市文联主席，每年或开会，或搞活动，接触多了，我感到李若冰老师最大的特色就是质朴和本色，从不以老革命、大作家自居，毫无架子不作做，他年长我22岁，在我心中就是和蔼可亲的长辈，我在他面前也从不局促。有次会议结束，他说"王蓬你迟走一下，我有点事。"我随他到房间，他拿出一套崭新的《李若冰文集》四卷本，打开扉页，上面郑重写着：

　　　　王蓬同志正之

　　　　　　　李若冰 2004 年 3 月西安

　　我郑重地拿回家，与《柳青文集》《杜鹏程文集》《王汶石文集》一齐放在书架最上层，意味要永远在他们指引下有所收获，也表达我对他们永远的感谢和怀念。

《李若冰文集》四卷本
陕西人民出版社 2004 年第一版

《李若冰纪念文集》
三秦出版社 2011 年 11 月第一版

李若冰小传

　　李若冰（1926—2005）陕西泾阳人。笔名沙驼铃。中共党员。1945年毕业于鲁迅艺术文学院文学系。1938年参加延安抗战剧团，后历任中央宣传部助理秘书，西北军区政治部秘书，中央文学研究所学员，中国作协西安分会专业作家、副主席兼秘书长，陕西省文化局副局长，陕西省委宣传部副部长，省文化文物厅长，省作协党组书记，陕西文联主席，中国作协第四届理事，第五、六届名誉委员。陕西省第六届人大代表，陕西省第七届党代会代表、省委委员。享受政府特殊津贴。1949年开始发表作品。1956年加入中国作家协会。文学创作一级。著有散文集《在勘探的道路上》《柴达木手记》《旅途集》《红色的道路》《山·湖·草原》《神泉日出》《爱的渴望》(合作)、《李若冰散文选》《高原语丝》《塔里木书简》《满目绿树鲜花》等，另有文集《永远的诗人》（李若冰文论集）、《李若冰序文集》《李若冰文集》（四卷）等。1993年曾获青海石油文联突出贡献奖。

　　　　　　　（见《中国作家大辞典》447页，中国文联出版社1999年12月第一版）

2016年4月20日

陈忠实：白鹿原的绝响

　　作家倾其一生的创作探索，其实说白了，就是海明威这句话所作的准确而又形象化的概括——"寻找属于自己的句子。"那个"句子"只能"属于自己"，寻找到了"属于自己的句子"，作家独立的个性就彰显出来了，作品的独立风景就呈现在艺术殿堂里。

　　回首往事我惟一值得告慰的就是：在我人生精力最好、思惟最敏捷、最活跃的节段，完成了一部思考我们民族近代以来历史和命运的作品。

——陈忠实《寻找属于自己的句子》

——

　　踏上这片厚土，便让人顿生敬畏之心。在中国版图中华大地上，可能

1980 年陕西作家群。

左起 京夫、路遥、蒋金彦、徐岳、邹志安、陈忠实、王蓬、贾平凹、王晓新

没有任何一片土地能像八百里秦川，关中平原能有如此厚重的历史积淀和如此深邃的文化传承。我们常说黄河是中华民族的摇篮，今西安市东南发现的蓝田猿人遗址和大量的各种用途的旧石器，至今已有五六十万年的历史。近在西安市区的半坡遗址则表明，约在六七千年前，这里曾生活着一个高度发达的母系氏族村落，他们用石头和骨头磨制出锋利的斧、刀、铲、箭头和鱼钩，烧制出碗、壶、瓮、罐、瓶等陶器，不仅用于日常生活，连黑红两色描画的图案都非常优美，简单的线条表现着飞奔的鹿和游动的鱼，栩栩如生，堪称古代先民的艺术杰作。再是黄帝陵、炎帝陵都在陕西境内，说明我们的祖先最早就在黄河流域、黄土高原繁衍生息。人类进入文明史后，奴隶社会鼎盛时期西周所建立的镐京，在今西安市长安县斗门镇附近。

汉唐皆建都长安。此为钟楼

陕西历史博物馆一角

这是因为从当时人类的活动半径看，再也找不到一块比八百里秦川更为优越的形胜之地。同时，古人讲究国都应为"天下之中"，即位于全国内陆腹地的中心。时至今日，打开地图，便可清楚看出陕西位处河南、山西、湖北、重庆、四川、甘肃、宁夏、内蒙古八省区之中，这在全国 30 多省市中绝无仅有。上世纪九十年代初测定设建的中华人民共和国大地原点，距西安市直线距离仅 45 公里。可见古人眼光是何等智慧远大。

八百里秦川是由黄河最大支流渭水冲积沉淀而成的带状平原，它西起宝鸡，东到潼关，长达 700 余里，宽约 100 余里，南有巍峨秦岭屏障，北有渭北高原襟怀，其间有渭河横贯，水草丰腴、土地肥美，周人和秦人的祖先很早就在这里繁衍垦殖，加之四塞皆关，也被称为关中。当时，人类的开发相当有限，山川植被还保持着原始的风貌，汉唐时期，国都长安被渭水、泾水、灞水、浐水、沣水等八条河流环绕。早在春秋战国，秦国便修筑了郑国渠，利用渭北高原二级台阶引泾水自流灌溉泾阳、三原、高陵、临潼、富平、渭南等县土地多达 280 万亩，使关中大地连年丰收，水旱从人，不知饥馑，成为当时最为发达的农业经济区。古代的史书称关中为"海陆之地"和"天府之国"。比如司马迁在《史记》中写到："关中之地，于天下三分之一，而人众不过什三，然量其富，则什居其六"。又说关中"南山（秦岭）有竹木之饶，北地有畜产之利"，关中平原更是"男有余粟，女有余帛"，可以说是公元前十世纪至公元八世纪全世界经济最为发达、社会高度文明的地区。

八川分流绕长安，秦中自古帝王州。

正是由于关中地形之胜和物产之丰，长安常被作为建立国都的首选地，从公元前 1000 多年的西周开始，八百里秦川便为多个王朝修建规模宏大的都城提供了理想的用武之地，西周时修建丰、镐二京时，既有城堡，又有街市，筑城卫君，造廓守民。这是最早诞生于中华大地上的城市。

1981 年美国威廉士大学出版《中国，新一代的收获》其中收有陈忠实的《信任》和王蓬的《批判会上》，均为曾发表在《人民文学》1979 年的短篇小说。

秦王朝崛起后，更是在关中平原，渭河两岸大兴土木。唐人杜牧在《阿房宫赋》中描述："复压三百余里，隔离天日"。这些琼台楼阁仙境般的建筑虽被项羽统帅的义军点燃，"大火三月不熄"烧为灰烬，但秦王朝修建的豪陵，以及陪葬的秦兵马俑却在数千年后，仍让世界久久地惊叹。周秦创制，汉唐拓疆，奠定了中华大地的规模与根基，使我华夏民族由此生生不息。

亘古绵延于西安市东约 30 公里处的白鹿原可以说是这片厚土的缩影，登上坡塬，无须眺望，蓝田猿人，汉唐故都，烽火曾戏诸侯，鸿门曾摆盛宴，秦陵汉冢清晰排列，灞柳唐诗千年传承，就连这苍凉空旷的荒原早在东周便因有白鹿出没便被命名为白鹿原了。这是否预兆着 2500 年后，这里要诞生一部揭示这个民族秘史的皇皇巨著——《白鹿原》，要诞生一位中国当代最杰出优秀的小说大师——陈忠实。

在人类的历史长河中，包括文学在内的文明是一种点点滴滴、薪尽火传、循序渐进的积累过程。没有《诗经》、唐诗、宋词、元曲、明清话本、三言二拍，甚至《金瓶梅》的诞生，就很难出现《红楼梦》。康乾时代，中华五千年的文明，包括建筑、园林、诗词、饮食、服饰、礼仪都高度发达，

关中乡村小景

灞河古渡

到了需要和应该总结的时候。首先是历史和时代在呼唤一部如《红楼梦》那样的巨著出现。历史非常严格甚至苛刻地选择了曹雪芹。全唐诗仅遗存下来的便有48000余首，诗人逾千。没有这庞大而众多的群峰托垫，也产生不了李白、杜甫这两座高峰。

《白鹿原》的诞生也并非偶然。关中平原，八百里秦川，周秦汉唐历经千年的文化积淀。加之百年重大历史事件，党中央在延安，西安事变。建国后柳青、杜鹏程、王汶石等创作的影响深远的文学作品，都影响和呼唤着这片黄土地上一部厚重作品的诞生。应该说，时代的这种需要与呼唤也是非常严格地选择着作者，这个人必须是农民的儿子，对黄土地有血脉般亲缘的继承；又不能远离城市，否则就远离了城市文明和现代脉搏；又必须对文学像宗教般的虔诚和具有矢志不渝的献身精神。陈忠实不仅具备这一切，还在白鹿原下那座土房子中从构思到搜集素材，遍阅方志，然后从动笔到完稿，苦苦待了六年。

我曾去看望过忠实，这也是他的故乡，村落沿灞河川道一线摆开，不大，也就几十户人家，由一条简易的土路串连起来，屋后便是厚重延绵的白鹿原了。我去是早春，透凉的河风吹动光秃秃的树梢，我们去河边散步，灞河的水倒很清冽，还有涟漪。看到河滩冲得很干净的卵石，我想起陈忠实散文中曾写过在严寒的冬天，把河卵石放在灶火烧热放在被子给娃暖脚。也看到陈忠实写《白鹿原》时，为避炎夏的酷热，在自己小院靠坡原一面挖出的避暑窑洞。早春时节的白鹿原有一种厚重的苍凉。这还是2000年前后的事。那么上世纪五十年代，陈忠实上学途中和狼遭遇就是完全可能的事情。至于他小学毕业步行到十几公里外的灞桥镇考试，鞋底磨穿，光脚被沙石磨得疼痛难耐，就在他落在所有赶考同学后边，已灰心丧气，却被陇海铁路一列恰好经过的火车长长的嘶鸣惊醒，他拔腿而起，终于追赶上了同学和老师。在他作品中读到的少年陈忠实如图画般的人生场景在这

里得到最真切的印证。

陈忠实说写作《白鹿原》最深的感觉是孤寂。他原不喝酒，那几年却喝光了家里所有的存酒，酒瓶在屋角成堆。下午便到白鹿原荒沟中去烧荒草，看火苗跳跃。还下定决心，如果这部书再不成功，就与老婆在农村养鸡，再不去做空头文学家……这其中甘苦，非亲历不可体会万一。然而事实是：当年，《白鹿原》便在人民文学出版社主办的大型文学期刊《当代》杂志上分两期跨年度连载。1993 年 6 月，人民文学出版社隆重推出发行《白鹿原》单行本

人民文学出版社 1993 年 6 月首版《白鹿原》书影

时，首印 1.5 万册。陈忠实曾说"上世纪九十年代初是文学最低谷的时候，这个小说首印 1.5 万册我已经很感动。当时责编跟我说，出版社决定给我当时最高的稿酬标准，千字 30 元钱，我算了一下可以拿到 1 万元。我跟我的老婆说，咱们家成万元户了。"但在随后短短的五个月内，人民文学出版社又先后紧急加印六次，有时一个月内就加印两次，累计印数达到56.5 万册，一时间可谓"洛阳纸贵"。一位资深编辑感慨："那时还没有今天这样成熟的宣传营销模式，更不会像现在某些商业化的'过度炒作'，《白鹿原》所引发的轰动效应完全是依靠这部作品自身独特的综合魅力。"之后，《白鹿原》印刷早达数百余万册（数倍于此的盗版不计）。数百万读者岂可收买？只能归功于作品的魅力令读者倾倒。

《白鹿原》的责编之一，《当代》常务副主编何启治将《白鹿原》视作中国"五四"以来最棒的长篇小说、坐第一把交椅的长篇小说。对于《白鹿原》的诞生，他还不无幽默地说过，陈忠实在他祖居的老屋里开始写初

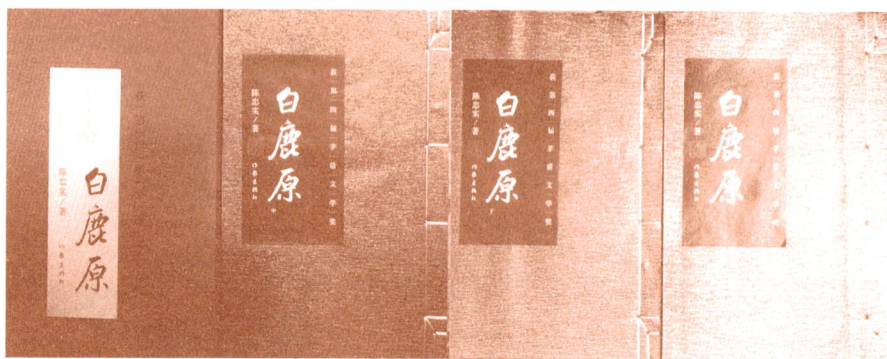

宣纸，竖排，繁体，线订，盒装的《白鹿原》作家出版社 2011 年 4 月第一版

人民文学出版社不同时间所出版不同版本的《白鹿原》

稿的时候不是在桌子上写的,是拿着一个大笔记本在膝盖上放着写出来的。后来才在一张小圆桌上写作,于是,从白嘉轩到田小娥纷纷登场,他们就是在小圆桌上诞生的。陈忠实开始写《白鹿原》的时候,在屋前十来米种了一棵很小的梧桐树,到他写完的时候,梧桐树已经有胳膊这么粗,有一个圆伞那么大的遮阴的地方,可以让忠实在那里休息。那棵梧桐树可以见证忠实付出了多少心血完成《白鹿原》长篇小说的创作。何启治还透露,《白鹿原》诞生以后,石家庄一个医生还是护士,给陈忠实写了一封信,薄薄的两页纸,里面首先说:我不知道你还能不能活着看到我这封信,因为在我看来《白鹿原》的作者不死也得吐血。

上海复旦大学著名教授、学者贾植芳说:陈忠实和他的《白鹿原》,是当代文坛一个重要现象,深入探讨它,对理解当代文学有重要的现实意义与历史意义。

曾任中国作家协会副主席、著名文学评论家冯牧说:《白鹿原》是一部具有史诗规模的作品,达到了一个时期以来出现的长篇小说所未达到的高度与深度,闯出了一条自己的路子。

著名文学评论家屠岸说:这是一部摒弃一切旧模式,对民族历史进行了深刻反思、总结,对文学语言加以创造的辉煌巨著。

著名文学评论家阎纲说:《白鹿原》是鲁迅笔下的末庄,柳青笔下的蛤蟆滩,加西亚马尔克斯《百年孤独》里的马贡多小镇。

著名文学评论家雷达说:《白鹿原》是一个整体性的世界,自足的世界,更是一个关照我们民族灵魂的世界。

围绕《白鹿原》诞生而产生的评论、传闻远远不止这些。至于《白鹿原》获茅盾文学奖和位居各排行榜、阅读榜并列榜首已成常态。至今《白鹿原》仍处于中国长篇小说创作不可动摇的峰巅位置,丝毫没有被取代的迹象。而且,随着岁月推移,《白鹿原》如同一件魅力无穷的文物,时时

被发现光彩，仅是研究《白鹿原》及陈忠实的各种专集、专刊、专著、画传、人物传便多不胜数，十倍、百倍于《白鹿原》的规模和字数。

当然，这些都是后话。古语：千里之行，始于足下。因为任何伟人、名人来到这个世界的第一声啼哭，与别的婴儿并无两样。

二

我知道陈忠实是在上世纪七十年代初，准确地说是 1973 年 7 月，刚复刊的《陕西文艺》在卷首隆重推出了一篇近两万字的小说《接班以后》，尽管受当时政治气候局限，但作品浓郁的乡村生活气息，活生生的人物，铿锵有力的语言，以及整部作品的厚重和气势，使我一下牢记住了作者：陈忠实。还曾打听过他的情况，怎么能写这么好的小说，后来听说是位人民公社书记，我吓了一跳，心想难怪。那会，我在陕南农村务农，属社会最底层的"狗崽子"，公社书记就是所能见到的最大的官。由于精神苦闷，刚开始学习写作，到处寻找可阅读的东西。之后，凡陈忠实的作品都找来看，短篇小说《高家兄弟》《公社书记》等，都十分厚重大气，几乎每篇都引起强烈反响。记得 1975 年我在汉中县文化馆修改革命故事，看到陈忠实写的革命故事《配合问题》是反映合作医疗的，后来知道他还担任过公社合作医疗卫生站领导。陈忠实这篇革命故事《配合问题》结尾我至今都记得："配合问题有问题，心中升起火红的旗。"还在《西安晚报》见到他一篇农村速写《铁锁》，受到启发，试写了篇小说《假日》居然刊登上了当时有影响的上海《朝霞》1975 年 9 期。

真正见到陈忠实是 1975 年冬天，《陕西文艺》召开创作会议，后来成为"陕军"主力的作家几乎都参加了那次会议，陈忠实、路遥、贾平凹、邹志安、京夫、李凤杰、晓雷等有近百人。我因发表了几篇作品，又一贯"夹着尾巴做人"也被通知参加。去了就想见到陈忠实，人生不好打听，直

到一天晚上，安排陈忠实介绍创作经验，在省文化厅招待所礼堂，大冬天，没有暖气，仅是烧着几只煤炉放在过道。大家都穿着棉袄。我早早去前排占了座位，准备好钢笔和笔记本。那时陈忠实刚三十出头，远不是《白鹿原》出版时那副沟壑纵横、沧桑凝重的面孔。正是虎虎有生气的年纪，棱角分明的脸庞充满活力。我注意到他穿着当时农村小伙同样的土布棉袄，罩着件四个兜兜的干部制服，显得朴实庄重，这副模样与他厚重大气的作品十分合拍，我心里想，陈忠实就该是这副样子。当然，我更注

《延河》优秀短篇小说评奖揭晓

为了促进短篇小说进一步发展与提高，繁荣我省文学创作，更好地为"四化"建设服务，本刊举办了 1980 年 10 月至 1981 年 9 月，优秀短篇小说评奖。在广大作者、读者、专家和各方面同志的热情支持下，评选现已揭晓。

此次评奖，经广大读者推荐，评委反复讨论、研究，于 1981 年 12 月 8 日评委扩大会上审定通过。现将入选篇目（计八篇，以发表时间为序），公布于后：

诗圣阎大头	（1980 年 12 月）	王晓新
雪花飘飘	（1981 年 1 月）	莫 伸
姐 姐	（1981 年 1 月）	路 遥
喜 悦	（1981 年 1 月）	邹志安
尤代表轶事	（1981 年 1 月）	陈忠实
银秀嫂	（1981 年 1 月）	王 蓬
琴姐	（1981 年 4 月）	贺抒玉
村 愁	（1981 年 5 月）	余君亮

1981 年首届《延河》优秀短篇小说评奖揭晓，陈忠实的《尤代表轶事》获奖，同时获奖的还有路遥、莫伸、王蓬、邹志安、王晓新、贺抒玉等

意他讲话的内容，我记在笔记本上的重点是：什么是重大题材？陈忠实一脸认真地说，无产阶级革命进行到一定历史阶段带普遍性的问题就是重大题材……

　　我当时钦佩极了，心想这么复杂的问题人家怎么一句话就说清楚了。时隔多年，我跟陈忠实说起当时情景，两人皆哈哈大笑。但那会对文学无比虔诚，贾平凹刚发表学习雷锋的《一双袜子》，路遥写的是学习大寨的《优胜红旗》，这是真实发生的事情，谁也无法轻易否定，那会虔诚的只怕把这些荒唐事写不好。巴金、柳青那么伟大的作家都无法摆脱时代的局限，

何况我辈。正是由于亲历那段弯路，体会深刻，才会有日后彻底的反思与新生。

也是那次会上，有次午餐与陈忠实同桌，菜有荤有素，还有只鸡。陈忠实说看见鸡就想起当公社书记带人到农民家中催收毛猪鲜蛋，有些人家把母鸡刚下的蛋都交了，蛋还温热上面带着血丝。我心里听了十分酸楚，在农村多年，每年都为完成毛猪鲜蛋的任务犯愁，想不到这位公社书记还能替农民说话，尊敬中又增加了好感。

三

之后，粉碎"四人帮"文坛复苏，举办各种活动，真正与陈忠实熟悉是 1979 年冬天。刚恢复工作的陕西省作协举办重点作者读书班，一期三个月脱产读书，地方在省党校。这得力于重新走上省作协领导岗位的胡采、柳青、杜鹏程、王汶石和李若冰，他们都是从延安出来的老革命、大作家，与时任陕西省委宣传部部长刘端芬是延安时代战友，举办重点作者读书班得到刘端芬部长大力支持。亲自出面协调，在省党校教学楼五层拨出了两间教室，一间住五人，每人一床一桌，很宽敞

陈忠实与王蓬在褒谷口

明亮，吃饭也在省党校食堂，冬天还有暖气，这在当时已很阔气。

我能够参加读书班一方面是从 1976 年起，连续在《延河》上发表了短篇小说《学医记》《妯娌之间》《猎熊记》《银秀嫂》等作品；另一方面我还在农村是靠挣工分养家的农民，处境引起大家同情。省作协也对我这个农村新人颇为看重，破格让我分别在 1979 年和 1981 年参加了两期为时三个月的读书班，提供食宿和回村记工分的误工补贴，这真是天上掉馅饼的好事。对于我提高文学修养，开阔眼界起了很大作用。

报名时我看到首期有陈忠实，还有商洛的京夫，西安的张敏、周矢，陕北的胡广深、朱合作等。尤其是有陈忠实和京夫，心里非常高兴，觉得这是向他们学习的好机会。

但去了好几天却没有见到陈忠实，我心里有些失落，便向京夫打问，因为京夫和陈忠实比我年长几岁，创作时间也比我长，再是我和京夫此前参加过省群艺馆举办的故事改稿会，比较熟悉。一天下午散步时，我问京夫："陈忠实怎么没来？"

京夫回答说："陈忠实调西安郊区文化馆了，可能遇到麻烦了。"

我大吃一惊："怎么会呢？他不是公社书记吗。"

"听说是在《人民文学》发表小说《无畏》的事，具体我也不太清楚。"

听京夫一说，我心里悬了起来。此前我因为在上海《朝霞》1976 年 3 期发过篇超过万字的短篇小说《菜苗事件》被相关方面调查过，看是不是与上海的"四人帮"有啥联系，弄得全家都很紧张。后来发现就是个连村子都没出过整天抱着镢头学大寨的青年农民才算了。

当时，陈忠实因为在刚恢复的全国"文学重镇"《人民文学》1976 年 3 期头条发表了两万多字的小说《无畏》产生重大影响，许多人就是因为这篇小说知道了陕西有个陈忠实。比如北大教授钱理群在《我的精神自传》就说他最早就是从《接班以后》《无畏》等作品中看出陈忠实的创作潜力，

1979 年陕西作协首届读书班。

左起 张弢、胡广深、周矢、刘斌、黄桂花、陈忠实、朱合作、王蓬、张敏、京夫、赵茂胜、郭培杰

还有四川写《春潮急》的克非，天津写《机电局长的一天》的蒋子龙等都从那时就进入这位资深教授的视野。但粉碎"四人帮"后，《无畏》还是给陈忠实惹了些麻烦。尽管他没有也不可能与"四人帮"有任何关系，但在当时背景下，仍沿着几十年形成的"阶级斗争"思维方式看待问题，陈忠实所在的灞桥区曾派人专程去北京了解《无畏》发表的背景。《人民文学》编辑部勇敢地承担了责任，副主编崔道怡亲临西安来解释，讲是他们主动约稿，陈忠实是作者更是党员，能不接受共产党办的《人民文学》约稿吗？话虽这么说，灞桥区还是把陈忠实调离公社副书记岗位，让他到西安郊区文化馆任副馆长。

陈忠实终于来省作协读书班了，我注意观察他很平静，看不出内心有什么波澜，这也和他做事沉稳有关，喜怒绝不形于表面。但陈忠实没有在

读书班住宿，他说西安郊区文化馆就在省党校附近，还约大家去看过，记得是一排平房，宿办合一的一间房子，很简朴，整个文化馆大部分人都搬到小寨新楼办公，老馆显得很陈旧，院里荒草很深，我当时还联想《聊斋志异》中描写的场景。环境确实很安静，陈忠实说他自己选的老馆。我心里还想陈忠实调这单位也好，不仅很适合读书，也很适合调整一下情绪。

但陈忠实还是隔三差五来读书班，一是要调换从省作协资料室取来的各类图书，二是和大家聊天。当时正是新时期文学高潮迭起，佳作不断，一个轰动接一个轰动，也引得大家议论不休。有件事我至今都记得：

一天，陈忠实来读书班，进门就嘻笑颜开，说："今天有个好素材，你们谁写？"

原来，那会许多电影解禁，从国外也引进了不少影片，比如日本的《追捕》《望乡》等影片就是那会放映的。省作协为让大家开扩眼界，允许给读书班购票观看。由于陈忠实任郊区文化馆副馆长，与小寨电影院属一个系统，为大家购票的事就落实给他。这天他去购票，让售票员开张发票。售票员问啥单位？陈忠实说作协。

岂料售票员反问："做啥鞋？皮鞋还是球鞋？"

"哗"大家都笑得前腑后仰，印象也就格外深刻。

那会常常下午晚饭后，大家会结伙在省党校附近的街道散步，当时还没有多少商铺，十分安静，正适合一群做"文学梦"的青年边走边聊。星期天还去过张敏家聚餐，在龙首村附近农村，当时西安还保持着上世纪中期风貌，龙首原上是大片麦地，在冬日的阳光下，渭北高原的帝王陵冢依稀可见。大家沿着麦地边水渠散步的情景，多少年过去仍历历在目。这也是因为粉碎"四人帮"后，多年压在人心里的石头掀开，拨乱反正，万物复苏，高考恢复，人心向上，整个国家都呈现出欣欣向荣的气象，每个人的心里都像春草发芽一样萌生着希望。

2000年王蓬、李凤杰、陈忠实、晓雷在汉中红寺湖

陈忠实在汉江河边（王蓬摄于2000年4月）

那次，大家都认真读书，极力摆脱过去的枷锁。胡采、杜鹏程、王汶石这些大家也来辅导。记得陈忠实集中阅读的是莫泊桑与契诃夫的短篇小说，我更喜欢梅里美和哈代，所以阅读这些短篇小说大师的作品是因为当时不仅陕西，几乎整个中国文坛都从短篇小说的崛起开始，中长篇小说的创作是上世纪八十年代后期的事情。读书班结束时，每个人谈体会，陈忠实以莫泊桑的《项链》为例谈到短篇小说的取材与结构。以契诃夫的《胖子和瘦子》为例谈到短篇小说的语言要精练、铿锵有力，说阅读这些小说使

1981年《陕西日报》获奖作品公布。陈忠实，《第一刀——冯家滩纪事》排在第一名。其余获奖者有邹志安、赵熙、王晓新、王蓬、牛如杰、全政

他明白了什么是真正意义上的文学和文学本质的意义。这也是大家共同的感受。

事实是，正是这种最贴近文学本质的阅读，了解和认识那些被世界公认的属于人类共同的文学大师和他们的作品，对创作新时期文学繁荣做了有力的铺垫。八十年代初期，沉寂了几年的陈忠实再次爆发创作激情，不长时间就创作发表了《信任》《第一刀》《徐家园三老汉》《南北寨》《尤代表轶事》《猪的喜剧》等一批短篇小说。其中，《信任》在《陕西日报》刊登了一个整版，引起很大反响，好评如潮，《人民文学》随即转载，并获

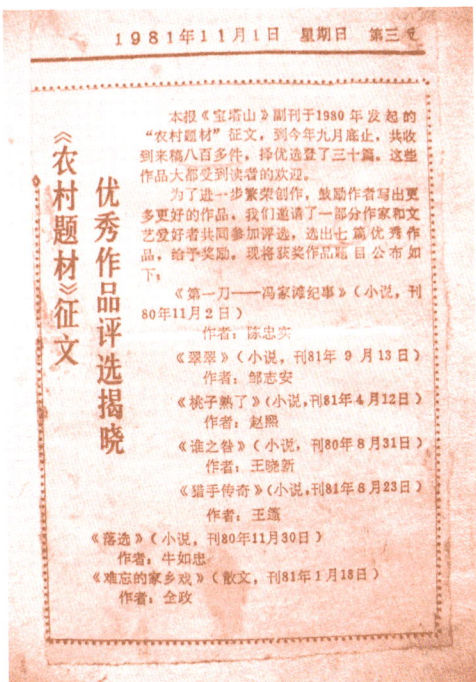

全国第二届优秀短篇小说奖。陈忠实再次显示出深厚的生活基础，扎实的创作功底和非同寻常的反思精神。

这段时间，我和陈忠实有了较多的近距离的接触。对他走过的文学道路也有了大致的了解。

四

陈忠实 1942 年出生，要比我年长六岁。他老家就在白鹿原下的西蒋村，属西安市灞桥区管辖。我因童年在西安度过，对城市方位还清楚，知道在城东纺织城方向。陈忠实 1962 年 20 岁高中毕业回乡务农，先当民办教师，后来成为基层干部。我则是 1964 年 16 岁初中毕业回乡务农，因属于"狗崽子"，当了整整 18 年中国社会最底层的农民。由于制度相同、规律一致，不管天南海北，工业都学大庆，农业都学大寨，全国都搞阶级斗争。陕南关中物候习俗尽管不同，"普天之下，莫非王土。"一种制度，一个天底下的日子不可能有太大区别，我关心的是陈忠实如何走上文学道路并取得非凡成就的。

陈忠实儿时并无祖母或外祖母讲述天上或地上的神话，以至于自己也萌发编织故事的念头。倒是农家子弟的贫寒衣食见拙产生深刻的自卑，只有采用拼命刻苦学习来找回自信。让老师当众朗诵自己的作文自然是最好的途径。因我也弄过这类事情，就不难明白陈忠实由此产生的对文学的兴趣。由于陈忠实年长我几岁，又是高中毕业，所以"文革"前 1965 年就开始在《西安晚报》上发表了《夜过流沙沟》《杏树下》《樱桃红了》等多篇散文。创作的动因除了兴趣爱好、名利稿酬，我认为还应有最深沉也最根本的原因：改变命运。高中毕业的陈忠实注定知道他所在的西安市灞桥区管辖的毛西人民公社之外，还有偌大的一个精彩天地，世界上没有谁愿意一辈子呆在贫瘠的黄土地上。

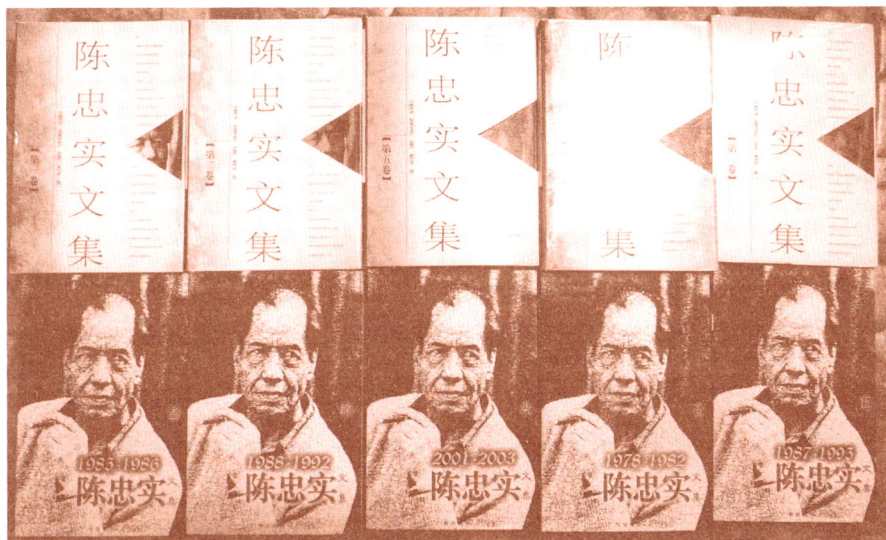

不同版本的《陈忠实文集》。上面为太白文艺出版社 1996 年 8 月出的五卷本；下面为广州文艺出版社 2004 年 5 月出的七卷本

　　这需要从当时的社会大背景来理解，按说高中毕业那会一个村也就一两个，并不多。问题是全国都搞阶级斗争不搞建设，也就不需要人才。1958年大跃进，盲目上了一批项目，小学毕业生都收，1962 年饥饿年代又全下马，把两千多万职工赶到农村。陈忠实恰好是 1962 年高中毕业。由于面临国家经济调整，大学停办减招，陈忠实所在全班无一人上大学就最说明问题。陈忠实能当民办教师就是万幸。但他肯定不会甘心，用写作既寄托兴趣又企图改变命运是很自然的事情。如果像现在政府号召"万众创业"谁都可以自由经商、办企业、开饭馆、跑运输，新时期还会出现连小地方都涌文学热吗？一个县城都有上千文学青年，其中不少人都企图用文学改变命运。张艺谋当时学摄影的最大愿望是离开苦累沉重的车间调进工厂工会。我在鲁院同桌湖北作家李叔德下乡七年，招工又烧八年锅炉。粉碎"四人帮"后，他发誓用文学改变命运。拼命写小说，一次同时发出九篇

小说。并在墙上划了图表，每退一篇，就画一个"×"。他发誓：如果划满九把×，就坚决洗手不干。娘的，太欺负人了。可就在划满九个×的当晚，他又干了起来。也许该感激这九个×，因为他写的正是那篇全国获奖小说《赔你一只金凤凰》。先考进鲁院后，又调进文联，确实改变了命运。

但是，当年就在陈忠实在《西安晚报》上发表多篇散文，心中燃起瑰丽的光焰，企图用文学改变命运的念头正活泛的当口，史无前例的无产阶级文化大革命爆发，据陈忠实回忆：1966年冬天，他在寒风凛冽的西安街头，亲眼目睹他崇拜的文学偶像胡采、柳青、杜鹏程、王汶石、李若冰等名家大腕挂着"黑帮""三反分子""牛鬼蛇神"的黑牌游街，其惨烈状况让陈忠实从头顶凉到脚心，文学梦被残酷的现实击得粉碎。

1978年春省作协刚恢复，召开首次重点作者会议，我亲耳听见省作协驻会作家、诗人毛琦发言也谈到陕西文艺界"黑帮"挂黑牌游街的事。说他是在大差市口看见的，人头攒动之间只觉得脊背立刻渗凉，深感兔死狐悲，还联想到泰戈尔的名句：

> 这个世界好比是翻了的船，
> 最要紧是救出你自己。

毛琦还说后来在《参考消息》上看到外国记者参观"五七"干校写的文章。标题他还记得：《谢冰心喂鸡种菜通过劳动让她们知道安份守己》。近年汇编的纪念绘画大师石鲁文集披露：这位四川富家子弟抗战时节，背叛家庭，骑单车翻越秦岭奔赴延安，解放后与赵望云联手创建在中国画坛产生深远影响的长安画派，石鲁亲笔创作了歌颂伟大领袖的巨幅绘画《转战陕北》。但"文革"中石鲁还是被打成反革命，在省革会领导会上批准了死刑，仅是执行意外才捡了条命。所以，早在1981年党中央就发出对

否定"文革"的决定性文件。没有经历过"文革"的人还是无法体会其残酷斗争的惨烈。

　　这也就不难明白陈忠实何以在 1965 年集中发表多篇散文之后的五六年间搁笔的原因。这期间他一直在家乡学校任教，由于家庭清白，还被抽调到公社转为基层干部。事情的转机在于"林彪事件"发生，"文革"败相已露，从上到下政策调整，有过一段被党史专家称为的"小阳春"的阶段，各种报刊恢复并开始刊登文艺作品，一批经历过"文革"的年青学子也开始反思。2009 年，北京三联书店出版了一部由诗人北岛、李陀主编的《七十年代》，收集了王安忆、王小妮、陈丹青、韩少功、阎连科、黄子平、

1993 年陕西省作代会。
陈忠实、王丕祥、王蓬

张郎郎、翟永明、李零、朱伟、邓刚、蔡翔、范迁等一批当今著名作家、学者、教授的文章，回顾他们在"林彪事件"发生后，在上世纪七十年代里便开始的广泛阅读，在诗歌、哲学、绘画、音乐等诸多领域所进行的探索和创作，"野火烧不尽，春风吹又生。"实际是为1976年爆发的天安门革命运动在思想和舆论上做好了与"四人帮"殊死斗争的准备。

古语："人强不如势强。"这个"势"是社会，也是时代。陈忠实的复出首先是有这个大的时代背景。如果把陈忠实与《七十年代》的作者们相比较，还会发现许多明显差异。

首先，陈忠实要比《七十年代》的作者们年长一轮，"文革"前就回乡务农。虽然因为出生贫农，依靠对象，当民办教师时还曾带着学生去北京接受伟大领袖检阅，但很快又被造反派学生打倒，被边缘化。由强烈反差又产生的失落，乃至深刻的反思，反而使陈忠实及早地清醒，再没有被卷入那场疯狂的"革命"。陈忠实在厚实的关中大地成长，从他后来许多回顾家族亲情的作品中读出，他从小接受的是敦厚的传统教育，比如过年走亲戚，父亲在路上会告诫他大人说话时不要插嘴，上桌吃饭时不要最先夹菜，少年时曾因家贫辍学半年，中学又因同样原因辍学一年，他目睹父亲为三个儿女挣学费，尽量在地坎栽种树木，尽管是速生的杨树，眼睁睁看着日复一日的生长过程，也让陈忠实过早知晓父亲的不容易，其实也是中国农民的生存不易。高中毕业落选回乡，陈忠实一度精神恍惚，父亲一句"当个农民又如何，天底下多少农民不都活着嘛。"让他猛醒，从此平静地接受了命运，在村里小学当民办教师。从小接受的老实做人，忠诚做事的原则在人生第一份工作中就显出优势，他所带的初级小学毕业班级连续两年全部考入高级小学，让整个学区刮目相看。陈忠实也调进农业中学，之后又当基层干部，结婚成家，生儿育女。在"十年动乱"中，到处停工停产，国民经济到崩溃边缘，唯独不明真相的农民埋头苦干，支撑着国家，

1994 年汉水散文笔会。
左起 刘成章、陈忠实、史小溪、王若慧、王蓬

陈忠实在古汉台（王蓬摄于 1994 年）

使这个古老的民族还能生生不息。陈忠实不知不觉间溶进中国农民这个人数最为庞大众多的群体；溶进故乡也是溶进中国最广阔的天地，为日后解读这个民族的秘史打下坚实的基础。

陈忠实重新握笔创作和一个人紧密相关，这个人叫张月赓。由于张月赓后来也编发过我多篇作品，退休后又带老伴来汉中游览，我在全程接待途中，在饭足酒酣的闲聊过程里，大致知道了这段往事。张月赓原来在设计院工作，也是业余作者，"文革"前与陈忠实都在报刊发表作品，没见过面。《西安晚报》因"文革"停刊，后又恢复出版，张月赓调进报社负责文艺版面，其时老作家还在干校没解放，所谓文艺新人还没培养出来，作者奇缺，几乎没有可用稿件。张月赓想起原来发表过作品的陈忠实，只知道

人在灞桥，却没联系方式。碰巧有位记者要到灞桥一带采访，就托顺便打听一下陈忠实。真正无巧不成书，没想到负责接待记者的正好是陈忠实。

张月赓说尽管与陈忠实联系上了，约稿却不顺利，多次捎话催促，几个月过去，并没收到陈忠实稿件，他又专程跑了趟灞桥，陈忠实才迟疑着交给他篇稿子，还说稿子能用就用，不能用就扔了。陈忠实的态度他完全理解，当时"文革"还没结束，运动不断，能拿笔就需要勇气。后来这篇稿子通过他之手发表在《西安晚报》。还引起不小反响，并不是说陈忠实那篇稿有多好，关键当时报纸副刊发的多为标语口号式诗歌，陈忠实的稿子至少使用的是文学语言，让人读时舒服，读了还想知道谁是作者，就记住了陈忠实。这篇稿子刊发后，陈忠实稿子就接连不断了，还带动了许多作者，像西安工人作家徐剑铭等等。

1976年6月，省文创室（省作协当时称谓）调徐剑铭、嵩文杰和我在西安编选《陕西省农民诗歌选》，徐剑铭也说过这个过程，还说西安很多作家的处女作都是张月赓那会约来发在《西安晚报》上的。

在省作协读书班上，陈忠实也回忆说，从1966年到1972年，他的文学创作已经中断了六年。他说，自己的头脑中好像已经没有什么文学词汇了，还能写吗？他在踌躇。不过想到了编辑特意委托记者来找他约稿，他那颗对文学"蠢蠢欲动"的小火苗还是被点燃了，以解放军帮助赤脚医生的真实经历写了篇小文章《闪亮的红星》，投递给《西安晚报》后很快得到了刊发。他说，从此他又开始了自己的文学创作，并再也没有中断过。而陈忠实与张月赓的友谊一直持续到现在。张月赓爱吃西餐，陈忠实几乎每年都要单独请张月赓吃顿西餐，持续了很多年。

其实，任何领域、任何人都需要伯乐、需要起步的平台。于此，我亦深有体味。1972年前后。我开始写作并投稿。当时，偌大的汉中地区唯一发表作品的园地是《汉中日报》每周一期三四千字的文艺版。我投稿数篇

1996 年全国第五次作代会。

左起 王蓬、陈忠实、叶广芩、贾平凹、阎纲、刘成章、白描

1996 年全国第五次作代会。

左起 蒋子龙、陈忠实、叶蔚林 （王蓬 摄）

没见音讯，便斗胆前去询问，至今尚清楚记得当时的情景：冬日中午已经下班，我叩开一间挂着编辑部牌子的房门，这房子里摆满三四张桌子，上面堆着一叠叠稿件与报纸。一位中等身材，眉目清秀的中年人正搓洗一盆衣衫，旁边放着刚吃完面条的碗筷，恰是这种寻常的生活气息使我消除惶惑说明来意。

"稿子看过了，写得不错，正准备用呢"。他立刻停止洗衣服，让坐倒水，询问我的情况，又坦率地介绍自己："我叫李耕书，管副刊，以后有稿寄我好了"。临走则赠我稿纸。

一个乡村默默无闻的初投稿者受到如此热情接待，激动可以想见。尔后经常投稿，很发出过些作品，引起注意也引来压力："报纸怎么尽登'狗崽子'的作品！"连父母家庭都感不安。自己刚得到安慰的心灵陷入痛苦。在乡村泥泞的阡陌徘徊：到底还写不写呢？

恰在这时，我收到李耕书老师的一封约稿信，钢笔字写在普通的信纸上，激动、鼓舞、欢欣之情刻骨铭心，这封信我至今珍贵地保存着。

不仅对我，当时汉中地区还有一批投稿者，当工人的沈奇、务农的嵩文杰、部队里的张俊彪等，几乎都是从《汉中日报》副刊那块小小的园地生根，发展的，都曾得到李耕书老师真诚热心的支持。日后，沈奇、嵩文杰成为获全国奖的诗人；我和张俊彪在中国作协文讲所相逢。

五

在陈忠实的文学生涯中，起过重要作用的还有吕震岳。而且，事情就发生在省作协读书班举办的 1979 年。其实吕震岳不仅在关键时刻支持过陈忠实，还可以说是我的恩师。他还支持过陕西许多作家，邹志安、赵熙、京夫、李凤杰、莫伸等都在《陕西日报》文艺版发过作品。当时报刊不多，《陕西日报》是全省第一大报，在上面发表作品，社会各界都知道，影响

2000 年春，王蓬《山河岁月》研讨会全体人员与汉中党政领导合影

远胜文学刊物。那时，正是拨乱反正、改革初期，报刊舆论都在积极发挥作用。《陕西日报》的"秦岭"副刊，"文革"前就影响很大。其时刚复刊，"文革"中整到各地的老编辑如叶浓、吕震岳、肖云儒等也都回到报社，摩拳擦掌，组织作者，力争发好作品，扩大影响，可以说是《陕西日报》文艺版最有生机的一个阶段。

那会陈忠实已经是陕西最有影响的文学新人，尽管在《人民文学》发表《无畏》产生了些负面影响，报社也有不同看法，但吕震岳是坚定支持陈忠实的，他曾私下给我说谁没个犯错的时候，作家就要靠作品说话。在5 月召开的恢复省作协的代表会上，吕震岳专门找到陈忠实约稿，要陈忠实写篇反映农村现实生活的小说，只强调一版顶多只能装下 7000 字，你不要超过这个数就行。其他也没多说，他相信陈忠实有这个本事，约稿完

也没停留。后来，陈忠实果真送来篇稿子，就是小说《信任》，报纸配图几乎发了整版，《信任》发表后反响非常强烈，群众来信，领导电话，《人民文学》转载，又得了全国奖，这才没人说陈忠实闲话了。

日后，陈忠实专门写了一篇怀念吕震岳先生的万字长文《何为良师》，也对此事有详细回顾：

> 我那时候的心态刚刚调整过来。1976年，刚刚恢复的《人民文学》约我写了一篇适应当时反"走资派"的小说在刊物发表，引起较多反响。随着"四人帮"的倒台和拨乱反正，我在社会政治领域里的巨大欢欣与在写作上的失挫，形成剧烈的心理冲突，直到1978年的冬天，仍然陷入在真实的又不想被人原谅的羞愧之中。
>
> 1978年秋天，我调入西安郊区文化馆。我从早读到晚，或借或买，图书馆里获得解禁的小说和刚刚翻译出版的国外的即使获过诺贝尔奖对我们却陌生的大家名作，一概抱来阅读。目的只有一点，用真正的文学来驱逐来荡涤我的艺术感受中的非文学因素。阅读使我进入了真正的五彩缤纷的小说世界，我才觉得我正临门属于真实的文学的殿堂。信心也恢复了，羞愧的心理得到了调整，创作的欲望便冲动起来。正是在我刚刚涌起新的创作激情时，是在5月召开的恢复省作协的代表会上，吕震岳专门找到我约稿，要我写篇反映农村现实生活的小说，只强调一版顶多只能装下7000字，你不要超过这个数就行。
>
> 我珍惜吕震岳的约稿，同样是那个羞愧心理的继续。正在构思中的一篇小说篇幅较大，原计划给《人民文学》的，不怕长，便想着写完这个短篇之后，接着为陕报老吕再写，7000字是一

个不能突破的限制。这时候，接到吕震岳一封信，信皮和信纸上的字，都是用毛笔写的，字很大，虽称不得作为装饰和卖钱的书法，却绝对可以称作功夫老道的文人的毛笔字。内容是问询稿子写得怎样了，一月过去了怎么没有见寄稿给他。我读罢便改变主意，把即将动笔要写的原想给《人民文学》的这个短篇给老吕，这个短篇是我的短篇小说中最费过思量的一篇，及至语言，容不得一句虚词冗言，写完时，正好 7000 字，我松了一口气，且不说内容和表现力，字数首先合乎老吕的要求了。这就是《信任》。

稿子写成心里又有点不踏实，主要是内容。这篇小说写一位挨整受冤的农村基层干部，以博大的胸襟和真诚的态度对待过去整他的"冤家仇人"，矛盾甚至很尖锐。会不会引起误解？我一时拿不定主意，就带着稿子去找老朋友张月赓，让他给看看，以较为客观的眼光给我把握一下。

张月赓还住在西安晚报社的两层简易居室里，部队作家丁树荣已先在座，见面自然都很高兴。我说了事由，便拿出刚刚写完的稿子，二人连续着读了，对我申明的担心以为是多余。丁树荣很热情，说正好还要去找老吕，可以替我捎带上稿子。我就把稿子交给丁树荣，我第二天就下乡参加夏收劳动去了。

从把稿件交给丁树荣那天起，一周时间，《信任》便在《陕西日报》的文艺版面上刊出了，时间是 1979 年 6 月 3 日，这是我自有投稿生涯以来发表得最快的一篇作品。又过了大约不足半月，我刚刚从乡下参加夏收劳动归来，又接到吕震岳一封信，意思说作品发表后引起普遍反响，让我到报社去看看那些读者来信的评说。

我心里便有点按捺不住，骑上自行车绕大雁塔那条路奔东大

街的陕报去了。这应该是我第二次和吕震岳见面，老吕对我似乎已经是老早的熟人一样随意了。这回在他的编辑桌旁，笑声同样是高腔大声，用畅快、爽朗这些词来形容似乎总不到位。他的情绪很兴奋，完全是一种编发了一篇引起普遍反响的稿子的由衷的快慰。毫不掩饰他的兴奋之情，像年轻人一样手舞足蹈着高声叙说着哈哈大笑着，随之把一摞读者来信取出来交给我，感慨地说，看看，刚发表十来天，来了多少信说这个作品。

我一封一封读着那些从全省各地发往报社的信，禁不住眼热欲泪。这些信后来由老吕选发了三篇，在《作者·读者·编者》专栏里，我也看到了。有趣的是，十五六年后，我躲在渭南一家招待所里写几篇应急的短文，有天晚上宾馆（招待所）经理来和我聊天，说那三篇被选发的读者来信中，有一篇是他写的。他写那篇读后感式的信的时候，正在渭南地区所辖属的一个县的水利局工作，接近基层农村，强烈地感觉到，因为几十年阶级斗争扩大化给许多无辜的群众和优秀的基层干部造成的伤害，在实施平反冤假错案的过程中，又出现了新的矛盾和对立，甚至出现简单的个人之间的报复行为。他对这篇小说里的主人公对待同类矛盾的襟怀十分感动，以为是化解阶级斗争造成的人为矛盾的有远见的途径，忍不住便写了那封信。其实，他平素只是喜欢读书看报，并不搞写作，后来几经工作调动，现在已是这家宾馆的经理了……听来真是令人感慨系之。可《人民文学》辟有转载各地刊物优秀作品的专栏，每期大约一两篇。1980年代的头一个春天到来时，《人民文学》编辑向前给我写来一封信，告知《信任》已获1979年度全国优秀短篇小说奖。那时候的评奖采用的是读者投票的方法，计票的结果一出来，前20名便被确定下来。我当即将

此事告知了吕震岳，他和我一样高兴。作为新时期文艺复兴的第一项全国文学奖——短篇小说奖，这是第二届评奖，发奖仪式很隆重，我在报纸上看到了消息。之后某一天，我用自行车带着病情稍轻的夫人从城里看病回来，走到距家尚有七八华里的一个村子，迎面停下一辆小汽车，走出《陕西日报》报社的文艺评论家肖云儒来。他们开车到了我的村子扑了空，折回来时碰到了。他说报社文艺部领导很重视《信任》获奖，作为报纸副刊的作品能在全国获奖尚不多见，约我写一篇获奖感言的短文，老吕因身体不适而委托他来。我后来写成了一篇《我信服柳青三个学校的主张》的创作谈，这是我从事写作以来第一次写谈创作的文章了。

在这里，有必要回顾一下吕震岳先生对我的支持。1979 年，我还在汉中乡村务农，仍是人民公社，政策已有松动，允许搞集体副业。生产队在秦岭深处的留坝火烧店包了个活，是修邮政所。我去干活挣工分。记得是秋天，那里出产苹果，漫山遍野，红得可爱，就利用晚上在工棚写了篇 3000 字的散文《秦岭深处果飘香》，就从邮政所寄给《陕西日报》。这期间，家中捎话说省作协通知参加读书班，我就离开工地去了西安。在街上阅报栏看见《陕西日报》（1979 年 10 月 21 日）副刊头题刊登的正是我那篇《秦岭深处果飘香》，还配了插图，差不多半个版，十分气派。我于是鼓起勇气去了还在东大街的《陕西日报》报社，找到文艺部，接待我的正是吕震岳先生，五十岁上下，个子不高，说话爽朗，嗓门很大，说稿子就是他编的。问了我的情况，又以陈忠实为例，说了许多鼓励我的话。其实，作者与编辑之间的友谊主要是在作品上，写好作品、发好作品是双方共同的愿望。之后，我只要有适合的作品便寄给吕震岳先生，不管用与不用，吕震岳先生几乎每稿都有复信，毛笔写字，很见功夫，我都保留至今。

陈忠实与王宝成在全国第五次作代会〔王蓬 摄〕

我经吕震岳先生编发在《陕西日报》的短篇小说有《龙德哥与喜凤姐》（1980 年 7 月 26 日）、《竹林寨的喜日》（1981 年 1 月 11 日）、《猎手传奇》（1981 年 8 月 23 日）；编发的散文除《秦岭深处果飘香》外，还有《甜酒醇香》（1981 年 2 月 8 日）、《水乡风情》（1981 年 4 月 19 日）、《忙月天》（1982 年 6 月 13 日）《理发店趣闻》（1983 年 5 月 14 日）等，其中 6000 字的《猎手传奇》获《陕西日报》1981 年"农村题材"征文优秀奖（不分档次）同时获奖的还有陈忠实、邹志安、赵熙、王晓新等。

另外，在《陕西日报》，我经叶浓编发的有短篇小说《最后五分钟》（1978 年 5 月 14 日），《这是复员军人……》（1979 年 3 月 25 日），经肖云儒编发的散文有《农家夜活》（1980 年 7 月 6 日），《蓉城访艾芜》（1982 年 6 月 24 日）还有杨桂义编发的等。

全省第一大报如此密集地刊登我的作品，不仅给正苦苦奋斗着的我巨大的鼓舞，也为我 1982 年底破格从农村调入汉中群艺馆工作起到了作用。

吕震岳先生退休后还一直关注陕西文坛，关注我的创作。我每有新著也寄给他看，1991 年，我一下集中出版了 4 本书。在中国文联出版社出了长篇小说《水葬》和传记文学《流浪者的足迹》，广西漓江出版社出了中篇小说集《黑牡丹和她的丈夫》，陕西人民教育出版社出了散文集《乡思绵绵》，我寄给吕震岳先生后，他十分高兴，给我写了封长长的来信，还在《陕西日报》发表评论《读王蓬新作的联想》表达他的欣喜。

尽管，吕震岳先生已过世多年，他当年热心支持陕西文学新人的往事却让人难忘，读完陈忠实怀念吕震岳先生的万字长文《何为良师》，我也忍不住写下这些，以表达对吕震岳先生的怀念。

六

1980 年前后，文学热潮涌动，相关单位邀请陈忠实等名家来汉中讲课。那会，我还在农村，责任田刚分下来，百废待兴，从省城一下来这么多文友，还真让人犯愁，家里值钱的东西只有春节准备宰杀的肥猪，一半自用，一半销售零花，可离春节还有些时日，咋办？晚上我犹豫着与妻子商量，岂料，妻子虽系农村妇女，却读过中学，关键出自大户人家，能识大体，说，她也这么想，提前宰猪，就能早买接槽猪崽，免得临近春节猪崽涨价，也不至于春节淘米洗菜水浪费。这使我大喜过望，那天早早起来，垒大灶、烧汤水，请来宰猪师傅和邻家小伙，七手八脚按倒肥猪，宰杀、褪毛、开膛，待到洗净猪头下水，两扇白生生的猪肉挂上架子，陈忠实几位也正好赶到，记得还有《长安》主编子页、西安电影制片厂编导郑定宇、西北大学教授蒙万夫等，他们都是第一次到汉中，对异迥于关中的陕南乡俗十分好奇，围着肉架问长问短。陈忠实惊讶我何以把猪头收拾得如此白

净，感叹田野冬天还处处绿莹莹充满暖意。那天，我用陕南乡村"吃泡膛"的风俗招待他们。所谓"吃泡膛"就是临近腊月，无论谁家宰猪，都请左邻右舍，新鲜猪肉切得如木梳大小，做起大砣豆腐，再配上刚从地里拔回的萝卜白菜，杂七杂八"一锅熬"，还要煮上一大锅心肺汤，用大盆盛了，大伙围着，大块吃肉，大碗喝酒，男女说笑，并无拘束，几多痛快。这也是农家农民在漫长的农耕孤寂岁月里一种自娱自乐方式。合作化中断了几十年，土地分下来刚刚恢复，那几年农民兴头高涨，一家比一家搞得热闹。我家宰猪能请来省城文友，当然高兴，加之肉鲜味美，真正宾主尽欢。一晃，这一幕过去三十多年，我已淡忘。不想，2003 年，我出文集请陈忠实写序言时，他在长达万字的序言中用了几千字专门写下一节《关于一座房子的记忆》，详尽描写了去我家见到的乡村乡景与"吃泡膛"的过程：

　　认识王蓬的 20 余年里，去过几次秦岭南边的汉中，每次都见王蓬，印象最深的还是第一次。大约是上世纪的 80 年冬天，西安市文联约了几位新时期刚刚露头显脸儿的青年作家，到汉中去做文学创作交流。记得刚到汉中的当天下午，大家便相约着去看王蓬。王蓬对我来说早已不陌生，省作协此前几年里组织文学活动，我们早已相识多次相聚，他是秦岭南边陕西辖地内冒出的最惹眼的一位文学新秀，其发轫之作《油菜花开的夜晚》《银秀嫂》刚刚俏出文苑。然而，在刚刚形成的陕西青年作家群这个颇具影响的群体里，社会属性纯粹属于农民的只有王蓬一个，还是靠着在生产队挣工分也从打谷场上分得稻谷过日子的。其他人无论家境怎样窘迫经济如何拮据不堪，却总有一个可以领月薪又可以吃商品粮的公家人身份，大多散居在各地县的文化馆里搞半专业文学创作。我想大家之所以马不停蹄急于要看王蓬，有这样一

2000 年 4 月在汉中。

左起 王蓬、陈忠实、田杰、杨志鹏

2000 年在汉中。

左起 胡悦、王蓬、陈忠实、蔡如桂

个共同的心理因素，谁都明白中国农村意味着什么，谁都不同程度地明白一个写着小说的农民意味着什么，也许一时谁都不甚明白，一个社会属性纯粹是农民的王蓬，其作品的整体风貌却丝毫不沾我们习惯印象里"农民作家"作品特定的那种东西，关于生活思考关于人生体验关于艺术形态，都呈现出上世纪 70 年代末到 80 年代初，中国作家在这些领域里所能达到的最前沿的探索，这又意味着什么？

在一个号称汉中第一大村的张寨，我们走到王蓬的门前，稻草苫顶土打屋墙的两三间茅庵，一目了然。王蓬的父母热情谦和，独不见一般农民在这种场景里的紧张乃至自卑，我当时以为是争气的儿子使他们获得自信，多年以后才知道他们原本不是靠扒拉粪土柴火过日子的农民，而是一对落难改造的知识分子。王蓬的外形反而比他们更像农民，壮实而干练，刚刚杀完一头肥猪，两扇诱人的皮白瓢红的猪肉还挂在横架上，一颗刮剔得干干净净的猪头搁在一边。王蓬就在屠宰架下和大家握手，仍然依赖肉票购肉的这几位西安来的作家，围着吊在架上的两扇猪肉艳羡不已，竟然操心这么多肉吃不完变坏了的事。我更感兴趣的是那一颗亮晶晶的猪头，问王蓬怎么会把布满沟槽凹坑的猪脸拾掇得如此干净。我虽身份干部，一家人也都是靠工分吃饭的农民，不足 40 元的月薪比纯粹的农民家庭也强不了多少，每年过年都买一颗既便宜又实惠的猪头，脖子口残留的带膘的肥肉剔下来炒菜包包子，其余皆一锅煮熬晾成肉冻，下酒再好不过。只是每回洗涮处理猪头太费劲了，藏在猪脸那些沟凹缝隙里的猪毛，常常整得我用镊子拔，用火棍烫，烦不胜烦。王蓬便告诉我一个窍道，用松香熬水一泼，冷却后敲打掉松香，猪毛就拔掉了，柏油也可

陈忠实在陕南红寺湖（王蓬摄于 2000 年 4 月）

2000 年 4 月陈忠实在王蓬农村小院　　　　王蓬与陈忠实在石门〔摄于 2000 年〕

2000 年王蓬农村小院。

左起 京夫、苑湖、王蓬母亲、陈忠实〔王蓬　摄〕

以代替松香。那时已临近春节，我获得这个窍道就付诸实践，果然。那时候，我和他站在他家场院的屠宰现场，集中交流的是关于如何弄干净猪头的民生问题。

我又特意留心这幢屋子的墙。墙是土打的，用木板或椽子夹绑起来，中间填土，用碗口大的铁夯夯实，一层一层迭加上去，便是一堵屋墙。关中农民用土坯垒墙，也用这种夯打的墙盖房造屋，并不奇怪。令我奇异的是那土墙的厚度，底部足有一米厚，真是我见所未见的厚墙，除了结实之外，便是隔热，比砖头水泥墙实用多了。也是多年之后我才知道，这是王蓬跟随被视为政治异己的父母从城市里被剔除出来，流落陕南农村十年之后才搭建起来的属于自己的房子。此前十年由生产队安排，曾五次搬家，最后四年是在远离村庄的一座古庙里搭铺盘灶谋生的。这些超厚的土打屋墙是尚未脱尽少年黄喙的王蓬和善良的乡民们一夯一夯捶打起来的。王蓬说，他那时候早已熟练陕南农村所有粗杂活路的技能，体魄颇强健，甚至比少小读书后来作邮政公务的父亲更具适应性。

以房屋为主体的这个小院，有猪栏，有鸡舍，有柴火垛子，还有一块用三合土搪制的小平场，晾晒谷物。这纯粹是一个陕南农村的家院，与左邻右舍的农家小院大同小异，唯一的也许是警世骇俗的差异，是这幢新搭建的稻草苫顶泥土筑墙的茅舍里，辟出来一方小小的书房。至今我依然记忆犹新，一张床，一个书桌，四面墙壁用报纸糊蒙着，整个书屋就浮漫着纸墨的气息。（我当时曾经很羡慕这个书房，因为直到此后六年我才给自己造成一个书房。）这个书房外边是一家连一家的农户的围墙和高低错落的屋脊。小院里刚刚宰杀过一头自养的准备过年的肥猪，是王蓬

操刀还是请屠夫操刀我已无记。书房里摆着世界名著和中国名著。托尔斯泰和鲁迅以巨大的兴趣和不无惊诧的眼神，看着这个崇拜他们、屡屡在他们博大的爱心里颤抖流泪的中国张寨村的青年，瞬间竟会身手矫健地把一头大猪压倒在屠宰台上。

我走出王蓬的屋院再走出张寨村子，走进汉中坝子冬眠着的稻地和油菜田畦。秦岭南边越冬的油菜竟然是一派蓬蓬勃勃的嫩绿，看不到我的家乡渭河平原这个时节冬日肃杀的萧瑟。我沿着绣满杂草的田埂往前走着，对着我脸的是暮霭迷蒙的秦岭群峰，隐隐现出汉水流域植被的绿色。晚炊的柴烟从村子里弥漫到田野上。我回过身眺望烟树笼罩下的张寨村，竟然很感动，就在这个村子的一个农家屋院里，一个青年作家已俏出文坛。22 年后的 2002 年初秋，我又一次来到汉中，进入这个小院，作为农家生存的猪栏鸡舍柴垛已荡然无痕，小院里蓬勃着几株名贵的花树和草花。屋顶的稻草已换成机瓦，屋内也经过了一番改造，清爽而舒适。那近乎一米厚的土墙仍然保存着，粉刷光洁自然无需用报纸遮掩丑陋了。那个小小的书房还在，已经装备了书架、书案、台灯和软椅，更像一个书房了。我坐在小院里喝茶，又生一份感动，一位重要的当代作家王蓬，就是从这个依然很不起眼的乡村小院走上中国文坛的。关于作家创作这道颇为神秘的帷帐从心头扯开，顿然醒悟，天才诞生在任何角落都是合理的。

陈忠实此文刊于《人民日报》（2004 年 2 月 19 日），我写此院的《山水入室》（见广州《随笔》2004 年 3 期），多家报刊转载，入选《2004 中国散文排行榜》。使我保留至今的农家小院成了凡来汉中的文友必去光顾的地方。不仅如此，2013 年 5 月 28 日，在与陈忠实通话中，他还说："你

那小院真好，可不敢叫哪个开发商弄日塌。"我说："不会，正准备维修，还想让你写幅楹联刻在门上。"陈忠实说："我的字不好看，你那儿去的人多，别叫人笑话。"我说："别人写得再好也不要，这字就得你写。"我请陈忠实写的是晚清光绪老师翁同龢写给曾变卖家产支持孙中山革命的南浔张静江的一幅名联：

世上数百年老家，全在积德；
天下第一等好事，还是读书。

6月23日，陈忠实来电话告知字已写好寄出，6月30日收到，是用6尺宣纸所写，笔力劲健，布局均匀，首尾兼顾，很见气势，是陈忠实难见的书艺上品，足见用心。我亦选用百年柏木板雕刻了悬挂起来，如今成了永恒的纪念。

那次讲学间隙，陈忠实让我带他去看看汉江，冬日江水明净清冽，如带蜿蜒，长长的江堤两岸是秦岭南麓依然葱绿的田野，陈忠实说这是在他的家乡冬日绝对看不到的情景，兴致很高。我们谈文学，谈当时都关心的社会话题，愉快融洽，不知觉间，回到市区已临正午，正感口渴，陈忠实为路边水果摊陕南火红的蜜橘吸

陈忠实为王蓬小院所写对联

引，买了几个硬把两个大的塞给我。陈忠实在我心里一直是关中硬汉的形象，写出的作品雄健浑厚，铿锵有力，用贾平凹的话说，是钢筋水泥砌出来的东西。可这一瞬间，我看见这壮实的关中汉子眼中洋溢着和善的柔情，分明是富于人情味和良善的一面，我心里震颤了，因为我自幼因父亲错案从西安流放到陕南乡村，遭遇的打击屈辱太多，别人躲闪惟恐不及；那会出身好，有地位，不整人不赴红踏黑就是难得的好人。就我的体会，善良、同情和宽容，这些人类社会运转了几千年积累的文明，本应该发扬光大，可被多年的七批八斗涤荡得一干二净，凡能对弱者友善、同情，假以援助者也注定经历过苦难，甚至挨过整，对生活的酸甜苦辣有切实的体味又自强自信的人才能拥有这等情怀。从那时我就隐约感到我当时的困难处境，拨动了陈忠实善良的心弦，对我假以援助之手，从心里认定陈忠实如同他的名字一样忠诚可靠、可交。一种敬重兄长般的感情从胸中涌起并扎根。

事实上，在文学这条艰难的跋涉道路中，陈忠实给予我许多切实有力的帮助。我的短篇小说《庄稼院轶事》经他推荐发表在《北京文学》1982年3期，他和省市宣教系统领导多次呼吁，我终于在1982年底破格由农村调进汉中市群艺馆。尤其不能让我忘怀的是，1987年，我已在鲁迅文学院和北大首届作家班学习几年，妻子还带着两个女儿在农村种责任田。当时，我长中短篇小说均已出版，也拿了几个奖，达到了家属"农转非"的标准，可报告打了多次都迟迟得不到解决。上学期间，我请假回家收种庄稼，两头不能相顾，很是狼狈。1987年十三大召开时，陈忠实当选了代表，见到也是党代表的汉中地委书记王郧，反映了我的情况，结果拖了几年的事情一个星期就解决了，当通知我填表时，我懵了还不相信，事后才知道陈忠实做了工作起的作用。

七

其实，作家之间的交往最终还是作品，是文学，所谓"以文会友"，谈陈忠实便离不开他的代表作《白鹿原》。事实上，《白鹿原》问世的 20 多年来已与陈忠实水乳交融，这是一位大家与一本巨著最完美的结合。《白鹿原》因陈忠实而闪亮世界，陈忠实因《白鹿原》而扬名中外。

但《白鹿原》的问世并非一蹴而就，而是经历了漫长又艰难的创作过程。上世纪八十年代中期，新时期的中国文坛出现新的动向，各省崭露头角的作家在中短篇小说领域进行了反复的角逐较量之后，纷纷酝酿着向长篇小说进军，而长篇小说则往往是最终衡量一个作家创作实力的试金石。记得是 1985 年夏秋之交，我利用鲁迅文学院放创作假，躲在秦岭深处的留坝县文化馆艰苦地写着长篇处女作《山祭》时，收到已经担任陕西作协副主席陈忠实的来信，说省作协准备把有实力的作家动员起来，在陕北召开长篇小说促进会，号召大家向长篇小说冲刺。那次，我因正在鏖战没能参加，但听说效果很好，起到推波助澜的作用。过后不久，贾平凹便率先捧出长篇小说《浮躁》，路遥的《平凡的世界》第一部也在《花城》刊载，陈忠实还没有出长篇的动静，却见到他一部部的中篇

陈忠实为王蓬《山祭》《水葬》所写评论载《文化艺术报》2013 年 5 月 8 日，两版对开

《初夏》《四妹子》《最后一次收获》《蓝袍先生》等，我在阅读这些作品的时候，感觉到陈忠实的写作已经发生明显变化，作品依旧保持厚重沉稳和磅礴大气，人物却有了地域的拓展，比如四妹子由陕北到关中，时空有了更大的跨度，比如蓝袍先生的命运贯穿解放前后，这些由地域差异与新旧交替带来的文化冲突，由个人命运折射出整个民族命运的思考，给作品带来了新的艺术视角新的看点和深刻的思想穿透力，我隐约感到这将是陈忠实未来长篇走向和内容的预兆。

由于隔着道厚厚的秦岭，关于陈忠实蛰伏于白鹿原下的老家写作长篇小说的种种情况，我只是时有耳闻，其间曾想写信询问或是鼓劲，最终没有动笔是意识到这对陈忠实来讲都属多余。直到 1990 年初，徐岳创办《中外纪实文学》，陪着陈忠实几位来到汉中写稿，我还诧异，难道长篇写完了？后来陈忠实私下告诉我：给娃挣学费来了！我猛然意识到陈忠实全家全靠他，这几年埋头写长篇，稿酬不多，又要供三个孩子上学，恐怕是最难熬的时候。见他精神还愉快，便问他长篇如何？他回答快了，再没多说。我深知陈忠实不爱张扬，尤其是写有分量的作品。他的名言是：写作品像蒸蒸馍，不敢把气漏了，绝不像有的作家刚有个题目便谋划着去获奖，作品还是一堆素材就计算能挣多少稿费。尽管那时，陈忠实的长篇还没有问世，但我深信他属于能沉得住气，能干大事的人，不鸣则已，鸣则一定惊人。

那次我见他不接别人递过的纸烟，便问："你是否戒烟了？"

他回答："更恶劣了。"接着掏出黑棒棒卷烟，我一看是汉中产的"巴山雪茄"。我心里沉甸甸的很不好受。有必要说一下陈忠实当时的经济状况。1983 年 5 月，根据国家"专业技术干部的农村家属迁往城镇"相关规定，陕西第一批解决的作家有陈忠实、京夫和李凤杰三人。陈忠实爱人和三个孩子的户口迁到西安市。面临的问题是上交农村责任田，没有了粮食来源，国家供应的一家五口商品粮要拿钱买，再加之进城油盐酱醋、水电

煤球、锅头到灶底，从头到脚，全要花钱，此时陈忠实工资为 52 元。1989 年陈忠实评上国家一级作家职称（正高），工资调为 158 元。但此时物价在 1988 年春放开后也随之波动。作家固然有稿酬，但很低。开始恢复稿酬时，标准是千字 2 至 7 元，后来调整为 10 至 30 元。以《白鹿原》为例，50 万字，按最高 30 元算，为 15000 元。扣税加购书，6 年的辛苦耕耘，也就能得万把块钱。陈忠实还曾开玩笑对爱人说："这回咱们也成万元户了"。这还是两三年后的事情。而 1990 年初的陈忠实抽"巴山雪茄"恐怕很大程度上是为省钱，因为这种"黑棒棒烟"比陕西走俏的"金丝猴"和全国闻名的"红塔山"纸烟便宜。

陈忠实他们离开后，我就想着怎么能给他帮点忙。此前陈忠实帮过我不少忙，滴水之恩，涌泉相报。1982 年底，我正式结束 18 年务农生涯，调进汉中地区群艺馆，分在《衮雪》编辑部，从事创编工作，除了处理本

1998 年全国第十届书市在西安举办。陈忠实与王蓬合影

地区作者来稿，还向陕西崭露头角的作者约稿，陈忠实、路遥、贾平凹、莫伸、邹志安、京夫都在《衮雪》上发过作品。汉中为陕西水乡，产大米、茶叶、竹藤制品，也帮他们办其它事情。莫伸让用粮票换藤椅，路遥爱人让买大米，我与陕西其他作家多有交集，唯陈忠实没让我办过事。

正好汉中烟厂宣传科吴元贵爱好文学，我也熟悉，就找到元贵商量看能否以厂价给老陈买点烟。具体过程我已淡忘，直到最近见到吴元贵文章才回忆起来：

上世纪70年代末80年代初，我在南郑县新集广播站担任编辑记者工作。我喜欢文学，时常做着文学梦，凡是陕西作家新发表的小说都要找来拜读，自然而然，十分仰慕当时陕西的知名作家陈忠实、路遥、贾平凹、莫伸、邹志安、王蓬、王晓新、韩起等等。莫伸的《窗口》、贾平凹的《满月儿》、路遥的《人生》、韩起的《鸽子》《青青的竹》、卢新华的《伤痕》，蒋金彦的《三人行》，王蓬的《油菜花开的夜晚》《银秀嫂》，还有黄宗英的报告文学《大雁情》都是我一口气读完的。一天，在邮递员刚送来的《陕西日报》第三版上看到了陈忠实的短篇小说《信任》，整整一个版，我一口气读了几遍，之后，就将《信任》收藏在剪贴本里。

后来，我在汉中烟草集团当《烟草报》责任编辑。有一次，王蓬老师找到我，说陈忠实先生好抽"巴山雪茄烟"，能不能以厂价弄上点，我就想，"巴山雪茄烟"是我们汉中卷烟一厂（城固烟厂）生产的，如果送他些"巴山雪茄烟"，既是对陈忠实老师的慰问，也是对"巴山雪茄烟"的宣传。我这样想，是出自对陈忠实先生仰慕已久。我专门给当时的汉中卷烟一厂陈厂长作了

南郑作家吴元贵和陈忠实合影

巴山雪
茹伴我
十年

汉江烟草报

戊寅新春 陈忠实

陈忠实题词

汇报，申请送烟一件（50 条，每条 100 支），然后专程去了赵城固烟厂面见陈厂长，陈厂长很爽快地在条子上签了字，给我批了一件巴山雪茄烟。之后，我趁到西安出差的机会，乘火车将这一件雪茄烟扛到建国路陕西省作家协会。

省作协作家韩起是从南郑县内建厂走出去的作家朋友，也是我的文学老师。我怕陈忠实不收我这个陌生人送的雪茄烟，我就请他和我一路去见陈忠实先生。韩起老师领我到了陈忠实先生的办公室，我们说明了来意，慈祥的陈忠实十分高兴，收下了这件雪茄烟，连说谢谢，并记下了我的名字和通讯地址。之后，我和陈忠实、韩起老师就在办公室合影，留下了这珍贵的纪念。

我回厂不久，我收到了陈忠实先生寄来的信件，打开一看，是陈忠实题写的两幅四尺见方的书法作品。一幅是题写的是"巴山雪茄，伴我十年"，另一幅题写的是"创造精品独树一帜"，落款是"戊寅年初春陈忠实"，当时我看着陈忠实的题词，非常激动，感慨万千。一个大作家，竟然对我们的这一点小意思都这么看重，还专门题写书法回报我们。之后，我将这两件书法作品刊发在《汉江烟草报》上，以作感谢。

4 月 29 日，惊闻陈忠实老师病逝，为之一惊，不禁回想起几次见陈忠实先生的往事。忙乱中翻找出当年的合影照片和书法照片，写下这些文字，以作纪念和缅怀。

陈忠实先生，我们永远怀念您！（见吴元贵《陕西中烟报·陈忠实与巴山雪茄》2016 年 5 月 5 日）

另外一件事，因有文字记录，至今都十分清楚。1990 年 1 月 14 日，汉中召开我的纪实文学研讨会。由我所在单位群艺馆主办，参加的人有时

陈忠实在汉中讲学盛况（王蓬　摄）

王蓬与陈忠实1994年在《衮雪》编辑部

任汉中地委宣传部部长李善胜和时任汉中文化局局长董和夫，还有省作协陈忠实、李天芳、徐岳等人。这次研讨会实际是陈忠实提议和支持召开的，起因是茶叶专家蔡如桂蒙冤入狱。其写作过程也颇有故事性。

我最早知道蔡如桂，是1983年初，刚进汉中地区群艺馆。周一例会，学习时事。其时，全国正开展打击经济领域的犯罪活动。红头文件通报了汉中几起大案，讲镇巴有个蔡如桂，贪污了上万元。那会儿万元是个天文数字，连群艺馆的会计都被调去查账，就记住了蔡如桂。1988年我从北京学习回来，为电视片《今日汉中》撰稿，到镇巴拍摄茶山，便打问蔡如桂。镇巴同志告知："纯属冤案，人出来了，事情还没解决。"这顿时引起我的警觉，当晚便去茶技站找着蔡如桂。只见他身体壮实，戴着眼镜，人到中年却沉默寡言，显然心有戒备。我预感有故事，返家后，给他寄去刚出版的长篇小说《山祭》。这是经验，也是让别人了解你的最好方式。果然，不

2000年4月王蓬（左）、陈忠实（中）、蔡如桂汉中合影

久收到蔡如桂来信，讲他已读完作品。并评论：没经过这样生活的人写不出来。之后，蔡如桂来汉中，我便去采访，还去镇巴补充材料。几经修改，完成了长约万字的报告文学《巴山茶痴》。历数蔡如桂大学毕业，扎根深山，为陕南茶区培养第一个名茶的事迹，对冤案亦不回避。心中还曾涌起"在齐太史简，在晋董狐笔"的悲壮。作品因系真人真事，需当地确认盖章，却遭拒绝。踌躇再三，索性寄《人民日报》，因为文艺部有位编辑叫袁茂余，我务农时即编发过我多篇散文，虽没见过面，但能感觉到其正直。也是权且一试，没有想到《人民日报》几乎用一个整版刊登了《巴山茶痴》，其时为 1989 年 9 月 10 日。最先告诉我的是时任汉中地委宣传部部长李善胜。他讲作品写得很好，他已亲自送给地委书记王郧。《新华文摘》也于当年 11 期全文转载，还获《人民日报》建国 40 周年征文一等奖。颁奖仪式上了央电新闻联播。正与陈忠实商量事情的徐岳说他们都看见我在电视上领奖的镜头。应该说，文章影响比较大，对彻底解决蔡如桂冤案起到了作用。

　　陈忠实看了《人民日报》很激动，说应该开个研讨会，要宏扬正气。那次路遥火车票已购好，临时有事没来却发来贺电，陈忠实带着作家李天芳和《中外纪实文学》主编徐岳一行来汉中，就我已经写出的《巴山茶痴》《台儿庄敢死队长沉浮录》等五部传记开了研讨会。直接促进了我写《功在千秋》《拓片世家》《墨林风云》等系列人物传记。日后，我把 10 部中篇人物传记、10 篇人物写真结集为《中国的西北角——多位学人生涯的探寻与展示》（传记文学两卷）由西安出版社 2011 年 1 月出版。并获全国 25 届城市出版社优秀图书一等奖。

　　陈忠实会后又专门看望蔡如桂，他俩年龄相仿，一见如故，成了好友。两人都爱下棋，忠实凡来汉中，就安排去老蔡那喝茶、聊天、下棋。事后，蔡如桂问我："怎么感谢你？"我开玩笑说："我爱喝茶。"蔡如桂说："我

只要搞茶叶你就不缺茶喝。"还补一句："只要树上还长茶叶。"我想这同样适用于我对陈忠实。别的不说，单凭爱人孩子"农转非"这事就应该做到。茶叶专家当然不缺茶，凡新茶下来就要考虑忠实。忠实却说老蔡不容易，名茶毛尖他喝不惯，没劲，还是老陕青好。几经比较，我选中的西乡鹏翔绿茶特炒很合忠实口味，连续多年每年 10 斤。还带陈忠实去茶山，认识了中专毕业，艰苦创业，从开小茶叶店发展到拥有数千亩茶园的段鹏程。忠实说："这娃茶务得好，给写幅字：鹏翔耀九洲，茶香飘万里。"得知忠实去世，远在杭州的段鹏程打来电话，要我无论如何也要送去一箱炒青，表达汉中茶人对陈忠实的敬意，我和接替我担任汉中市文联主席的武妙华亲手把茶交给忠实儿子陈海力。

2000 年春天，陈忠实来汉中，说没见过朱鹮想去看看，我联系洋县。秦洋酒厂厂长肖玉祥知道后打来电话说想请陈忠实顺道来酒厂看看，怕不给面子。我说忠实不是那种自命清高不食人间烟火的文人，他操心的是国计民生。陈忠实那天参观朱鹮，给汉中《衮雪》杂志写了篇《拜见朱鹮》；我说汉中灵山秀山能养朱鹮，也能酿美酒。陈忠实说他早知道汉中酒好，他老家一带给娃娶媳妇，能摆个城固特曲就不得了。后来忠实还应邀给城固酒厂封了缸百斤老酒，现在成了镇厂之宝。那天去洋县酒厂，肖玉祥请陈忠实写幅字，忠实说写啥？我说现成："国宝朱鹮，美酒秦洋。"至今沿西汉高速穿越秦岭，进入洋县境内便可看见忠实墨宝，矗立山头。汉中的褒谷栈道、石门石刻、油菜花海、南湖绿水都是陈忠实喜爱汉中的理由。他还爱吃汉中热面皮、菜豆腐和褒河鲜鱼。几次在街边小店，他也吃得津津有味，神态从容，平易近人，接地气，近庶民，于平淡中流露一代大家风采，也彰显着他对生活的热爱。

自然，这些都是后话。

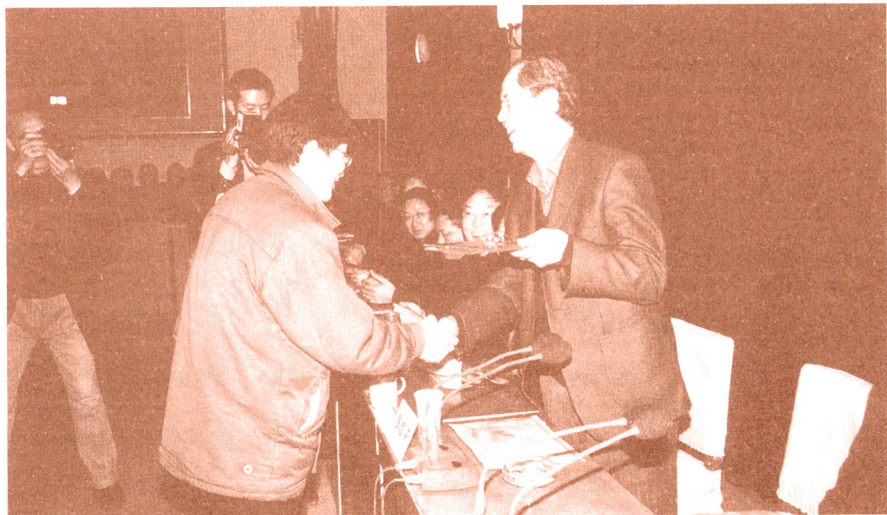

2004 年汉中市第三次文代会上，陈忠实为散文家李汉荣颁奖

八

终于，1993 年初，我接到陕西作协召开长篇小说《白鹿原》研讨会的通知，在此之前，我已在《当代》上读到《白鹿原》的上半部。我至今不能忘记当时阅读的情景。拿到《当代》一见标题和陈忠实的名字，心便"怦怦"跳起，到底出来了！我长出口气，由于久已盼望且是我敬重文友的作品，不能马虎，我躲回农村小院，端出藤椅，泡上绿茶，几乎是屏心敛息的阅读，当时最大的感受是两个字：震撼！几乎每读一章，都要站起来走动，在小院乱转，屏息心跳，深切感受到这部作品一切都把握得那么准确到位，仅是《白鹿原》这书名就一字千钧。黄河流域，黄土高原，八百里秦川，中华民族的繁衍诞生之地，就连这苍凉空旷的荒原早在东周便因有白鹿出没便被命名为白鹿原了。20 世纪又是这个民族最为动荡、不安、裂变的时期，白、鹿两个家族深深根植于这个古老民族的血脉之中，两位

2011 年王蓬与陈忠实在全国第八次作代会

1997 年 9 月王蓬在陕北红碱淖为陈忠实所拍照片。因展示陈忠实中年风采为多家媒体
选用

族长白嘉轩和鹿子霖简直是中国深厚传统文化的集大成者，在他们身上，忠厚与精明并存，豁达与狭隘混杂，正义和邪恶孪生，几乎在所有的矛盾和冲突中都折射着我们这个古老民族传统文化的精华与糟粕，精神上的沉重负担与心灵上的不断创伤。还有朱先生，可以说是千百年中文学作品中塑造的最厚重、最有文化涵量、也最楞角丰满的典型，在朱先生身上可以明显看出宋代关学大师张载所倡导的"为天地立心，为生民立命，为往圣继绝学，为万世开太平"是如何在读书人身上生根开花，付诸实践。

作品对关中乡村生活做了大规模的提炼与概括，精选出有文化内涵的情节框架，加之密如网织的生活细节，均匀地分布于作品的章节之中，形成强有力的思想冲击和穿透力，对这片深厚的土地，这个古老的民族，这个独特的历史时期，创建了一个宏大广阔前所未见的舞台，让白嘉轩、鹿子霖、朱先生、田小娥、鹿三、白孝文、黑娃们粉墨登台，演绎出波澜壮阔的现实生活话剧，表达出绝对不同于任何人和任何学说的独特感受或者说思想认知。

尽管当时下半部还没读到，我已对整部作品充满信心，还联想起陕西老一辈作家告诉我们的往事。上世纪五十年代，合作化热潮掀起，作家们响应号召，纷纷下乡，努力歌颂这场革命，周立波出版了《山乡巨变》，秦兆阳拿出了《在田野上前进》，一些人急了，问柳青下乡多年咋还不见动静，还专门给柳青送去这两部长篇。岂料，柳青看完往桌上一推，淡淡一笑，不作评论。几年后，待到《创业史》出版，泾渭立时分明！

时代不时，却可类比。我的感觉是那会全国出版的长篇小说没有一部能与《白鹿原》相比。

研讨会上，有个插曲我还记得，到西安后就住在作协院子的秦人宾馆，当晚与宝鸡来的李凤杰同去隔壁作协家属楼陈忠实家里祝贺。去后见一屋子人，有一位是西安市新华书店经理，说人民文学出版社首次征订没有达

到印数标准，所以请西安市新华书店予以支持。那会，我因为两部长篇小说都已出版：《山祭》漓江出版社 1987 年 9 月出版，《水葬》中国文联出版社 1991 年 10 月出版，了解一点长篇小说的市场行情。据《水葬》责编李金玉（也是路遥《平凡的世界》和京夫《八里情仇》的责编）告诉我说长篇小说字数在 22 万字左右最合适，印张不多成本低定价也就低，读者好接受，最易打开市场。这话有一定道理，《山祭》，字数：210 千字。定价：1.75 元。印数：25500 册。《水葬》220 千字，定价：5.90 元。印数：10000 册。所以两书能多次再版。

但李金玉把《水葬》由 24 万字压缩为 22 万字，我还是觉得遗憾，所以又于 2012 年几经增补，于 2013 年由西安出版社出了 35 万字的增订本。而《白鹿原》50 万字，以当时定价也要在 10 元以上，读者就会犹豫而影响发行。实际 1993 年 6 月《白鹿原》首版定价为 12.95 元。

但我认为，这些图书市场发行规则并不适用于《白鹿原》，形式与内容相比总是外在的、次要的。市场固然重要，但最根本的是读者还是愿意掏钱买好书。我已经阅读过《白鹿原》，并深深为其厚重的的蕴涵震撼，所以对《白鹿原》的前景充满信心。退一万步讲，假如《白鹿原》真被当时正在全国兴起的滚滚商潮淹没，那并非陈忠实个人的不幸，而是这个民族的悲哀了。与我同去陈忠实家的李凤杰也有同感，还预言陈忠实将成为一代小说大师。我们都认为没有什么阻力能挡住《白鹿原》走向中国各个行业的读者心里，这部书一定会受到读者欢迎。

《白鹿原》研讨会上，我没有发言，由于性格，还由于想仔细听听别人尤其是评论家们咋说。那些高深的理论，精辟的见解最终汇编成一本比《白鹿原》还要厚的一册《说不尽的〈白鹿原〉》，世人尽可阅读。

我牢记着的还是陈忠实的发言，他说《白鹿原》写作期间，遭遇过中篇小说集《四妹子》出版后要自己销书的尴尬，所以在制定写作《白鹿原》

1993 年 6 月 8 日，陕西省作家协会第四次代表大会隆重举行

1993 年 6 月 10 日，陈忠实当选陕西省作协主席，此为主席团与省领导合影。
左起 姜洪章、晓雷、李凤杰、莫伸、高建群、刘荣惠、陈忠实、王愚、贾平凹、刘成章、王蓬、赵熙

种种目标之外，还定了一个目标，要让这本书走进最广大的群众之中。作品在《当代》发表后，他专门去建国路书摊询问，摊主说这期《当代》已销售完，你要买得赶紧去钟楼总店。待他去钟楼那儿也销售完了。售货员还说，你要的话得预先登记下期，还有下半部哩。陈忠实要了登记簿，仔细查看，在长长一串预定的名单中，有教师、医生、学生、店员、干部和工人，惟独没有一个熟悉的文学界人士。至此，写完《白鹿原》的一颗忐忑不安的心终于放下了……

听这话时，我的直接感觉是陈忠实和他的作品已经溶入这个时代，溶进了最广大的人群，而成为他们最信赖也最可靠的代言人。我毫不犹豫地认为《白鹿原》的艺术成就处于中国当代文学的颠峰位置，正是由于这部巨著，使中国文学与世界文学有了对话的可能和资格，在我的阅读范围中比较（拥有 1982 年台湾版诺贝尔文学奖得主全部获奖作品，之后的也陆续补齐），《白鹿原》侧身其间毫不逊色。贾平凹在得知《白鹿原》获茅盾文学奖时说："其实在读者和我心里，《白鹿原》五年前就获奖了。"假如有一天，《白鹿原》获得诺贝尔文学奖，我也会说，在我心中，这部巨著自问世便已步入这辉煌的文学殿堂。

九

1993 年 6 月，就在《白鹿原》由人民文学出版首版发行近 15000 册，并迅速走红的当口，酝酿已久的陕西省作家协会第四次代表大会也于 6 月 8 日至 10 日，在西安人民大厦隆重召开，陈忠实当选为陕西省作家协会主席，赵熙、王愚、王蓬、刘成章、李凤杰、莫伸、贾平凹、高建群、晓雷、杨维昕等 10 人当选为副主席。

从主席团不难看出，中青年作家已经走上第一线。1980 年那张九位青年作家的合影中，路遥与邹志安不幸去世，蒋金彦、徐岳由于年龄稍大，

1994 年散文笔会欢迎晚宴。陈忠实与汉中老专员杨吉荣致辞

1994 年散文笔会。陈忠实与《衮雪》杂志编辑。
（左起）张尚忠、刁永泉、陈忠实、王蓬、郝昭庆、黄国英

陈忠实、朱鸿、冯积岐、方英文、姜洪章一行参观圣水寺 （王蓬 摄）

1994 年散文
笔会期间在
汉水边举办
的篝火晚会。
（王蓬　摄）

1994 年省作
协在汉中由
《衮雪》杂志
承办散文笔
会。此为陈忠
实主持的会
场一角。
（王蓬　摄）

"汉水之源"
散文笔会。陈
忠实、京夫、
王蓬为大家
祝酒。
（王蓬　摄）

1994 年 10 月, 陈忠实、京夫、闻频、耿翔、宛湖一行, 参观汉中石门栈道　（王蓬　摄）

没有进主席团, 却进了更年轻的莫伸和高建群。九人照片中的陈忠实当选主席, 贾平凹、王蓬当选副主席。另外, 主席团中, 赵熙为作协党组副主席, 刘成章原为陕西省新闻出版局副局长, 散文写得十分漂亮, 其《安塞腰鼓》入选中学课本。王愚为著名评论家、《小说评论》主编, 晓雷是著名诗人, 李凤杰是六次获全国奖项的著名儿童文学作家, 兼顾了文学门类各个方面。另外, 陕西号称"三秦大地", 由关中、陕北、陕南三个地理单元构成, 当时, 高建群在陕北、王蓬在陕南, 也使新一届作协主席团有广泛的代表性。客观公正地说以陈忠实为首的新一届作协主席团深孚众望, 应该说是当时拥有 570 名会员的陕西省作家协会的不二人选。事实上那也是省作协最富生机的一段时间, 陈忠实刚过 50 岁, 年富力强, 雄心勃勃, 带领新一届领导班子, 力争团结各方面作者, 开创一个崭新的局面。连续在陕北举办陕西青年作家研讨会; 陕南"汉水之源"散文笔会等活动。

　　1994 年初, 省作协主席团就商量"汉水之源"散文笔会在汉中召开,

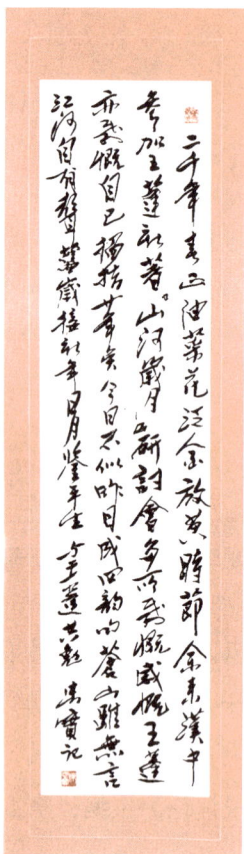

陈忠实为王蓬《山河岁月》所作诗句

由我负责。6月我就专程赴西安与陈忠实商议，因当时汉中还没有成立作家协会，我还在汉中地区群艺馆，任《衮雪》主编。我以《衮雪》杂志社名义承办省作协"汉水之源"散文笔会。经过精心准备，10月8日如期举行，陈忠实带着全省40余位散文：刘成章、京夫、张虹、朱鸿、方英文、邢小利、姚逸仙、姜洪章、冯积岐、汪炎、胡小海、鲁曦、张宣强、肖重声、史小溪、郭树兴、李佩芝、宋丛敏及汉中同仁刁永泉、李汉荣、郝昭庆、张尚忠、蔡如桂、吴全民等本地作家20余人，共60余人与会，畅所欲言，各述己见，其间，夜宿张良庙，探访古蜀道，参观武侯墓，游览圣水祠。举办汉江篝火晚会时，汉师院中文系师生有300多人参加，许多人即兴围着篝火跳起圆圈舞，十分尽兴。过后，《衮雪》连发两期散文专号。这次散文笔会给大家留下难忘的印象，对推动全省散文创作，也起了积极作用。还有个值得回味的小插曲，散文家朱鸿在会期间邂逅了位汉中美女，玉成好事，如今孩子都读中学了。

1997年1月，我担任汉中市文联主席、作协主席，至2011年卸任退休，长达15年之久，但搞活动，陈忠实每邀必至，作品研讨、文联换届、协会成立、讲学讲课有八九次之多，他还给汉中多位新人新作写序，可以说陈忠实有力支持推动了汉中文学艺术的发展。

2000 年，我把历时 10 年探访蜀道的作品结集为上下两卷，60 万字的《山河岁月》由太白文艺出版社出版。省作协和出版社还联合召开了研讨会。2000 年 4 月，正值油菜花开时节，陈忠实带着 20 多位作家评论家来汉中，韩梅村、李凤杰、晓雷、李国平、邢小利、李康美、杨乐生、方英文、徐子心、赵宇共、杨志鹏、杨立英等，再是汉中各界郝昭庆、蔡如桂、郭鹏、刘清河、李锐、吴宝恒、李汉荣、李耕书、丁利、牛力、周忠庆、张保德等共有 40 多位。其时主政汉中的市委书记胡悦、市长田杰素具人文情怀，关心文化发展，市人大主任郭加水亦是出版过诗、文两集的官员，见陈忠实等大家云集，非常支持，拨了会议专款，市上四大家领导都出席了开幕式。会上畅所欲言，评说短长。陈忠实作了如下讲话：

到汉中参加作家王蓬《山河岁月》研讨会，从一踏上火车直到进入会场，一直萦绕在心的居然是一种感慨。不完全是故地重游的原因。记得上次参加王蓬纪实文学研讨会，是在 1990 年，今年是 2000 年，整整十年了。十年在一个人尤其在一个高远心志的作家人生历程中，我可以掂量到它的分量。这十年，对于年富力强正处于艺术创造旺盛期的王蓬来说，是太重要的一个文化区段。他的整个创造活动和创造成果表明，在艺术和对生活的感知这两个至关重要的方面，王蓬已经走向成熟。

1990 年，王蓬的《巴山茶痴》等五部影响广泛的纪实文学作品结集出版后，召开研讨会，不经意间已经过去了十年。十年里，王蓬不仅有《山河岁月》上、下两大部作品出世，此前还有《山祭》《水葬》两部长篇小说的出版，单以一个劳动者的角度讲，干了多少活儿呀，取得这样丰厚的收获是令人羡慕也令人钦敬的。这种坚韧专注的倾全部心力进行的创造性劳动过程，不仅

2000年4月王蓬蜀道著作《山河岁月》研讨会在汉中召开。陈忠实、晓雷、李凤杰、李国平、李康美、李秀娥、韩梅村、赵宇共、徐子心、杨乐生、杨志鹏等二十余位评论家与会，与汉中各界六十共余人参加研讨。

2000年4月陈忠实、京夫、汪炎、耿翔、宛湖一行参观汉中松然盆景园 （王蓬　摄）

对王蓬，对同代作家的我更容易发生感慨，包括《山河岁月》书名中"山河"和"岁月"这些词，似乎更容易触及追求事业者的那根人生沧桑的神经。"山河"隐蕴着某种历史，"岁月"更包含着某种沧桑，人的追求，人的创造，人的精神和人文情怀，人在现实中的奋斗，瞬即就会成为过去的历史。

王蓬的发轫之作《油菜花开的夜晚》和《银秀嫂》，一出手就标示着新时期文学全新的艺术风貌，一出手就显示出很高的起点，也获得很高的声誉。二十年过去，正是王蓬，已经显示出学者型作家的征象和风范。多年以前，王蓬曾提出"作家学者化"的观点，我觉得有很合理的因素。解放后成长起来的作家，历经极左的各式运动，文艺思想的不能再左，读书也受到严格的限制，客观上造成了一代作家的知识结构的残缺不全，与二三十年代鲁迅、郭沫若那一代作家的知识积累和文化素养无法相比。知识结构的残缺和知识面的狭隘，对于作家的艺术视野和创造思惟的局限是不言而喻的。我在读王蓬的《山河岁月》时，首先品味到一种脱俗的文化品位，颇为惊异，王蓬已经脱胎换骨了。《山河岁月》集中研讨的是汉中地域性的历史文化，需待具备以国学坐底的基本的学问和修养，王蓬付出了以健康为代价的扎实的文化和历史知识的自修。对于今天的王蓬来说，二十岁左右做农民的人生体验，成为他成就文学事业的难以替及的础石。

2000年又将开始一个新的十年，王蓬刚过五十岁，在未来的岁月里，我祝福王蓬呈现出更新的风貌。那时我们将再聚汉中，再说王蓬。

陈忠实讲话后言犹未尽，又专门写了条幅："2000年春，正油菜花泛

金放黄时节，余来汉中参加王蓬新著《山河岁月》研讨会。多所感慨，感慨王蓬亦感慨自己，掐指二十年矣，今日不似昨日，成四韵句：苍山虽无言，江河自有声。旧岁接新年，日月鉴平生。与王蓬共勉。忠实记。"

每句第二字连接，正好为《山河岁月》。那段时间，我以为是陈忠实最放松愉快的一段，历时 6 年的苦熬，《白鹿原》终于写成，顺利出版，反响巨大，这对一个用生命去写作的人来说，没有什么能比这种成功更让人愉悦和欣慰，文武之道，一张一弛。陈忠实也需要放松一段。那次，他对我说想在汉中小驻一段，避开西安太多的活动与喧嚣，也还点文债，写几篇推不掉的约稿和序言。我说太好了，这儿安排尽可放心。那次陈忠实来汉中，4 月 7 日晨陈忠实与朱鸿乘火车先到，其余参会者集体乘大巴 4 月 8 日下午赶到，11 日又集体返回。陈忠实在 4 月 21 日晚乘火车离开，在汉中整整 15 天。我在汉园宾馆（原汉中地区招待所）后楼安排了套间，很安静。忠实与我约定，上半天他要写稿，我们各自忙碌。所有朋友见面、签名、求字都放在下午。那会文联已有公务用车，隔三差五拉忠实出去散心，看巴山茶园、石门栈道、洋县朱鹮和古路坝西北联大遗址。这期间先后有博物馆、群艺馆、酒厂、李富安、周旭等人多次请陈忠实午宴或晚宴。不过，陈忠实最喜欢的还是在我家中的晚餐。他最爱吃的是花生浆稀饭、面皮、核桃馍，再加上各类佐餐小菜的家常饭。我爱人"农转非"进城后，先摆了几年书摊，度过刚进城的困难，早已不干成了家庭妇女，专职买菜做饭，炫耀做饭手艺是女人天性，何况是陈忠实来家。早在八十年代陈忠实第一次到我农村老家，便吃过我爱人做的"泡膛"，现在更是精心准备，陈忠实连声称赞花生浆稀饭好，还说让他爱人来汉中学一下手艺。查阅日记，陈忠实先后有 4 次来我家中晚餐，4 月 11 日参会者集体乘大巴集体返回后，我请陈忠实，和当晚 9 时乘火车返宝鸡的李凤杰夫妇，市人大主任郭加水作陪；15 日，一位文学作者下海开了服装厂，非要给陈忠实做套出

王蓬在家接待陈忠实等人

2000 年春，陈忠实在王蓬家写字

2015 年 10 月，省作协党组书记黄道峻（左）、副主席吴克敬（中）与《陈忠实传》作者邢小利（右）在王蓬家

国穿的西装，我也跟着沾光，量身定做后都涌到我家晚餐；20 日，陈忠实说第二天要走需还些人情，他那会对写字兴趣正浓，让我准备好笔纸，去我家晚餐后写字。那晚饭菜丰盛还备了酒，饭饱酒足，陈忠实说开始，就在我临窗的大板台上，我早备好笔墨纸砚，铺好毛毡，陈忠实脱掉外衣，一副大干模样，他挥毫泼墨，我和女儿扯纸擦墨。那天晚上，党政官员、各界朋友、文学作者写的有几十幅之多，我怕他累到，几次说算了，他却说还有谁别忘了，最后还给文联司机杨小军写了一幅，说这娃车开得好，要给写哩。21 日，因是晚上火车，陈忠实说到你农村老家看看，一晃 20 年看变啥模样了。20 日清晨，我就让爱人早早回去准备，下午在农村老家小院接待陈忠实，这天情况他已在前面引用的《关于一座房子的记忆》中有详尽描写，不再重复。

不过，最让我难忘的是《王蓬文集》出版前后，陈忠实的鼎力相助。我曾统计，从 1970 年到 2002 年这 30 年间，我在全国 100 余种以上的报刊

发表 600 余万字的作品。在国家、省级多家出版社出版近 20 种专著，作品入选中外 50 余种选刊、选本，获得国家一级作家职称和国务院颁发的特殊津贴以及大大小小几十个奖励，当选为陕西省作协副主席、汉中市文联主席、作协主席，但确实没有想到出文集。

陕西的老一辈作家柳青、杜鹏程、王汶石、李若冰出文集，那是我们宝贵的文学遗产。同辈作家陈忠实、路遥、贾平凹出文集更理所应当，正是他们几位的赫赫成果，才使陕西老一辈作家开创的全国"文学重镇"的光荣传统得以承继发扬。

几年前，与我同在汉中为文后调进省作协的韩起出了四卷文集，我翻着墨香四溢的书页，为朋友的业绩感动。那年在全国第 6 次作代会期间，当选为全国儿童文学评委的李凤杰约我去北京的出版社商量出版文集。我对此还没有信心，也没在意。

直到赫然四卷《李凤杰文集》置于我的案头，才让我心里"怦然"一动，凤杰还表示，愿帮助联系出版社。2002 年恰好陈忠实与赵季平同来在汉中小住，也对我说，你应考虑出文集。我说，那你得写序言。没想，忠实竟一口答应：是该好好给你写篇文章。事实是，忠实竟用数月时间通读数百万字的作品，写出长达万字的序言，评论独特精彩，分析深刻率真，可谓力透纸背、入木三分。阅读时我忍不住数次泪水涌流。这是一

陈忠实到场祝贺《王蓬文集》首发

2003 年 10 月 23 日《王蓬文集》在汉中市委会议室首发。陈忠实、李凤杰、
张虹、李金玉等专程到场祝贺

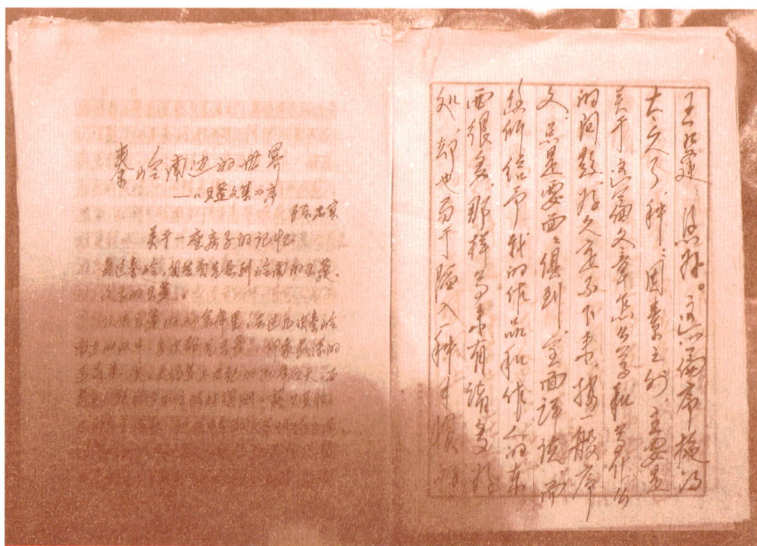

陈忠实为《王蓬文集》写下万字序言的手稿　　　陈忠实致王蓬信

种沉默被理解的感动，一种努力被认可的欣慰。我首先接到的是他的信，毛笔写在宣纸信笺上，长达七页，恭录如下：

王蓬：您好！

这篇序拖得太久了，种种因素之外，主要是关于这篇文章怎么写和写什么的问题，好久定不下来，按一般序文，总是要面面俱到，全面评价，而您所给予我的作品和做人的东西很多，那样写来有诸多好处，却也易于陷入一种习惯的窠白。想抓住您作品的精气神之关键一点争取说透，又怕遗漏诸多确也值得说的东西，就形成很难定的自我别扭。最后还是下决心以后者为主，评作品既不面面俱到，谈做人也不优点缺点操行评定。集中在人道和人性的这个关键词上。您的小说给我提供了这个关键词，追寻到作品的制造者，我也醒悟出一个没有加入中共的人忘我为公众事业工作，也在几乎所有样式的文学作品里伸张正义和人性人道的心理蕴藏了。我也是通过这篇文章才弄明白一个问题，人道和人性是人类自我救赎的最为可靠的底线，较之某些口号某些道德规范，都要可靠。于是我便从作品到作家，用这个话题统领下来，其余方面，在不枝蔓的前提下顺笔涉及。

近年写序较多，既要全面论说，又要避免流行的溢美，既要理论阐释，又要避免枯燥；既要生动，又要避免浮泛油滑，真是不易。然给几十年老朋友作序，心里踊跃，却也不无惶恐，最后还是冒险，企图抓住文与人的精神内核，且自以为不仅在灾难年月，即使在今天，较为宽松的生活里，这一点仍然是最可珍贵的，既是一个社会的人的精神底线，也应是高扬的精神旗帜。

这是我迄今写过几十篇序里最长的一篇了，我不断地谢绝着序，然而给同步过来的朋友作序，倒是一种心理慰藉，那就是不

陈忠实与夫人　（王蓬摄于 1998 年）

陈忠实、王蓬、李秀娥在白鹿原下陈忠实故居

可抑止的过来岁月里的跋涉，尤其是友谊，回顾中的思索和情感里的温馨。

有某些观点或措词上的不准确之处，有某些时间地点或其它不恰切之字词，告知纠正。"非典"施害，请谨慎，勿马虎，并祝家人安康快乐。

忠实

二〇〇三年五月六日西安

陈忠实为我文集所写序言：《秦岭南边的世界——序〈王蓬文集〉》更是长达12000字，给"文集"大为增色。2003年11月22日，"文集"首发式在汉中市委礼堂举行，市上四大班子领导，各界友人、文学作者汇聚一堂，陈忠实与省作协副主席李凤杰、张虹、中国文联出版社的资深编辑李金玉专程赶来祝贺，首发式可以说隆重、热烈、成功。但走出会场，张虹却悄悄对我说："你知道吗，为参加你这"文集"首发式，陈忠实昨天让女儿做剖腹产提前一天生下孩子……"

"轰"我头一下大了，半天回不过神，见了陈忠实也没说一句话，只是把感激深深藏在心里。

十

2016年4月29日上午7点45分左右，中国当代著名的文学巨匠、小说大家陈忠实因病不治去世。8点5分我即得知消息，尽管已多少有些思想准备，泪水还是忍不住夺眶而出。去年7月我突接原《延河》主编、资深编辑，也是那张1980年陕西作家群之一的徐岳电话，说忠实住院情况不好，咱们几个老朋友要约着去看呢。他已委托原《延河》主编徐子心与家属联系，让我等回话。过了两天，徐岳又打来电话，说忠实夫人不让去，

一是医院让病人尽量安静；二是怕忠实见你们几个老朋友去多心，不利于治病，大家也只好作罢。10月份突然在微信上见到忠实与张艳茜、朱鸿等人在老孙家聚餐的照片，仔细看忠实人削瘦了精神还不错，便给朱鸿打电话问了详情，说治疗很见效果，暂无大碍。不想过完年后，病情又急转直下……回顾40年的交往，真如同失去兄长的痛切。家中随之电话不绝，请我撰文有多家媒体，所幸三月上旬西安出版社新任社长屈炳耀来汉家访，见墙上悬挂的1980年陕西作家群照片中已有路遥、京夫、邹志安、王晓新、蒋金彦等超过半数的人去世，深感痛惜，约我写一下陕西作家老人旧事，以亲历、亲见、亲闻角度展示文学大省陕西作家风采。《陈忠实：白鹿原的绝响》为其中一章，3万余字，上周刚完，天不假人，奈何。我立即动手，忍痛选出约5000字的一节，配图十幅于上午10时打电话给汉中文联副主席、作家丁小村，借用他创办的读书村平台。小村却在外面，说12时回去才能编发。刚放下电话，陕西理工学院教师，研究西北联大的陈海儒却来电话说他刚得知陈忠实去世消息，可下午要出差，若有追悼文字，他即可编发。结果是我把文图转他，11时零8分便见到他用西北联大平台编发出的微信，我即刻转出，转瞬之间，百人转发，反响如潮；12时后，丁小村的读书村平台也转发了；下午2时新华社资深摄影家陶明又编入新华网，几家阅读平台，一天浏览量超过7万多次，没有发动，不用号召，千万民众的心想到一块，共同缅怀中国不可多得的文坛巨匠，小说大师。

上午10时市文联主席武妙华打来电话，讲汉中市委常委、宣传部部长谢京帅要求安排人代表她和宣传部、文联、作协赴西安悼唁陈忠实。我说正与省作协联系，依据葬礼安排程序，我们再决定行程，我也乘便前往，最好把祭奠与为忠实送行结合起来。

我再三考虑，作协要接待各界，尽量不添麻烦。经与莫伸磋商，我们5月4日早从汉中出发，下午去作协悼念，接着5日上午参加送行比较合

适。之后几日，心绪难宁，电话微信也只浏览与陈忠实相关悼文。见到国家领导人习近平、李克强、刘云山、王岐山等送了花圈；省上党政要员也前往祭奠；回顾在我有限记忆中，恐怕只有郭沫若、茅盾、巴金去世后有这样的规格、待遇，再看各家报刊媒体、微博微信，连篇整版，如潮涌动，足见人心所向，超越作家范畴，盖因陈忠实和他的《白鹿原》为这个民族筑就了巍然耸立的人格与精神高原。

5月1日上午10时，二女儿王欣星打来电话，讲她已购了鲜花到省作协，院里各界送花圈、挽联的人太多，问我需办啥事？上世纪八十年代，陈忠实第一次到我农村小院时，这80后的孩子还小，忠实以后多次来，孩子也长大，喜欢文学，发了作品。陈忠实给她作品剪贴本上题字鼓励。听说考上大学，陈忠实还送来了红包。孩子是30日随爱人带孩子回西安过节的，早上专门打的去作协追悼。她说想以她和姐姐的名义送上花圈，让陈伯伯走好。因陈忠实题送她们书籍、条幅上都写着侄女。孩子懂事，这颇让我安慰。

文友之间交往，书籍多为载体。朋友需要的是互相成全。环顾书柜，陈忠实题赠的著作有几十种之多。其中两种和我相关，一是北京中国旅游出版社2008年1月所出散文集《乡土关中》；另一种是西安出版社2013年10月所出散文集《白墙无字》。前一种是因为我曾在中国旅游出版社先后出版《陕西汉中》和《中国蜀道》，与责编、也是编辑室主任王建华熟悉，他请我出面向陈忠实约稿，出一种反映关中风土人情、配上图片、与旅游相关的作品集。我对陈忠实说了这件事后，忠实说事情虽好，但也为难。主要是写出的稿子散见各种报刊，也都出版过，缺少新稿；再说他也不会照相，没有图片。我说只要你同意，稿子我来搜集编排，图片我负责配，在此期间，你可写些朝旅游方面靠近的新作。事情说好，我即行动，把所能搜集到的陈忠实散见各种报刊的文章复印出来，又专程去他老家白鹿原

王蓬为陈忠实编辑配图的《乡土关中》

西安出版社所出陈忠实散文集《白墙无字》

一带拍图片，编为"关中自古帝王都""农家桑麻图""我说关中人"三辑，配图 132 幅。其中一幅是 2000 年 4 月，开《山河岁月》研讨会期间，安排游南郑县红寺湖，碧波荡漾，天水一色。那天在游船上，陈忠实、李凤杰、徐子心、晓雷等都是几十年朋友，心情舒畅，谈笑风生，我趁机抓拍了几张照片，其中一张陈忠实正在说话，神态、手势、景物十分合谐，正好反映他中年时的风采。我建议发整幅做扉页，王建华也采纳了。书编排得很好，图文并茂、印刷精美，由中国旅游出版社 2008 年 1 月出版，首版 1 万册。

另外一种是西安出版社 2013 年 10 月所出散文集《白墙无字》。陈忠实去世后，西安出版社原社长张军孝先生写出怀念文章《友谊之桥刚架起，

他却永远地走了》文中说：

> 我们策划了一套立足西安，面向全国的开放式的作家文库系列丛书，先后出版了熊召政、叶广芩、王蓬、莫伸、方英文、吴克敬、穆涛、匡燮、杜爱民、孙见喜、陈若星、陈长吟等 10 多位省内外作家的或长篇小说，或中短篇小说选，或散文随笔选等几十本，不仅形成了规模，而且在国内颇具影响。
>
> 当时，我一直有一个愿望，期盼能为忠实先生出一本作品集，以了却自己退休前的遗憾。可是，又担心忠实先生的稿子约不到。故于 2012 年 10 月 30 日这一天，利用王蓬由汉中来西安出差的机会，请忠实先生与王蓬、莫伸等作家一起聚会，向忠实先生表达约稿的心事。
>
> 未曾想到，先生被我的真诚所打动，慨然允诺，相信王蓬和莫伸从中也起了助推的作用，这使得我的确有些喜出望外，而且在比较长的时间里处在异常兴奋之中。

据西安出版社李宗保先生说，陈忠实的去世，引发读者阅读陈忠实著作的热潮，仅是"当当网"一家就订购8000册《白墙无字》。

在等待去西安的几天里，我查阅日记，寻找与陈忠实相关事情。2011年 7 日 15 日，所记事情较为重要，是接到陕西省委组织部与省人社厅联合下发 2011 年 84 号文件，《关于核准 2010 年事业单位专业技术二级岗位聘用人选的通知》。一级文学创作二级岗位聘用人选涉及陈忠实与我。

2006 年贯彻国家公务员法，文联作为党政群团组织，纳入公务员系列。我坚持走职称。靠什么安身立命？应自己清楚，与利益无涉，与操守相关。中国"官本位"有广泛基础，人的成就价值多以"官位"衡量。"唐

宋八大家"最小也知州知府，欧阳修、司马光更位居丞相，权倾朝野。寻常百姓眼中，县长远比专家威风。

中国列为事业单位有三千万人，多为知识阶层，按晋升职称取酬。多年中人们以为正高便到顶级，其实不是，"正高"还分四级，国家1956年曾给教授定级，在《新文学史料》中看到回忆文章：大作家茅盾可评一级教授，也可按文化部长定级。中断半个世纪，2006年中央下文启动，职称共分13个档次，教授为1—4档，副教授为5—7档。历时4年，尘埃落定，接到省委组织部与省人社厅文件，我评为"一级文学创作二级岗位"（即二级教授）。同一份文件还有史学泰斗张岂之，国画大家刘文西，陕西文学界仅陈忠实与我两人（贾平凹为公务员正厅），与这些大家同榜，尤其是我所尊敬的兄长陈忠实同级，我诚惶诚恐，我认为他们都应该是一级，可文件规定两院院士参评一级。参评二级的标准是："在正高工作岗位15年且现在三级岗位，符合下列条件之一者"。我1994年评上正高，至今已18年，文件要求的条件一项，我有两项：享受国务院特殊津贴专家（1993年），陕西省有突出贡献专家（2005年），所以顺利通过。对此，我十分知足，也很看重。因为这是国家和社会对一个从事文学创作40年，诚实劳动者的公允评价。

据我所知，早在1991年，陈忠实就两次写信给时任陕西省委宣传部部长王巨才，婉拒省文联任党组书记，那可是正儿八经的正厅级。

陈忠实多次说过，他的最大愿望就是当专业作家。现在省上文件也赫然标明：一级文学创作二级岗位聘用人选（2人）

陕西省作协文学创作组：陈忠实
陕西省汉中市袞雪编辑部：王蓬

　　2012 年，我在镇巴参加散文笔会，遇到省作协冯积岐，他告诉我陕西省作协文学创作组自从京夫和王观胜先后去世，现在就剩下陈忠实和他两人。也就是说陈忠实在去世之前在陕西省作协的身份就是专业作家。

　　陈忠实用生命实践了他的诺言。

　　2012 年 8 月 6 日与陈忠实通话，谈及白鹿书院所办刊物《秦岭》2012年 2 期刊文《阎氏四作家与孙犁有缘》，讲的是陕西礼泉阎氏家族所出四位作家阎景瀚（侯雁北）、阎纲、阎琦、阎庆生均与孙犁有交集，或书信往来，或当面采访，盖因声息相通，情怀一致。阎纲评论："孙犁个人的历史就是一部中国当代文学的野史。"陕师大的阎景瀚（侯雁北）教授则从孙犁《书箴》中集词：

　　　　天道多变，有阴有晴。物有聚散，时损时增。

陈忠实与王蓬最后合影（摄于 2013 年 3 月）

淡泊晚年，无竞无争。抱残守缺，以安以宁。

其时，我刚从任职 15 年之久的汉中市文联主席、作协主席位置上退休，心境与孙犁句十分合拍。陈忠实听我在电话中能背过，便说你要喜欢，我给你写下来。我说孙犁句、侯雁北集、陈忠实书，成三绝了。半月后，果真收到陈忠实写在六尺宣纸上的文字，字拙意恭，足见陈忠实也喜欢孙犁句营构的意境。

在日记查阅到，我与陈忠实最后一次聚餐是 2013 年 3 月 8 日。

起因是 3 月 4 日我去西安校对长篇小说《山祭》《水葬》（增订版），朋友王正从加拿大回国，他原为西安知青，曾在汉中插队，还曾在汉中地区铁厂当工人，又下海经商、移民海外、阅历丰富、酷爱文学，又和我为同届省政协委员。听说我来西安，当晚在离我下榻的西安宾馆附近"黄土地"餐馆做东。之前，我已介绍王正与陈忠实认识并聚过餐。所以邀请有陈忠实、曾与王正在汉中铁厂同班组、后任省人大副主任刘维隆、省新闻出版局局长、诗人薛保勤、西安出版社社长张军孝等。作家莫伸的长篇报告文学《一号文件》正好出版，他专门从出版社取来一包样书，分赠大家，气氛很好。

隔了两天，陈忠实打来电话，问我还在西安呆几天？我说 10 号回汉中。陈忠实说那就这两天吃个饭，他做东，看我请谁。我说我们都忙，请人、订餐都让莫伸去操办，忠实说好。那天也怪，农历尚未出正月，气温竟达 27 度，街上已有人穿短袖。结果是 3 月 8 日晚在西影厂附近的川渝酒家，参加者陈忠实、我和西安弟弟，莫伸又邀请有作家商子雍、朱文杰、方英文、西安出版社社长张军孝，还有《文化艺术报》主编陈若星、《当代陕西》主编张金菊等 3 位女士，不知谁发现说："今天是三八妇女节，我们聚餐是三女八男。"大家都笑，饭间互相敬酒，谈笑风生，十分愉快。

我与陈忠实最后一次见面是 2013 年 10 月 29 日。起因是 2012 年 4 月我在西安出版社出版《从长安到拉萨——唐蕃古道全程探行纪实》（文化专著两卷）之后，西安出版社又策划 "随我走古道" 系列，是想为户外旅游者服务，出二代产品，要我把两卷《从长安到拉萨》压缩为一卷，更名《唐蕃古道秘境》，约我去西安协商并签合同。2013 年 4 月我曾在西安出版社出版《山祭》《水葬》两部长篇小说的增订版，两书序言仍采用陈忠实为我文集所写序《秦岭南边的世界》，按西安出版社稿酬标准应付陈忠实 1600 元；其中一节《关于〈山祭〉〈水葬〉的解读》发于 2013 年 5 月 15 日《中华读书报》，稿酬 300 元；汉中《衮雪》杂志亦采用此节，稿酬 100 元；共 2000 元。我用信封装了，标明来源。再加样书、样刊、样报，封在手提袋中，到西安后便与陈忠实联系，准备给他送去。陈忠实问我住哪？我说西安宾馆。他说你就不跑了，他白天在西安电子一路石油学院工作室，下午回家正好经过西安宾馆。讲好 5 点 40 左右，结果堵车，杨毅开车 6 点 30 分才到西安宾馆，我把封好的手提袋从车窗外递给忠实，我让他赶紧回家吃饭，不要下车了。他说那好，回头再联系。第二天下午 2 点，忠实打来电话，讲下午约几个人吃饭。那天已是 9 月 30 日，第二天即为国庆，我怕回汉中的西汉高速车多堵塞，所以事办完已购好回汉中车票，故无法赴约，忠实说那就下次吧，没想到这次匆匆一面竟是永诀。

我与陈忠实最后一次通话是

2016 年 5 月 4 日，到陈忠实家祭奠后，在楼下王蓬与陈忠实儿子陈海力合影

2016年5月4日，王蓬、王晓渭、莫伸、叶广芩、武妙华、张虹、商子雍、陈若星、子页、丁晨等在陕西省作协追悼陈忠实

西安殡仪馆咸宁厅追悼陈忠实现场 （王蓬 摄）

2014 年 5 月 11 日。起因是西乡鹏翔绿茶特炒已送到我处，西汉高速通车后，车站便设有货运快递，只需打包封好，办理交付，4 个小时便可抵达西安南站，我几次都是让在西安的弟弟开车到车站取，再送到陈忠实白天呆的西安城南石油学院工作室，还算方便。但得先与陈忠实联系好，主要看是否在西安。先打电话没有人接，便发了短信。后来忠实打来电话时，我正在街上，他说茶叶还多，现在也喝得少了，就不送了。街上嘈杂没多说，没想到这就是最后一次通话。

5 月 4 日上午八时我与文联主席武妙华、丁小村一行至西安。下午到建国路省作协，莫伸已召集叶广芩、商子雍、张虹、陈若星、子页、曹谷溪、丁晨、杨红刚、亚东、李小洛、周迎春等十多位，先在省作协集体悼念，对悬挂在大堂正中的陈忠实遗像三鞠躬，然后依次退出，再去忠实家祭奠。我从家中找出 1998 年为忠实与夫人所拍合影，放大制做，准备好

2016 年 5 月 5 日上午送别陈忠实，咸宁厅外挤满群众（王蓬　摄）

送别现场，王蓬与伴随陈忠实最后三天，写出第一篇悼文的陕西省委宣传部副部长，亦是剧作家、作家陈彦合影

带去交与忠实夫人。由于来人太多，忠实夫人年届 7 旬，与儿女们连日接待，已十分疲备。不忍心多打扰，大家点香鞠躬祭拜陈兄忠实，慰问家属，大家与她们合影后离开。

5 月 5 日上午早早起来，赶赴西安东南面新建的殡仪馆，全程参加陈忠实追悼仪式，送陈兄忠实最后一程。沿途均有协警维护，秩序井然。7 时 50 分赶到，广场已人满，车满，花圈、挽联构成庄重肃穆气氛。可供千人追悼的最大的咸宁厅内外，人山人海，里三层外三层，各界人士、人民群众数以千计自发为忠实兄送行。场面壮观，秩序井然，令人动容，胸腔酸楚，泪已难忍。遥看咸宁厅已大门紧闭，盖因党政要员、各界代表、名家名人云集，需保障程序进行，不得已而为之。我至大厅门口，有人等候，得以入厅。八时追悼仪式准时开始，哀乐低沉，气氛庄重。大厅前方电视播放忠实兄生平照片，有多幅系我所拍，为忠厚兄长所做小事，留下

中年风采，让我在悲切中略感欣慰。程序进至瞻仰遗像遗容时，怀着悲痛的心情，给忠实兄最后三鞠躬，我进至两米拍下照片，却不忍传发。在追悼现场与多位多年未见文友见面，那张划时代的 1980 年陕西作家群唯剩贾平凹、徐岳和我，也在会场见面，互道珍重。至此，我已目睹了追悼、祭奠陈忠实的全部过程，忠实兄累了，也该歇息，那里无人惊扰。

中国当代最著名、也最具影响力的文学大家陈忠实的去世，在中华大地掀起久久不息的波澜，国家党政领导、文学艺术界、社全各界都以各种方式缅怀这位人民作家，在我记忆中应为空前，但愿不要绝后。

之后，我们一行即在城南顺便登上西汉高速公路客车返回汉中。

5 月 6 日，陕西省政协《各界导报》整版刊登我怀念忠实文章《陈忠实如同他的名字一样忠诚可靠》；言犹未尽，又写 4000 余字《陈忠实的汉中情结》配图 4 幅于 5 月 10 日在《汉中日报》刊出。

5 月 6 日，接受北京中国国际广播电台记者周微电话采访，让我从多年文友角度谈陈忠实印象。我首先向她推荐《陈忠实传》，并说作者邢小利上世纪 80 年代调进作协，与陈忠实有 28 年的同事关系，是 2005 年成立的以研究陈忠实及其著作为要旨的白鹿书院常务副院长，也是十多年来对陈忠实研究最认真，最挚著的学者，他历时多年所写《陈忠实传》把一代文学巨匠的人生道路与创作成就，及攀登艺术高峰的艰辛历程梳理得十分清晰，且真实客观、勾沉发微、详略得体，为国人留下一部关于陈忠实的信史，功莫大焉。关注或研究陈忠实，首先应阅读《陈忠实传》。

至于我自己对陈忠实表达出来的是这样的意思，一方水土养一方人，一个时代也养育一代作家。陈忠实出生于关中大地，八百里秦川，周秦创制，汉唐拓疆，华夏民族得以生生不息，陈忠实血脉中注定便流淌着这个古老民族的黏稠血液。20 世纪又是这个民族最为动荡、不安、裂变的时期。李鸿章感叹晚清遭迁："三千年未有之大变革。"当今之世，比李鸿章

陈忠实如同他的名字一样忠诚可靠

1980年陕西作家班，片起左至：胡宏，路金波，吕兵，诸灵云，冯有源，于旦，陈个尔，下颌欧

王莲悼念陈忠实文在陕西省政协《各界导报》2016年5月6日刊登

陈忠实的汉中情结

王莲悼念陈忠实文《汉中日报》5月10日刊登

时代变革强烈何止百倍，百年革命、摧枯拉朽、新旧交替、旗帜变幻、信仰动摇，加之电子时代、信息爆炸、环境生态、医疗教育、股市股票、人身安危……在各个阶层、各个领域、地无分南北、人无分老幼都惶惑、忐忑、忧虑的当口，真应该感谢和庆幸，在汉唐故都长安侧畔广袤浑厚的黄土地域，出了个陈忠实和他的《白鹿原》。

《白鹿原》问世的 20 多年来，一直处于中国文学和长篇小说的峰巅，并因改编为话剧、电影一次次掀起狂热，就因为过于丰富、过于厚重，能够不断解读出新意，给人新的感受和启迪。犹如莎士比亚的戏剧，诞生的几百年间长演不衰。说不尽的莎士比亚成为英国人的骄傲；说不尽的陈忠实和他的《白鹿原》也会成为中国人的自豪。

陈忠实的一生，他所际迁的社会和时代，《白鹿原》中所深刻反映的厚重丰富，绚烂夺目的社会生活画卷将成为这个民族探究不尽、研究不完的文化遗产和精神财富。《白鹿原》作者陈忠实的离世在汉唐故都西安，在中华大地男女老幼心中掀起久久不息的波澜已呈现出这种倪端。随着岁月推移，人们研究陈忠实和他的《白鹿原》心情会愈加强烈和迫切，陈忠实和他的《白鹿原》注定会走进中华大地最广泛的阅读群体，走进大、中学校的校园和图书馆，最终会在这个民族的记忆深处生根、开花并结果。

至于我个人，在与陈忠实 40 年的交往中，所有的际会和交集都让我回味不尽，时时给我启迪和激励，并受益终生。作为同时代的作家，陈忠实和他的《白鹿原》所达到的高度，都让我毕其一生之力不可忘其项背，在我已经第五次阅读《白鹿原》时，萌生过这样的念头：我们没有写出《白鹿原》，但写出了其他作品，丰富了文学也丰富了这个诞生了《白鹿原》的时代，丰富了这个民族的文化积累。也应该是种贡献，也就应该心平气和地继续自己的写作。

至于陈忠实在我心目中的位置，可用一句话概括，那就是：高山仰止。

陈忠实小传

◤

　　陈忠实：（1942—2016）陕西西安人。中共党员。1962 年毕业于西安市第三十四中学。历任西安郊区毛西公社蒋村小学教师，毛西公社农业中学教师及团支部书记、公社革委会副主任及党委副书记，西安郊区文化馆副馆长，西安市灞桥区文化局副局长，陕西省作协专业作家、副主席、主席、名誉主席。中共第十三、十四大代表，陕西省委第七、八届委员会候补委员，中国作协第五届全委会委员及第六、七届副主席。1965 年开始发表作品。1979 年加入中国作家协会。文学创作一级。著有短篇小说集《乡村》《到老白杨树背后去》，中篇小说集《初夏》《四妹子》《夭折》，《陈忠实小说自选集》(3 卷)、《陈忠实文集》(7 卷)，散文集《生命之雨》《告别白鸽》《家之脉》《原下的日子》等。短篇小说《信任》获全国优秀作品奖，《立身篇》获《飞天》文学奖，中篇小说《康家小院》获上海首届《小说界》文学奖，《初夏》获《当代》文学奖，《十八岁的哥哥》获《长城》文学奖，报告文学《渭北高原，关于一个人的记忆》获全国报告文学奖，长篇小说《白鹿原》获陕西双五文学奖、人民文学出版社炎黄杯文学奖、第四届茅盾文学奖。

（见《中国作家大词典》567 页，中国文联出版社 1999 年 12 月第一版）

此文原名《白鹿原下话忠实》7000 字

原载《江南》2007 年 4 期

2016 年 5 月 15 日于汉水之畔无为居重写为 40000 字

路　遥：苦难与辉煌

1992 年 11 月 17 日。

这是一个注定要被牢记又要被诅咒的日子。至少，万里长空增添了一条引发人们感叹悲恸的电波。

新华社西安 11 月 17 日电：以小说《人生》《平凡的世界》享誉文坛的作家路遥，今天被无情的病魔夺去了年轻的生命。长期艰辛的创作使他积劳成疾，终因肝硬化、腹水引起肝功能衰竭，于今晨 8：20 分在西安西京医院猝然离世。消息传出，人们无不为这位英年早逝的作家扼腕长叹："太可惜了，太可惜了！"

……

当晚，陕西电视台在新闻节目中披露了这一消息。古城西安，三秦大地多少人家顿时惊呆，绝然不相信从这片土地上走出的优秀作家竟遭此厄

1980 年陕西作家群。

左起 京夫、路遥、蒋金彦、徐岳、邹志安、陈忠实、王蓬、贾平凹、王晓新

运！无不喟叹，唏嘘！

隔日，全国各报纷纷登载路遥英年早逝的消息，引起的关切与震动远远超出了文化界。单是笔者就接到远至北京、哈尔滨、西宁、桂林乃至莫斯科的长途电话，纷纷询问路遥死因及善后事宜。

一封封唁电唁函从四面八方飞向西安作协、中国文联、中国作协，全国近百家省市文联、作协、出版社、编辑部。文坛泰斗巴金、冯牧、王蒙、冰心、张光年、秦兆阳、郭超人、陆文夫、蒋子龙、冯骥才、张抗抗、阎纲、周明、邓友梅、白描、白烨……一句句揪心揪肝的话语让捧读者无不泪流满面，一片呜咽：

文星陨落痛失良友贤弟先行吾随后到　　　　——张贤亮挽

不该走的人偏倒走了痛哉请收下后死者的追念请相信永生者

的纪念 　　　　　　　　　　　　　　　　　　——公刘挽

人生苦短世界平凡文坛骁将今又去相见恨晚辞别匆匆挚友容

音梦中还南京 　　　　　　　　　　　　　　——周梅森挽

路遥你说带我走三边这事情一年拖一年总以为时间无限多谁

料想霎那间成了永诀路遥安息 　　　　　——王安忆挽

……

各种缅怀、悼念、回忆文章迭见于报刊，文章之繁多之哀婉也绝对罕见。这是由于路遥辉煌的成就与不幸的遭际，巨大的声誉与难以挽回的结局，可怕的死神与年轻的生命之间形成种种落差在人们心底造成的震荡、不平与回味。

作为与路遥相识相交近 20 年的朋友，许多天心情难以平静，正干着事情，猛一想起，眼皮发跳，心便直沉，许久许久回不过神，而压在桌上玻璃下路遥几张活灵活现、各种神情的照片也让人想起我们相知相交的种种往事。

初识路遥

不少人和不少文章都把新时期文学和文学新人的崛起划定于 1976 年之后。事情并不那么划一，有一个酝酿准备过程。至少陕西作家群体形成是如此，陈忠实、郭京夫、李凤杰、李天芳、晓雷等人是 1965 年前后便在报刊发表作品。贾平凹、邹志安、路遥、王晓新都是 1973 年左右学习写作并在报刊上发表作品的。

我第一次见到路遥的名字在 1973 年 7 月刚复刊的《陕西文艺》（即《延河》）上刊登着一则短篇小说《优胜红旗》，写的是学大寨的事情。因我当时也在农村、也学大寨，尽管他写的是陕北，我在陕南，事件内容都

路遥追悼会上，陈忠实致悼词

追悼路遥的场景

差不多，熟悉就能记下，关键当时正学写东西，想上报刊，对凡上了报刊的都羡慕，就记住了路遥。

《陕西文艺》是当时全省唯一的正规文学刊物。大家都盯着，一年下来谁发表了什么，几首诗或一个短篇，人都知道，不像现在出部长篇连朋友都茫然。

见到路遥是1975年。《陕西文艺》召开小说作者会，通知了我。那会我已经务农上十个年头。老家西安也十多年没有去了。正在地里劳动，记得是挖红薯，大队会计扬着通知来找我。看着满地羡慕惊讶的目光，我心里激动地"怦怦"儿跳着，几乎抢一样拿过通知，只怕失去了机会，就像目下的人怕去不了美国一样。

委实贫穷，去省城竟然找不出一套浑全衣服。一条好点儿的裤子膝盖上裂了缝，妻子补了个长方形的补丁，穿上看看，不对称，只好又在另一只并未裂缝的裤腿上也补块长方形的补丁，就像目下的牛仔裤。我那会全不顾这些，只要能去省城，去《陕西文艺》开会，就像去天堂一样。给省城的外婆和姐姐扛了一袋子米就去挤火车。

我是去的最晚的一个。接到通知晚了，晚的原因是大队接到通知后感到吃惊：省上怎么会让一个"狗崽子"去开会？不让去吧，是"省上"的通知，于是折中：让他多劳动几天再去。能够去开会，这得感激作家贺抒玉，她是著名作家李若冰的夫人，当时是《陕西文艺》副主编，还有作家张文彬，她是著名作家杜鹏程的夫人，当时是《陕西文艺》的小说编辑。她们来汉中组稿，听到汉中地区文化馆诗人宋太海与王寅明的介绍来到了我住的村子。由于我父亲还戴着"帽子"，她们没敢去我家，而是在农民诗人蒿文杰家中，然后通知我带上作品去见她们。后来知道是看了作品，她们力争，又经地方党委同意才决定让我去开会的。我那会26岁，差不多与共和国同龄。

青年路遥和诗人曹谷溪在黄河边

会议在西安钟楼下的省文化厅招待所举行，有七八十人。座谈，听报告，然后各自修改作品。当时陕西文坛的明星是陈忠实，他连续在《陕西文艺》上发表了《接班以后》《高家兄弟》《公社书记》，我至今认为那几篇作品有种与生俱来无法复制的气势，当时也确实影响很大。再是工人作家韩起有几篇作品引人注目。其他人都还没显山露水，贾平凹还在写学习雷锋的《一双袜子》，属小不点儿，没人注意他。

路遥当时正在延安大学读书，工农兵大学生开门办学，到《陕西文艺》编辑部当见习编辑。我因为已经读过他写的《优胜红旗》，知道他，况且他现在又当编辑，在我心中有种神圣感。

去了几天都没见着路遥。人都面生不好打问，好在初进艺术殿堂，天天都新鲜，晚上看电影，餐桌上有肉菜，中午还有只鸡，多年在农村哪吃过这些？另外座谈也听着激动。会议主要是修改作品，与会作者各自带着作品，编辑们看了指导着修改，轮流给作者谈话。这在我心里造成种紧张，就跟上考场差不多。

我那次带去的作品是短篇小说《龙春夺阵》，写个返乡青年学当裁缝，用社会主义思想占领农村阵地的故事。散文《春笋岭》是为生产队到巴山深处拉洋芋种所见所闻，放到学大寨背景上来处理，这样谁也无法轻易否

定事情本身的荒唐性。但历史确实是那么走过来的。当时虔诚得只怕把这类荒唐事写不好。柳青那么伟大的作家也无法摆脱时代的局限，何况我们这些凡夫俗辈！

编辑们终于找我谈话了，就在我住的三人宿舍里。我记得是小说组长路萌，副组长高彬（后来知道她是著名作家王汶石的夫人），屋子里还有其他作者。那会大家都虚怀若谷，求贤似渴，编辑们一张口，大家都瞪大眼睛静悄悄地听着，恨不得把每句话都印在脑子里，似乎那全是金玉良言，能够点石成金。

愈是这样我愈紧张，手足无措满头渗汗。两位大编辑缺点优点说了许多。我并不糊涂，我最关心的是作品能不能发表？

"路遥，你谈谈意见。"

小说组长路萌突然冲着旁边一个壮实小伙说。

什么？他就是路遥！我连忙仔细打量他，个头不高，敦敦实实，脸色黑红，完全像个刚从地里劳动回来的农村小伙。刚才一屋子人，我看过他一眼，以为他也和我一样，是从农村来的作者，没想到他就是路遥。他该是什么样儿？以前也没想过，只觉得他像村里有个叫"扎墩"的小伙，黑胖结实，刁顽而讲义气。每次上公粮扛一两百斤的粮袋从不怯场，且最爱给人帮忙。谁力气怯只要求他，几句好话就能帮着把一架子车粮袋扛完。

路遥要在村里，也注定有人叫他"扎墩"，他也注定扛得动粮袋，说不上也肯给人帮忙。只是不知这会他对我作品咋看？

我紧张地看他，他先看了我一眼，随即目光又朝下，我疑心他在看我膝盖上的补丁。谁知他用一口浓重的拖着鼻音的陕北话说："这两篇作品还有生活气息，语言也生动，再改也没多大意思，我看通稿时顺一顺就能用。"

"那就这样吧。"

路遥与莫言

　　两位小说组长略沉思了一下也同意了，气氛一下松弛下来。满屋子的人扯起了闲话，扯起了那些年人最感兴趣的"小道消息"。我心头感到一阵轻松，没想到如此顺利地过了关。后来这两篇作品分别发表于《陕西文艺》1976年3期和4期。作品第一次上本省正儿八经的文学刊物，除了感激所有帮助我去省城开会的人，也很感谢路遥，感谢他在关键的时候帮我说话。当时没有什么感谢办法，只是想要在农村上公粮，我能帮他扛粮袋。

　　过后，陕西省在汉中召开全省革命故事调讲会。路遥那时已大学毕业，正式调进了已经恢复的《延河》编辑部。来汉中组稿，在会上找我。我与路遥已经见过面，有过交往，就很自然地接触较多。

　　也就是那次，路遥对我说，上次去省城开会，他见我穿着打补丁的裤子，再一看模样就知道是从农村来的，就有种天然的同情和好感，就本能

地想帮一把。他说他家在比陕南农村更贫穷更严酷的陕北农村。曾经连我那种带补丁的裤子也穿不上，饿饭更是常有的事。

尽管他没有讲更详尽的情景，我顿时感到拉近了距离，有了一种天然相通的东西。我对他支持帮助我作品上《延河》有了种透彻的理解。只有经历过苦难的人才富于同情心。善良和宽厚绝对不是谁想有就能有的，那绝对是一个人血缘环境、生活经历形成的溶进骨髓里的东西。

也是那次，他问我对生活有什么打算？那会虽然已经粉碎了"四人帮"，但父母的冤案尚未平反，我还是一个整天用最原始的劳动工具挣工分养家糊口的农民，虽然发表了些作品，小有影响，但还看不出有离开黄土地的希望，而这一切又绝非我个人的力量所能改变。

"我们这些人首先要靠自己的奋斗和努力真正干出了成绩，愿意帮忙的人才好替你说话，现在就要有这种想法和目的，而人是有了目的才会锲而不舍地奋斗……"这些话无疑给我壮了胆，使我心中那些朦胧的念头变得明晰。关键是这么一个从更艰苦更贫瘠的土地上奋斗出来的农家小伙就活生生地站在面前，这对我的影响可以想见。

这次接触，还算不得深谈，但彼此都加深了了解，发现了许多相同相通的东西。关键还是我们共同喜爱文学，这就有话可说，而交谈中又绝不仅仅是交流了对文学的看法，而是互相了解了对方。至此，我们成了朋友。

获奖前后

客观地说，陕西文学的崛起，陕西作家群体的形成，一九八〇年夏天的太白会议起了不可磨灭的重要作用。

陕西文坛解放后就因为有胡采、柳青、杜鹏程、王汶石、王宗仁、李若冰、魏钢焰、胡征、余念以及他们创作的一批作品被誉为中国的文学大省。这种传统、土壤、氛围必然要对后来者产生影响。1978 年第一届全国

短篇小说评奖，陕西就爆出绝响，贾平凹的《满月儿》与莫伸的《窗口》榜上有名，在全国获奖。那时不像现在对谁获什么奖都麻木。当时获一个短篇小说奖就不得了，真正一跃龙门，身价十倍，电视报刊介绍，编辑纷纷约稿，再加上成千上万文学青年的拥戴，一时间也产生出偏差，对待一个作家，不是看其生活积累、艺术修养、写作功力如何，而是看其是否获奖。甚至连办刊物都是如此，刊物好坏，就看刊物登的作品获没获奖。不止一家刊物到处活动着获奖，也不止一个作家刚想到一篇作品的题目就想着获奖，围绕获奖产生过多少一波三折、又啼笑皆非的故事，而且至今余响不绝！

但不管怎么说，只要你写作，只要你涉足中国文坛，你还是得获奖。不然，不仅任何好事轮不到你，连你自己都怀疑是不是真是在文坛混饭吃的角色。

开始压力最大的是陈忠实，大家一直把他看成后起者的主力，如今平凹、莫伸两位小兄弟都领了先。有一两年忠实很沉默，埋头读书。

路遥那会在《延河》编辑部，只能业余写作，在一些报刊上发表了短篇小说《不会做诗的人》《夏》《青松与小红花》，但并没有引起什么"轰动效应"，听说他写了一部中篇，寄了几个编辑部，都退了回来……

路遥表面沉稳，内心争强好胜，他面临的压力是明显的。

能不能保持住势头？能不能继续获奖？保持住文学大省的美称，在文学"湘军"、文学"晋军"、文学"京派"、文学"海派"的不断崛起中，尤其"宁夏出了个张贤亮"（阎纲语）力作不断，屡获大奖，被誉为"文学界的乒乓单打冠军本格森"，一时间整个陕西文学界都感到压力。

检讨成果，评论优劣，挖掘潜力，组织队伍便成为当务之急。刚刚恢复正生气蓬勃的陕西省作家协会非常及时有效地抓了这项工作，1980年盛夏，在凉爽的秦岭太白县城举行了短篇小说创作座谈会。

路遥在矿山

路遥与电影《人生》导演吴天明

读中学时的路遥

作协主席胡采、《延河》主编王丕祥、评论家王愚、李星、肖云儒、大学教授蒙万夫，再就是小说作者了，当时还没人敢称作家。来的有陈忠实、郭京夫、路遥、贾平凹、邹志安、王晓新、蒋金彦、徐岳等。

我那会仍在农村务农，是参加会议中唯一的农民。记得是收罢了小麦栽上了秧子去的太白。

那次会议开得过硬，每人带上自己已经发表的代表作品，互相传阅，然后一个作者一个作者地讨论，先自己谈，完了大家评论，议论不足，分析失误，相当扎实。

会议气氛也好，大家开诚布公，不论对谁都提出一大堆建设性的意见供你参考，确实启迪思维，有茅塞顿开之感。

会议期间，还组织了几次参观游览，太白县便在秦岭岭顶，谁能想到这是块近百平方公里的高山平原，著名的古褒斜栈道由此经过，盛唐时曾是大将郭子仪的养马场，水草丰满，森林茂盛，盛夏也凉风习习，十分惬意，保证了大家在情绪上的心平气和。

给大家留下深刻印象的是逛原始森林，几辆汽车沿着飘带一般绕缠于秦岭山巅的山区公路行驶，越盘越高，起伏的山峦像大海波涛扑向天边。路遥、京夫、王晓新和我乘坐的一辆吉普车，车速较快，没多久就把后边的面包车甩下好远，车驶上山巅，钻进一团乌云，不想大雨倾盆，铺天盖地，只听山林发出排山倒海般的呼啸，大家都有些心惊，怕山洪把车冲跑，一直沉静的路遥却欢呼起来，并说他喜欢暴风骤雨，车子在暴风雨中飞驶是种享受。司机担心大雨浇熄了火要出危险，敏捷又迅速地把车退出了云

团!

实在奇妙，转了个弯，近在咫尺，却又万里无云，一派晴空，公路上扬着灰尘，丁点雨都没落。折腾一番，饿了，找出车上装的罐头正要吃，老实的京夫担心："后边车上人来了要吃咋办？"

"不要紧，就说昨天晚上就让贾平凹偷吃光了！"机警幽默的王晓新出着鬼点子。

"而且，他还把我们这些都贿赂收买了，不让我们向胡采同志报告。"路遥也兴致勃勃地加入了合谋。

本来，我以为路遥面临挑战，压力太大，情绪心境会受影响，他不像我仍在农村，即便没有获奖，人们也能原谅。他在作协，担任《延河》小说组副组长，身处漩涡中心。况且，大家都看出路遥决不甘心一辈子为他人作嫁裳。他胸怀大志，雄心勃勃，是那种注定要干番事业的人。但事业再伟大，也要千里之行，始于足下，搞文学就要看作品。路遥那个时期的作品我都找来看过。因为我那会也想突破也想获奖，呆在陕南乡村瓦屋里，下地干活回来，就成夜研究获奖者们的作品和陕西同行们的作品。凭我的感觉就觉得路遥的作品获不了奖。

因为那会获奖的作品一部分是因为题材尖锐突破了禁区，造成远远突破文学圈子的社会影响，即"轰动效应"；另一部分也确实厚积薄发，堪称力作。各方面都涌现出高手，比如张贤亮写知识分子蒙难的《灵与肉》，张弦写爱情的《被爱情遗忘的角落》，古华写山林生活的《爬满青藤的木屋》，高晓声写农村题材的《李顺大造屋》《陈奂生进城》，何士光的《乡场上》，张一弓写的《犯人李铜钟》，丛维熙的《大墙中的白玉兰》，蒋子龙写工业的短篇等，也确实突破各种禁区，开各类题材风气之先，让人耳目一新，很干了些绝活，在当代文学史上留下不可抹灭的光辉的一页。

路遥那个时期的几篇作品《夏》《不会写诗的人》《青松与小红花》，写

知青生活或陕北农村的，既不算"禁区"，写法也较传统，尽管字里行间不乏路遥式的幽默，看了并不震撼。并且隐约感到他写得很艰苦，让人看时都替他捏把汗，似乎是硬憋出来的。我猜想这一定是他最难受、最苦闷的阶段。来时，我就怀着一种说不清目的的想法，想跟他聊聊，为他也为我自己。

可是，却没有机会，也缺乏一种氛围。会议在招待所平房院子召开。大家都住后院，路遥独自在前院一间房中。我去看他，他说夜里睡觉打呼噜怕影响别人。我疑心这半是理由半是借口，因为我知道路遥不喜欢热闹，爱安静的读书或沉思。当然后来也发现他也喜欢畅谈，但那必须是互不设防的挚友，环境情绪所致，才能谈得起来。

他枕边放了一摞书，有《静静的顿河》《安娜·卡列尼娜》《红与黑》等，我想起他上次到汉中组稿，好像也是带着这些书。我于是知道他偏爱名著，尤其俄国名著。恍然感悟，一个沉浸在大师们建造的恢宏的艺术殿堂的人也许对中国文坛眼下的喧嚣并不在意，或是胸有成竹，踌躇满志，正从大师的论著吸取营养、打磨武器，等待着一个有利的时机再突然出击，一鸣惊人！

不知为什么，我深信路遥心灵深处怀着这样的念头。对于这样一个胸怀鸿鹄之志的人关于事业上的任何规劝、安慰之类的交谈都属多余浅薄。

我于是扯些别的。路遥也问些我农村近年有无变化和种庄稼的事情。但我仍从他情绪意态中感到他有一种压抑不住的昂奋，一种喜事降临的得意，决不像处于低潮或情绪灰暗的模样。莫不是他遇到了什么转机？而且注定和事业有关。我没有主动打问是出于对朋友的尊重，别人不愿说或不到说的时候绝不去讨嫌。

不过，我的这种推测在几天后得到证实。

招待所后边便是座可以俯瞰整个太白县城的山峦。几个下午，大家都

1980 年路遥（左一）与诗人公刘（左二）

结伙爬山。有天路遥也去了。他那时已有些发胖，落在后边。我本来性急，可见他掉在后边，不好意思先走，于是陪他，爬到山半腰，有些气喘，索性不走了。两个都躺在青草如毯的山坡上，晚霞如火，山风徐来，十分舒坦。

"你最近写什么？"路遥突然问我。

"写一位猎手的故事。"

"我看你对山林生活很熟悉，最近这两篇都不错，你在这方面还可以再挖掘，写篇真正能打响的东西。"

路遥说的两篇作品是指我刚发在《人民文学》1979 年 11 月号上的《批判会上》和《延河》1980 年元月号上的《猎熊记》，前一篇被翻译到美国，后一篇《延河》选发了评论。我也是感到这两篇作品才真正写了我熟悉、

并有所感悟的生活，写作时有一种真正创作意义上的冲动。

"我有一部中篇马上要在《当代》上发表。"

路遥说这话时，眉眼语气有一种掩饰不住的激动和兴奋。

"是不是那部写文化大革命的？" 我前几天便隐约听谁说过。

"可不是啥，娘的，两年了，寄了十几个编辑部全退回来，这回是秦兆阳同志看了，亲笔写的信，让我去北京改稿，下期就发……"

"什么，秦兆阳！"

我也被这消息激奋起来。因为我对秦兆阳并不陌生，知道是位著名作家，我上初中就读过他的长篇小说《在田野上前进》，现在担任中国最权威的文学刊物《当代》主编的正是秦兆阳。他若对哪个作家的作品赏识，注定会改变哪个作家的命运，尤其是对那些正在苦苦奋斗挣扎着的青年作者来说更是如此。

路遥写的这部中篇小说尽管还没有阅读，但是我深信秦兆阳的眼光，能亲自写信让路遥赴京修改，足见重视。说不上是一部能够打响的作品，那么路遥这多年苦苦的奋斗与追求就会有结果，就会……这么想时，只觉得路遥的这部中篇小说前景如同晚霞一般绚丽，无怪一向深沉稳重的路遥

路遥手迹

路遥有浪漫遐想的天性

这么高兴。

后来的事实是：路遥这部题名为《惊心动魄的一幕》的中篇小说先是在《当代》发表，接着荣获全国第一届中篇小说奖。那正是文学作品获奖最红火最荣幸的时期。苦战告捷，这项大奖使路遥作为一名文学新人在全国范围获得了认可。

两年之后，路遥捧出那部真正震动了中国文坛乃至整个中国社会的力作《人生》，再次获全国第二届中篇小说奖并改编电影。可以毫不夸张地说是一夜出名，接着便是各编辑部铺天盖地地约稿，各地也刚恢复的文联与作协接二连三地邀请，多地大学生和文学青年寄给路遥成麻袋的来信，都极大地鼓舞了路遥要在中国文坛施展抱负的壮志与雄心。此非妄语，日后我在北京鲁院学习时，同宿舍的安徽作家陈源斌，也就是电影《秋菊打官司》的原小说作者，也曾一夜成名。他毫不掩饰地告诉我，他是做邮递员时开始的文学梦，路遥便是心中的文学偶像，他曾给路遥写过信。连日后获诺贝尔文学奖的莫言都坦言曾给路遥写过三千字的长信，可见路遥当时影响之大，知名度之高。事实是，这一切都把路遥推到高峰也推到无法回头的墙角，只能硬着头皮闯关，好在路遥是位驾驭风浪的能手，"好风凭借力，送我上青云。"正是在中国新时期文学大潮方兴未艾，而商业大潮尚未成为洪水猛兽的当口，路遥破釜沉舟，潜心埋头，历时数载完成洋洋百万字的巨著《平凡的世界》，摘取中国最权威的茅盾文学奖桂冠，辉煌地完成了一个作家的三级跳。

然而，在路遥创作历程中，对《惊心动魄的一幕》这个中篇所起到的作用，怎么估计都不过分。就整个作品艺术上来讲，它甚至还没有路遥另一部没有获全国奖的作品《在困难的日子里》成熟。但是它太重要、太关键了，那时路遥已经苦苦熬了多年，《惊心动魄的一幕》的手稿也已旅行了若干个编辑部，按路遥说法，如果投《当代》再不发表，他将烧毁原稿。

如果说这部作品不是被秦兆阳看中力荐获得成功,路遥之后还会不会写出《人生》《平凡的世界》是值得怀疑的事情。

因为,无论如何,文学是一种艰苦的没有尽头的马拉松式的又无一定规矩的创造性劳动。再坚强再有毅力的人也需要成功来鼓励,不然那种长时间苦苦摸索,漫无天际的单身孤旅,与来自外界的怀疑和议论真能毁掉一个天才。对于这一点,路遥自己也认识得十分清楚。他在最后的绝笔《早晨从中午开始》专门谈到了这点:

> 记得 1978 年,我 29 岁,写了我的中篇处女作《惊心动魄的一幕》。两年间接连投了当时几乎所有的大型刊物,都被一一客气地退回。最后我将稿子寄给最后两家大刊物中的一家——是寄给一个朋友的。结果,稿子仍然没有通过。
>
> 朋友写信问我怎么办?我写信让他转交最后一家大型刊物《当代》,并告诉他,如果《当代》也不刊用,稿子就不必寄回,让他随后一烧了事。
>
> 根本没有想到,不久,我就直接收到《当代》主编秦兆阳的一封长信,对我的稿子做了热情的肯定,并指出不足;同时他和我商量(在地位悬殊的人之间,这是一个罕见的字眼),如果我不愿意改,原文就发表了,如果我愿意改动,可来北京。怎么不改呢?我怀着无比激动的心情赶到了北京。结果,他指导我修改发表了这篇小说,并在他力争下获得全国第一届优秀中篇小说奖。
>
> 这整个地改变了我的生活道路。

在某种意义上也可以说"太白会议"改变了我的生活道路。

我清楚地记得会议进行到最后,讨论怎么办好《延河》,组织队伍时,

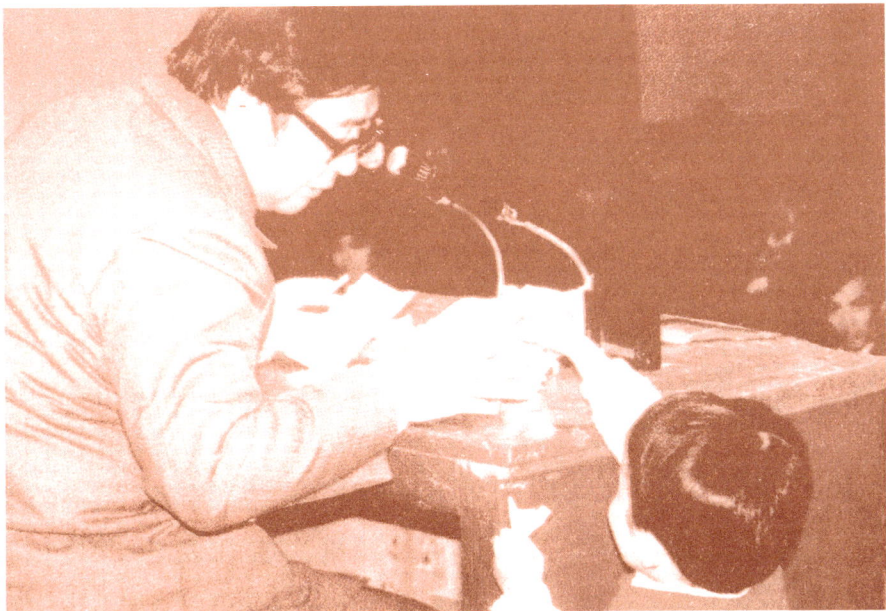

路遥讲课时的一幕

路遥建议：发一期小说专号，全用陕西作品，向全国推，得到与会者的热烈响应。最后决定发一期"陕西青年作家小说专号"，第一次向全国公布自己的青年作家，要求每人拿出一篇能够代表水平的力作，并配发照片、小传，高规格地隆重推出。

结果，1981年元月号，由著名评论家胡采作序的陕西青年作家小说专号问世了，推出了莫伸、路遥、王晓新、邹志安、陈忠实、王蓬、贾平凹、李天芳、京夫（按作品顺序）九位青年作家的作品。当时在全国众多刊物中尚属首次，影响颇大，许多报刊都发文章介绍。那次我交的作品是《银秀嫂》，除被《小说选刊》等4家刊物转载外，还获《延河》首届优秀小说奖。关键是在全省范围获得了认可。从那以后，《延河》、作协领导不断

路遥：1988年思索 〔郑文华　摄〕

为我呼吁，惊动了省委宣传部长刘端芬、省委副书记白文华以及汉中地委宣传部、文化局、省地人劳局、地委常委会诸多关节。历时两年，经历足可以写本厚书的过程，我终于结束了十八年的务农生涯，于1982年12月31日调进了汉中地区群众艺术馆。又隔一年，我考进了中国作协文讲所，后更名鲁迅文学院，加入了中国作家协会；后又考进北京大学首届作家班，在京畿之地学习达五个年头。之后，返回汉中，在秦岭南边潜心经营着文学，书写着另一个关于文学的没有尽头的梦境。

事业、奋斗、命运、机遇，这是不知道被多少人谈了多少年的话题，并且还将被讨论下去。但就根本上来说，一个人的成功，个人努力固然重要，但人是社会的一员，自古"时势造英雄"，无势则无为。这个"势"是社会，也是时代。路遥作为新中国的同龄人，又出生在陕北这块浑厚苍凉，英雄辈出，影响了中国现代历史进程的土地；经历了共和国所有的坎坷与风雨，经历了贫穷、苦难和饥饿；还直接参与了触及每个中国人灵魂的"文革"，积累了远比同龄人丰富得多的生活经验和与人生块垒；又恰逢中国人民与"四人帮"极左势力的生死搏斗，反映这些巨变的新时期文学汹

涌澎湃，大潮崛起；路遥幸运地恰逢其时，顺势而为，个人的才能与价值也凸显出来，被发现和认可。

我个人的理解是主观、客观缺一不可。中国古人云"先自助之后天助之"。一个人总要首先自身奋斗努力，机遇才可能光临。否则，再好的机遇也会白白溜掉。

路遥的成长固然有社会、有时代、有潮流、有机遇，但首先是他顽强的拼搏的结果。拼搏时用了多少力气，就会遇多大的机遇，上帝再公正不过。

人生点滴

随着与路遥相知渐深，我对他身世经历、性格形成有了较为详尽的了解。

路遥原名王卫国，与共和国同龄，1949 年 12 月出生在陕北清涧县石嘴驿镇王家堡村，那是陕北黄土高原上再寻常不过的山梁之间的川道，路遥家的几孔窑洞也寻常地引不起任何人关注。然而，就是这样恶劣的环境，也没能让路遥完整地度过童年。之后，却又在延川县成长起来。这其间包容着极其辛酸又不堪回首的往事。

父母祖辈务农，没有文化，弟兄姐妹多达九人，家中几近赤贫。可以说路遥来到这个世界，首先遭遇的便是苦难。路遥的弟弟王天乐在《苦难是他永恒的伴侣》中写道：

> 父母亲是目不识丁的文盲，在陕北清涧县石嘴驿镇王家堡村务农。父亲身高大约在 1.5 米左右，这完全是由于沉重的劳动使他在土地上弯曲了不该弯曲的身驱。他就是用这么一副侏儒般的钢铁双肩，挑起了全家十口人的生存重担。他有五个儿子，三个

女儿。为了活命，他在路遥七岁时，就决定将这个长子过继给他的哥哥王玉德。

路遥在《早上从中午开始》里这样回忆他的童年：

> 童年，不堪回首。贫穷饥饿，且又有一颗敏感自尊的心。无法统一的矛盾，一生下来就面对的现实。记得经常在外面被家境好的孩子们打得鼻青眼肿撤退回家；回家后又被父母打骂一通，理由是为什么要去招惹别人的打骂？三四岁你就看清了你在这个世界上的处境，并且明白，你要活下去，就别想指望别人，一切都得靠自己。

但是，就连这样严酷的日子也难以为继。路遥7岁时，万般无奈的父亲把他送给延川的大伯父家抚养。

路遥对我讲述过这个过程。他讲那几天父母对他特别好，他就预感着要出什么事情。

一天，父亲起得绝早，说要带他走亲戚。几十里山路，赶到清涧县城时，饿得头昏眼花，父亲拿出一毛钱给他买了一碗油茶。他饿极了，端在手里几口就喝完了，抬头一看父亲站在那里没动，就问："爸你咋不喝？"

父亲嘴里吱唔着："我不、不想喝。"

他突然明白父亲口袋里再也掏不出一毛钱了。于是一路再饿他也不吭一声，只是碰着有水处就喝一肚子凉水。晚上，他们就像讨饭吃的一样，找人家借宿。还好，有户农民不但让他们父子俩睡土炕，还给煮了一个南瓜。

近200里路，父亲领着7岁的路遥硬是步行乞讨赶到了伯父家。伯父

家里的光景也穷得跟老家差不多。住了几天，父亲就对路遥说，让他好好玩，他要赶集去，下午就回来，明天再一起回老家。路遥清楚父亲是在哄他，父亲要独自悄悄溜走，再也不会回来。第二天清晨，他早早起来，避开家人，躲在村里一棵大树背后，他望着父亲远去的背影，明白他已经被送了人。心里凄楚地发胀，眼皮里裹着泪水，但始终咬紧嘴唇，不让泪水流出来。一方面，他很想大喊一声冲出来，不顾死活地随父亲回去，但他清楚家里情况：压根无法让他读书；而伯父家中尽管也很贫困，但因没有孩子，会让他去读书。尽管眼泪刷刷流下，心中充满被亲人抛弃的凄苦，路遥却咬着牙做出抉择：没有去追赶父亲，而是留在了伯父家。事实证明这是路遥在年仅七岁时对命运做出的一次举足轻重的选择，否则路遥完全

路遥：1988 年思索（郑文华　摄）

路遥父亲

路遥母亲

路遥继母

有可能是另一种人生。

伯父也是生活底层的穷人，但因没有孩子，对路遥这个养子视同己出，亲如骨肉，在饥一顿饱一顿的情况下，硬是节衣缩食供路遥读完了小学。

1963 年，路遥小学毕业考上了延川中学。但家里实在困难地拿不出学费，也拿不出一袋荞麦或黑豆供他到县中去搭灶。真正家徒四壁，路遥几乎死心了，扛起锄头跟伯父出坡干活。假如真这样下去，路遥的历史注定要改写，新时期文学注定要少一员骁将，而广大读者也绝对无缘阅读《人生》与《平凡的世界》。

路遥仿佛注定来到这个世界就要向苦难、要向命运挑战，他不甘心就像父辈那样扛一辈子老锄去山梁上从早挖到晚。小小的年纪，他居然找了村干部寻求帮助。

正好那位村干部与伯父非常要好，也是觉得老辈人口语"从小看大、三岁至老"的理，认为路遥这孩子有主见能成器，想办法号召全村每户资助一碗黑豆，凑了点粮食资助路遥上学，路遥报到时中学已开课一个星期。

三年初中，路遥几乎是在饥饿状态下度过的。以后他把这些亲身经历写进了中篇小说《在困难的日子里》，对饥饿的描写入木三分，以至于我阅读时竟产生了饥饿的感觉，回想起同样饥饿的童年。

恰是由于苦难，使路遥从小就懂得人需要坚强和毅力；也恰是由于山区滞重的生活节奏和闭塞的环境限制，反而刺激了路遥爱幻想的天性和追求广阔世界的愿望。

要再追究还可以说到李自成的农民起义何以由陕北燃起燎原大火。当然还有党中央毛泽东等一代伟人在陕北一呆13年。延川就是个出大干部的地方，据统计单省军级干部就二十多个。

这些注定对路遥产生过不小的影响。不然你怎么也解释不通19岁的路遥就当上延川县革委会副主任、相当于现今副县长的事情。

那当然是文化大革命中，给正上中学的路遥一个千载难逢的锻炼机会，他运筹帷幄，充分显示了组织才能；舌战群儒，表现了敏捷的思维；他参加了这个小县城文化革命的全部过程，当上拥有数千学生的"红四野"的头儿，成了全县闻名的学生领袖。

这段经历极大地丰富了路遥的阅历，不然，他绝对写不出那部几乎改变了自己生活道路的中篇《惊心动魄的一幕》。但这段并不应该由他负责的经历，日后"三查"时也给他添了不少麻烦，差点儿影响他当选陕西作家协会副主席。

我怀疑，也就是从那时候起，引起路遥对政治的兴趣。因为他不止一次对我用赞赏的口气说过"陕北出产政治！"他讲国务院有什么单位，陕北就有什么单位。有几年向上要钱成风，陕北文联向中国文联要钱，《延

71. 高加林回到县委时，巧珍正在大门口往里张望，他心里又热起来了。他把巧珍领到办公室，巧珍顾不上喝水，就先搁搁被褥，唠叨着："被子太薄了，再回来絮些新棉花。"

路遥成名作《人生》改编的连环画

安报》向《人民日报》要钱。他讲这是陕北的实用主义政治。路遥自身也在政界有许多朋友。我后来发现路遥身上除了文学，还有种浓浓的政治情结。

1982 年 9 月，中国作协召开华北、西北 10 省青年作家座谈会。每个省有两至三名已露头角的青年作家参加，记得北京是毋国政、凌力，山西是成一、张石山，河北是铁凝、张学梦，天津是吴若增、冯骥才，还有中国作协领导唐达成、葛洛，《人民文学》《当代》《十月》等刊物主编，会议规格很高、很隆重。由于会议在西安召开，陕西参加的青年作家最多，有路遥、陈忠实、贾平凹、莫伸、邹志安、李凤杰、京夫等。其时我还在农村当农民，是参会唯一没处领工资的人，会上还给我发了补贴。会后到延安参观。那正是路遥《人生》在《收获》发表，又由中青社出了单行本，在全国引起轰动的当口，路遥显然是会议上的明星，记者争相采访的对象，因为是文学界、新闻界还好理解，但在延安参观座谈中，我亲眼见着就连延安的各级政府官员，也没有不认识路遥的，与会者都觉得震惊。

我的姐姐在延安工作多年，在延大读书的外甥女是路遥作品的崇拜者，曾专门找路遥签字。也就是那次开会期间，姐姐委托我一定要邀请路遥来家做客，出于友情路遥一口答应，由于陈忠实、贾平凹、莫伸、邹志安等没去延安，我请李凤杰作陪，半道又遇上《人民文学》副主编崔道怡和天津的吴若增，便一起同往。那天姐姐做了很多菜，很丰盛，取出珍藏的好

酒，外甥女抱了一摞路遥作品让给同学签名。路遥那天情绪很好，大家都很尽兴。我姐夫当时任延安市副市长，与路遥也熟悉。说路遥一回陕北，各方人士都去拜访，像迎接省上干部。

路遥与政界人士周旋自有他的见解。他认为在中国这片土地上，搞单纯的艺术几乎不可能，你不理睬政治，政治要来干预你。再说，既然创作来源于生活，生活中有那么一大批干部和整天热衷于政治的人，那些人的灵魂精神七情六欲也是社会组成部分，是很重要的生活，不要疏远和讨厌，而应该积极去熟悉，去了解。

路遥 1988 年冬来汉中，与汉中书记专员有过几次座谈。我发现他一点都不拘谨，从容自若，提问得体，不时插句幽默风趣的笑话，轻易地便使气氛自始至终保持一种轻松和愉悦。

政治也可以成为一种艺术。

路遥这种认识生活、深入生活的方式为他全景式地表现生活打下了基础。

他的代表作《平凡的世界》出现百十个人物，上至国务院副总理、中顾委常委、省委第一书记、专员县长，下至区乡干部、普通百姓、游医货郎、小商贩、包工头，甚至流浪汉、二流子。地域则涉及京都省府、区乡镇县，城乡交叉，五光十色，这非大手笔不可驾驭！

这也与路遥观察生活的方式角度有关。

1987 年春天路遥曾去当时联邦德国访问，来回都住在北京中国作协招待所，隔壁便是鲁迅文学院。我正好在那儿学习，有几次畅谈。问他："去德国印象最深是什么？"

他讲是一场足球赛。可以容纳十几万人的体育场座无虚席，挤得满满当当。每当运动员有上乘表演，全场十几万男女老少便都扔着鲜花、帽子、狂呼呐喊，整个运动场发出山呼海啸般的声潮，汹涌澎湃，经久不息，给人一种惊心动魄如同在大海上颠簸一样的感觉。

路遥最潇洒的一幅照片 （路遥纪念馆提供）

他讲就是那一瞬间，他弄明白了为什么两次世界大战都是由德国人发起，这个民族的好胜心真是不可估量！

路遥讲这些的时候，我再次领教到他观察世界的方式和角度，善于从波澜壮阔的场景和激越昂奋的情绪中去体察社会和理解人生。因而他的作品也追求一种恢宏的气势，一种大无畏的气魄和蔑视困难的精神。这从他的代表作《人生》和《平凡的世界》中可以得到印证。

也是在北京的畅谈中，问及他以后还有什么打算。

当时，他的百万巨著《平凡的世界》还没有最后完稿，正处艰苦跋涉之中，加之出国归来，显得有些疲惫。他还是谈到长篇完成之后，还打算再写三部电影，总体已有构思，全是历史题材，《玄武门之变》《未央宫之变》，充满一种雨果式的悲壮，让世人也知道东方人也能搞出悲剧，而且一点不比西方人差。

他讲时情绪昂奋，一副踌躇满志的模样，并说以前的作品都在陕北写的，写这几部电影时就到陕南去，让我给他找个安静的山沟。这当然没有问题，我一口答应。

之后，我学习回来，几次见面，他还提到到陕南钻山沟的事。1988年冬，他和莫伸、徐岳一块来跑了几个地方，却没有钻山沟。

1990年初，我开作品讨论会，他车票都购好了，北京突然又来了人，车票退了，山沟也没钻成。路遥以陕西作协名义发来贺电：

值此王蓬同志作品讨论会召开之际，特表示热烈祝贺！祝贺王蓬同志长期坚持深入生活第一线，密切联系群众，热忱关注普通人的劳动和创造，近年创作成绩丰硕优异。祝再接再厉，争取更大收获！

1990年冬，我和爱人去西安，一块去看他，晚上，他独自呆在自己的书房里，几个大书架占去了房子的一半，安了一张书桌一张钢丝床，还有

张小茶几，放着一堆花生米、半瓶酒。他正看书，嘴上叼着烟，小屋里烟味酒味极浓，有些闷人。

我知道路遥花钱手大，抽烟也要"红塔山"之类的牌子，当时稿酬低，即便爆了大名的路遥手上也没几个钱。作为朋友我就想给路遥帮点忙。当时，几乎全国都刮起过一阵文人下海风，主要途径就是为企业写报告文学，可以获得比文学刊物多几倍的稿酬。时在省作协《延河》任职的资深编辑，也是那张经典"九位作家照"之一的徐岳创办了份刊物《中外纪实文学》，给大家解决困难。据徐岳回顾："他（路遥）曾为我约他写一篇《汉中论》的小稿子，采访了汉中专员赵世居以及大型和乡镇的企业，回到西安后，春节在即，年后正月初三，我在作协家属院碰见他背着大包小包往外走，便问，"大过年的，上哪去？""去西影大酒店，给你写稿子！"我说，"我

路遥病危伴随至终并写出《路遥最后的日子》的作家航宇 （王蓬摄于 1996 年）

那刊物，用得着你这么大动干戈！"没料他给了我这么一句，"只要稿子上署我的名，我就要对得起'路遥'两个字。"其时《人生》已为他赢得了大名声，《平凡的世界》大稿已交了编辑部。此时对他来说，写个小稿稿，"杀鸡焉用牛刀？"然而他用了。他就是这么呕心沥血！"

那时，我也协助汉中市文化局编了本报告文学《秦巴大潮》联系我在鲁院、北大时的同学聂震宁帮助出版，他当时在广西漓江出版社任编辑室主任。我把路遥为徐岳写的《汉中论》改名为《汉中盆地行》放在《秦巴大潮》卷首以壮行色。凭此，我向文化局为路遥讨要了500元稿酬，当时已相当可观。路遥拿过装钱的信封很高兴，拉着我手使劲握了几下，意思够朋友。

现在知道，他那会由于长期艰辛创作已积劳成疾。烟酒实在是不相宜的。那次我还送他几盒友人蔡如桂培育的汉中名茶"秦巴雾毫"，他当即冲泡，赞叹不已，便又说起来汉中钻山沟的事情，还添上了看茶山。

直到 1991 年夏天，去西安见着他，在一起吃饭，他还谈笑风生，给人的感觉依旧体壮如牛，没见一丝病变的样儿。临行当晚，他又取出一套新出版的精装本《平凡的世界》送我，签字日期为 1991 年 5 月 24 日晚。

1992 年春天，我应大型期刊《漓江》主编聂震宁之约，为他们组一期陕西作家作品专号。震宁再三嘱咐一定要有路遥、平凹的作品。我于是忙碌，又写信又拨长途电话。陕西的"哥们"还够意思，纷纷响应，平凹也一口答应，唯路遥寄来一封长信。（摘要如下）

　　王蓬兄：

　　　　您好！

　　　　先后两信都收读，因许多无法启齿的原因耽误了复信，请能原谅。

　　　　我是一个较为内向的人，有时很难在口头或行为表述自己内

心激越的情绪。但和您、莫伸这样一些人呆在一块感到自在，因为我们真的超越了一些局限。

三本书出的都不错，我因身体不太好，需要一些时间才能阅读完，我一定会用文字说说您，只是在时间上尽量宽容我。就目前而言，您是陕西最有冲劲的作家，您诸事备齐，只待东风，成功是肯定的。有人已成强弩之末，您正箭在弦上。干吧！

为聂震宁写稿一事，现在有这么个情况；我手头编了一本文论性质的集子，名曰《作家的劳动》，约十五六万字，包括以前的一些文学言论（七八万字）和有关《平凡的世界》的一篇大型随笔（六万多字）。

本来，此书可以不出，因陕人社拟出我五卷文集。这些东西也将会包括进去，但我觉得这些东西淹没在小说中有点儿痛心，因此单集了一本，一则我看重这些文字，二则也想多拿几千元稿酬，就我目前及今后一段时间来看，因身体差，写作拿点钱很不容易了，现在，想请你出面同聂震宁联系一下，看能不能在漓江出这本赔钱的书。因为我目前遇到难以言传的苦衷（经济上），也许您以后会恍然大悟。

莫伸不久前来过，我们又谈起上您那里去逛一圈，但他目前走不开，又只能等到下一次了。

西安目前很"乱"，穷人富人都在谈论如何赚钱，想必汉中也一样，这一回，应该是有智慧的人赚点钱了，有机会咱们还可以好好论证一下，先写这些。

祝好

路遥

1992 年 3 月 27 日

接信后，我迅急与漓江联系，震宁回答书可以考虑出，并愿与《女友》同时刊登随笔。我把这意图转告了他。不知又出自何种考虑，他没有给漓江寄稿。

事后才知道，路遥5月份又邀请莫伸一块来汉中，但莫伸却因事不能成行，路遥当时沉默良久。

莫伸后来写文章《永远无悔的牺牲》中说：

"这是我非常痛心的一件事，5月份，距他病重住院仅仅三个月——我总感觉到，路遥的病逝不仅与他常年的过度劳累有关，并且与他相当一段心情郁闷有关——如果我当时陪他去了汉中，如果汉中之行改变了他不畅的心态，他会不会突然之间就不躺倒了呢？"

总之，路遥再也没有来到汉中，没有去钻陕南的山沟，没有去看茶山，尽管我已经给几处朋友都打了招呼。

身后憾事

尽管从信中知道路遥身体不好，但压根没往坏处想，只觉得他体壮如

《路遥文集》5卷本陕西人民出版社1993年1月第一次印刷

《路遥全集》北京十月文艺出版社2013年5月第一次印刷

牛,能有多大的病?直到路遥逝世前一个月,诗人党永庵来汉中,说起路遥生病住院,我还没有在意。心想:一般人不也住院么。

直到接到作协电报:路遥不幸于今晨逝世。我才大吃一惊,真正犹如五雷轰顶,半天回不过神来,脑子里一片空白,许久不愿承认这个事实。

一个活生生的生命,一个互相引为知己的朋友,没打招呼毫无预感怎么就这么突然去了,让人心理情感无论如何难以接受!

我苦苦思索,追忆事发前的征兆,想寻找一些与路遥"命运"有关的事情。

我曾陪路遥逛过汉中许多地方。大约由于地域反差,看惯了陕北悲壮苍凉的黄土高原的路遥,对陕南,尤其汉中有种偏爱,前后来过五六次之多。且多是冬日,因为冬日的汉江原野仍绿茸茸的一片,他几次赞叹:"汉中是没有冬天的地方!"

对夜市万头攒动的情景也颇欣赏:"一条自由浪漫的大街!"并说这是陕北没有的现象,是汉中的专利。

汉中城南,有著名的汉大将韩信拜将坛。我们曾在那儿徘徊徜徉,谈及韩信的盖世功勋与悲惨结局。韩信曾说"狡兔死,走狗烹;飞鸟尽,良弓藏;敌国破,谋臣亡"。足见对自己的命运早有预见。

我们曾对"早知"和"不该"进行讨论。路遥断定韩信决不后悔,因为考虑结局,一个身受胯下之辱的流浪汉绝对成不了名标青史的风云人物,大丈夫做事应该一往无前,患得患失啥事也干不成功。

汉中的定军山下,则有武侯墓、马超墓与古阳平关遗址,我也曾不止一次约路遥游逛。武侯墓有诸葛亮生平大事年表:27岁"隆中对";38岁参与策划"赤壁大战";43岁为丞相;在汉中屯兵八年,六伐曹魏,54岁北伐病卒。

路遥观看良久,突然想起日前座谈,某专员表彰某企业家58岁承包

路遥常在省作协大院独坐静思 （郑文华　摄）

工厂，便说："诸葛亮40岁前大功告成，54岁连活都不活了，你们汉中人58岁还承包工厂！"

随行者皆笑。

现在回想，固然路遥对生命的价值意义有他独到的见解。但仔细慎思，路遥的悲剧也与他的这些见解不无关系。

文武之道，一张一弛，不仅是规律，也是科学。纵是天才，违背其道，也会食其苦果。

中篇小说《人生》以及电影《人生》给路遥带来巨大的声誉，也带来

巨大的压力。

"积累写光了，下一步看他咋走？再要突破怕难！"等等云云，隔着道秦岭的我都听到过这种议论。其实，几乎每个写出点儿名堂的作家周围，都有一批曾被鲁迅斥为提着皮鞭的工头，他们经常指导你应该趁年轻出成果，出作品。即就是你刚苦耗几年心血熬出一本作品，他用不了两天匆匆翻完，便又来指导你完成下一部能"站得住"的作品了，完全忘记了他们自己为文没写出一篇像样的东西，为官没干一件让老百姓能记住的事情；可永远忘不了"指导"别人，尽管这种人让人愤怒得恨不得揍他两拳，可还得对他满脸赔笑，因为他全是无比真诚，无比正确地在为你"好"！

《人生》发表，拍电影引起巨大轰动时，路遥年仅34岁。这岁数，俄罗斯的果戈理还没有提笔写作，革命家朱德又过了8年，42岁才去法国留学。可是，那些不负责任的热情关心他的人已经在指导他要如何如何，或是断言他怎么怎么，既无法回避又摆脱不掉，奈何！

关键是路遥自己太要强，在走上文坛之初就给自己立下了一个极宏伟的目标：要完成一部规模宏大，篇幅浩瀚，而且很成功的作品，时间应在40岁之前。

本来，完成《人生》之后，应该好好地舒缓一下，各地去走走，古时文人尚且主张"读万卷书，行万里路"，这委实是开阔眼界、调节生活的绝好办法。偏路遥生性不爱热闹，那几年笔会盛行，让我捎话邀请路遥去广州，去黄山，去九寨沟，去桂林的编辑部就不下10个，可路遥一家邀请都没有接受，连出国的机会都放弃了。

诸多原因，使他一头又扎进长卷的写作之中。整整六年之久，单是为摸清1975—1985年10年间的社会大事，翻看10年间的几种大报，磨得手指上毛细血管都暴露出来，只好用手后掌去翻报纸，记录了几十万字的笔记；搜集了各种专门性著作：农业、商业、工业、科技、养鱼、养蜂、税

路遥与贾平凹

路遥与莫伸

务、气象、财务、历法、风俗、民俗，甚至不明飞行物等。几乎每一种需要了解的知识都像一道必须翻越的崇山峻岭。

这且不说他需要补充与了解的生活。

由于这部巨著将全景式地反映中国近 10 年间的城乡社会生活的巨大历史变迁，有近百个人物出现。工程是庞大的，涉及的面也广且复杂。乡村集镇，工矿企业，学校机关，集贸市场、国营、集体、个体，上至省委书记下至普通百姓不要说了解熟悉，就是都去接触要耗多少精力。实际上，《平凡的世界》（三卷本）1986 年—1989 年出版，准备了三年，写作了四年。展现了从 70 年代中期到 80 年代中期中国农村生活的巨变，多年来一直被称为现实主义巨著。

《中国当代文学史》（郑万鹏著，北京语言大学出版社，2001 年出版）这样评价《平凡的世界》："以编年史的方式描写重大的历史事件集中的十年间中国城乡广阔的城乡生活——农村、城市、官场、学校、矿山……规模宏大，结构开放，不断从一个场景过度到另一个场景，由一个情节蔓生出另一个情节。不过，这里支撑小说的并不是引人入胜的情节，而是处于变动状态的深刻的社会心理"。

这些评价只是众多赞美中的一种，但已让人毫不怀疑地认为《平凡的世界》具备了"史诗的品质"。这种评价即便在繁荣昌盛的新时期文学中也并不多见，因为这是路遥用生命为代价取得的。

由于与路遥、贾平凹都是多年文友，且相知较深，有时也把两人的艺术风格和写作方式暗作比较。

平凹属艺术感悟型作家，平时喜爱绘画、书法、建筑、戏曲、佛学、玄学……侧重精神与美学的积累，艺术气韵充盈。笔墨轻柔空灵，联想古今，腾游时空，下笔千言，日书万字为寻常事情，完成 40 万字长篇小说《废都》也仅用两月时间。且晚间从不写作，客人盈门谈笑风生。平凹自

己也讲以写作为人间乐事，并不感到乏累。

路遥则是一位有强烈责任感的社会型作家，严格地遵循着现实主义创作方法。尽管路遥并不排斥一切现代主义流派，但他给自己选定的庞大的工程容不得玩任何花招，只能操持熟悉的武器。路遥最不爱听别人讲他手法传

沉思的路遥

统，他曾激烈地反驳："一定要在现实主义创作方法和现代派创作方法之间分出优劣高下，实际是一种批评的荒唐。问题不在于用什么方法创作，而在于作家如何克服思想和艺术上的平庸。"

路遥写作好比是打一场正规的阵地战，正面仰攻，一个个火力点的拔掉、一个个山头的占领无不得全力以赴、无机可乘，拼的是实力体力。而这场庞大的战役又长达六年，精神高度紧张，抱着必胜信念。这又需要多少顽强的毅力和自我折磨的精神，委实是用生命和青春做了抵押。

这期间，路遥始终没有解决好伙食问题。我与路遥相识不久，就发现他不吃大肉或油腻的东西。开会时老跑去同少数民族的同志一块吃清真。我问过他原因。他讲小时一直到整个青年时代，几乎都是在饥饿状态下度过，只要填饱肚皮，哪还敢挑捡。由于许多年盼着吃饱肚子的就是荞面搅团、揪面片、洋芋渣渣、小米稀饭，常年不跟油荤打交道，突然吃到油腻反而恶心，这一切偏又发生在记忆深刻的青少年，所以影响到后来。

　　但路遥这理论却没有说服我。因为我对饥饿并不陌生。1958 年 10 岁时我随父亲下农村，接着便是三年自然灾害，父子三人一天总共 1 斤粗粮，木薯根、洋槐花、榆钱、地耳是吃遍了的。过后十几年，农业学大寨、年年闹饥荒也是在饥饿线上挣扎过来。恰是因为没油水，特别爱吃肉。千方百计捉青蛙、打麻雀来解馋，直到现在最喜欢吃的菜是红烧肉，或是萝卜白菜、豆腐与肉坨子的"一锅熬"，保持着一种农民式的"审美趣味"。就说路遥在陕北水土不同，可我认识的陕北老干部可是鱿鱼海参什么都吃的。

　　路遥进城后，吃饭问题始终没解决好。生活缺乏规律，早晨从中午开始，早上醋睡从不吃早点，有时下午一点起床才到作协门口小吃摊随便吃点什么。然后，看报读书，午饭用馒头大葱凑合。晚上路遥活跃，聊天、看足球赛，情绪奔放，拍手顿足，要熬到夜里两三点钟才睡，且嗜烟如命，有时一天两包烟，一支接一支猛吸不停。饿了就再去大差市口的夜市摊。用路遥自己的话说，那一带上百家小吃摊都吃遍了，谁都认识他，谁都不知道他是干啥的，看着他狼吞虎咽的样儿，会认为他是一个倒霉不过的人力车夫。

　　路遥解馋的办法是吃羊肉泡馍。这玩意冬天是不错，热气腾腾的一大碗，各种佐料香菜，老远就香气扑鼻，催人食欲。且最实惠，美实吃一顿，一天都不饿。这自然最对路遥这种自由散漫人的胃口，便老去光顾。岂不知纵是山珍海味，也会久则生厌。后来，不要说吃，老远见着羊肉泡馍馆，他也感到恶心。

　　不得不谈到路遥的家庭。

　　有几次单独相处，路遥曾谈及他的初恋。

　　他那时不到 20 岁，文化革命高潮当中，他当上延川县革命委员会副主任，开大会挺神气地坐在主席台上。这时，有人递上来一个纸条。从那娟秀的字体一看便是女性。他感觉到了是谁。当时北京有一大批知识青年

下放到延安，延川也分了不少。作为延川县革委会负责人，路遥便负责知识青年接待。当时就注意到一个身姿苗条，脸庞清秀，眼睫毛很长，眼睛极有光彩的姑娘，关键毕竟来自北京，举止言谈有一种陕北女子永远无法相比的落落大方，以及现代生活韵味。而陕北这片苍凉的黄土地，竟出了个 19 岁的县革委副主任，开会讲话，挥手之间，虎虎有生气。强烈反差的事物注定互相吸引。近乎一个美丽的童话，特别合乎路遥爱幻想的天性。

果然是那位北京姑娘。穿着鲜艳的红色衣衫站在洁白的雪地里，路遥的心一下就被融化了。初恋是美丽的，她给了路遥毕生难忘的记忆。初恋也是真诚的，她给路遥许多真切美好的感受。

将近 10 年之后，路遥早调进作协，且已小有名气，他与那位北京女知青结婚了，两人挽着手在作协大院走动，曾让陕西的土作家们羡慕不已。

在电影《人生》推上荧幕之后，妻子也调进了西影厂。路遥性格深沉内向，妻子却热情开朗，爱好不尽相同。路遥长期深入生活，在家也是早晨从中午开始，尤其是饮食习惯很难合拍。久而久之，发生矛盾，而路遥成为名人之后，既有名人的荣耀，又带有名人的脆弱，没有正视这种矛盾，寻求很好的解决方式，过多地顾及了名誉，则把许多痛苦掩藏于心底，这也使他活得沉重，活得悲苦。

路遥妻子我没有过多的接触，去路遥家见着打个招呼，她就带孩子去了另外的房间，任由我们天阔地广地闲谈。

曾收到路遥妻子的一封信，让我在汉中帮她买些大米。后边署名先是"路遥妻"然后才是她的名字，可见她也是看重路遥的。

看重是一回事，实际生活又是另外一回事，路遥妻子不是那种传统型的贤妻良母，她不可能尽心尽力为路遥去全部牺牲自己，她有自己的天地与生活。要说，也没有什么错误。

最终，他们还是决定分手，其时路遥已在病榻。这绝对与病体不相宜。

　　我曾经隐约感到路遥这种不幸，但他自己不愿说的事情，绝对不能去问。但我曾设想，两人有过真情，有过很美满的一段。事物总是发展变化，觉得感情破裂、无法相处时，实事求是，好说好散，各自开始新的生活，来日方长，何尝不是明智之举！

　　路遥过分看重已经取得的荣誉，爱惜自己的羽毛，平常与任何女同志来往都很庄重，几乎不去任何社交场合，甚至有种殉难的苦行僧味儿。

　　1988年冬，他与莫伸、徐岳来汉中，都穿得单薄，我找几件毛衣让他们加上。莫伸、徐岳穿了，路遥脸都冻青了，就是不穿。事后，我突然想起，路遥不止一次说过他最喜欢冬天、不怕冷，但冷毕竟于身体不相宜啊！

　　我于是晚上让他们进舞厅，想着活动活动身上也暖和一些。但去了舞厅，路遥也不跳，一支接一支地吸烟，然后坐在那儿静静地听音乐。

　　我特意找了个性格活泼，读过路遥作品的女青年，交代说："任务就是把路遥拉下舞池。"

　　不想，第一天晚上路遥被那位女青年拽下了舞池；第二天，女青年却被路遥吸引到桌边。事后，那位女青年对我说："听路遥老师谈话是一种享受！"

　　今年春节，我在街上走，迎面猛地从自行车上跳下位女同志，正是那曾陪路遥跳舞的女青年。几年不见，都结婚生孩子了。她急切切说从电视里看到路遥去世的消息，难过得流了几次泪，好多日子都抱怨老天太不公平，怎么让那么好的人死了。

　　我愣在那里，不知该说什么好。去纠正路遥已经走过明显有偏颇的道路么？显然荒谬，如果那样，路遥也就不成其为路遥了。

　　唯觉遗憾的是，路遥最崇拜的艺术大师是列夫·托尔斯泰、维克多·雨果、肖洛霍夫与泰戈尔，他应该记住，这几位大师不仅著作等身，辉耀万世，而且，可全是长寿老人啊！

余响不绝

　　路遥的离世在社会各界产生巨大的反响，二十多年间在文学界、在读者群中从未中断，可谓余响不绝。众多关于路遥的回忆录、印象记、一夕谈叠见报刊，单是专著就不下于十余种。反响较大的有一直在伴随路遥病床前的作家航宇，真名张世烨，陕北清涧人，与路遥是同乡，也是在路遥相助下进的省作协。航宇质朴，知恩图报，协助路遥干了大量家庭琐事，一直守候在路遥病榻，直到最后洗身换衣，切实尽到友情。航宇最先写出长篇报告文学《路遥在最后的日子里》(陕西师范大学出版社 1993 年 2 月)航宇还货款出资由西影厂拍摄了六集纪录片《路遥》。航宇现在北京国家林业局工作，调离陕西前，2009 年又在太白文艺出版社出版纪实文学《永远的路遥》。

　　作为路遥的朋友和同时代的作家，路遥病逝后，我曾写《我悼路遥》(《汉中日报》1992 年 12 月 5 日)，《最后的通信》(陕西日报·星期天》1992 年 12 月 15 日) 又应时任深圳文联主席，也是我在鲁院同学张俊彪之约，写过一部不长的传记《路遥的生前与身后》约 20000 字，在《深圳文艺周刊》1993 年连载，近收选笔者所著《中国的西北角——多位学人生涯的探寻与展示》(传记文学两卷，西安出版社 2011 年 1 月第一版，2012 年第二次印刷，并获全国 25 届城市出版社优秀作品一等奖。)

　　1985 年从西北大学中文系毕业就分配在《延河》的张艳茜，与路遥同在省作协工作、生活多年，是路遥事业上取得辉煌，家庭由美满到出现问题，早上从中午开始的不正常人生的目睹者与见证人。经过多年沉淀和准备，张艳茜写出了 35 万字的传记《平凡世界中的路遥》(陕西人民出版社 2013 年 3 月) 以女性独特的细致温婉，得天独厚的见证者视角，复活了中国西部黄土高原走出的一个优秀儿子；还原了中国新时期一位文学巨星陨

落前的生活真相；揭开了路遥文学人生的精神面纱。作品出版后，好评如潮，备受读者喜爱，理所当然获得陕西最高的文学奖项：柳青文学奖。

梁向阳，陕北延川人，笔名厚夫，当代作家，他与路遥是同乡且为忘年交，在路遥母校延安大学任教，历时十年，亲手创建路遥纪念馆并担任馆长。同样历时十年，广泛收集资料，遍访当事与知情人，写出 26 万字，具备学术价值的《路遥传》（人民文学出版社 2015 年 1 月）

2015 年 2 月 12 日，文学评论家李星在《还原一个形神兼备的路遥形象——评厚夫〈路遥传〉》中这样写道："英年早逝的路遥及他的以《人生》《平凡的世界》为代表的文学创作的命运，在当代中国堪称是一桩文化及文学传奇……他以一人之执拗和坚持，打败了整个儿的中国文坛和同样执拗的中国批评界，使似乎以托尔斯泰和走托尔斯泰、肖洛霍夫道路的柳青式的理想现实主义方法创作的《平凡的世界》成为偌大中国的文学阅读传奇，成为自己短暂人生的光辉纪念碑。在他的伟大面前，大众选择胜利了，现实主义胜利了，至今仍掌握着巨大话语权的批评的精英和精英的批评失败了，他们只能随大众选择的天然正确而说些言不由衷的话。这其中又包含了多少社会和文学的秘密？"

我接到厚夫赠书后，出于对挚友路遥的怀念，也感动于作者厚夫的精神，认真阅读，反复思考，十分努力地写出篇评论，发表于《光明日报》（2015 年 4 月 7 日）评论版且为头题，附录于下，以此表达我对挚友路遥的趋同和致敬，也作为本文的结束。

路遥：真实记录了时代

——评厚夫《路遥传》

电视剧《平凡的世界》热播之中，一方面凡经历过那个时代的人都因唤起刻骨的记忆感叹不已；另一方面年轻的一代又提出质疑，他们不相信

路遥纪念馆一角（厚夫　提供）

路遥纪念馆（厚夫　提供）

《平凡世界中的路遥》作者张艳茜（王蓬摄于 1994 年散文笔会）

共和国曾有过的贫困，闭塞和愚昧。这就益发彰显出路遥所著长篇小说《平凡的世界》非同寻常的意义：因真实记录了一个时代而成为历史的备忘录和生活的教科书。而厚夫先生历时 10 年茹苦含辛创作的《路遥传》（人民文学出版社 2015 年 1 月）为路遥这位记录时代的英雄立传，也因填补了中国当代文学史一个不可或缺的空白，受到读者和媒体关注。作为路遥的朋友和同时代的作家，我曾写过一部不长的《路遥的生前与身后》（《深圳文艺周刊》1993 年连载，又收选笔者所著《中国的西北角——多位学人生涯的探寻与展示》（西安出版社 2011 年元月）但在我看来，在已经发表和出版的众多关于路遥的回忆录、印象记、一夕谈中，厚夫先生的《路遥传》无疑是最为厚重出色的一部。至少，有三个方面的特色。

首先是真实。作为传记文学，尤其是以路遥这样在当代产生重大影响

的作家为传主的作品，是否能够真实地再现路遥短暂却辉煌的人生，是考量作品成败的关键。路遥生前虽因《人生》《平凡的世界》在全国获奖而享盛誉，但作为传记文学并不以结局辉煌降低难度。相反，文学界和读者更愿意了解一个真实的路遥。这样，关于路遥在文革中曾任造反派头儿，涉及"人命案"的问题；家庭矛盾乃至婚姻破裂的问题；《平凡的世界》曾遭冷遇等一系列的问题便都突凸出来，如一道道障碍横在作者面前，如何处置？不仅面对尊者、贤者；还有健在的亲属与朋友圈；还有历史与社会的期待、学人的良知与责任……

　　我在捧读厚夫先生的《路遥传》时，首先泛上心头的便是这些问题。我以挑剔的眼光注视后发现作者对难题没有回避，亦没有轻描淡写，而是充满勇气，连丝毫的犹豫也没有，直接面对，秉笔直书。关键是作者备足了功课：寻访了多位亲历者和当事人；查阅了大量档案和文件；引用了多位参与者的回忆和文章；切实做到无一事无出处，无一字无来历。比如关于文革"人命案"，首先如实描述路遥作为一个初中学生参加红卫兵并因出色的组织能力当选"红四野"头儿的事实，这其中既有大潮涌动的社会原因及时代背景，又有路遥自身不乏青年学生的狂热，身处苦难之中企图改变命运的渴求，同时还难能可贵地保持了一分清醒，武斗关键时候保护了老干部。当年调查档案也清楚记载："红总司"白振基在 4 月 18 日早晨已经死亡，将白振基尸体扔进天窖也与王卫国（路遥）无关。中央政策则是"初中生既往不咎，高中生记入档案"，用事实还了路遥一个清白。再是在婚变问题上同样如此，设身处地替双方着想，客观表述，实事求是，用事实说话，以理性剖析，入情合理，没有丁点为贤者讳，为尊者忌。不仅是大的关节，在细节上也力求实话实说。传主为著名作家，必然要涉及重要作品的诞生，比如《人生》，据路遥弟弟王天乐回忆："1980 年 5 月，他与路遥在延安有一次长达三天三夜的谈话，就是这次，路遥完成了中篇小说《人生》的全部构思"。作者经过考证，认为这不是事实，因有充分的资料证明早在 1979 年就开始了《人生》的写作，只是不顺利，而弟弟王天乐的人生际遇给了路遥很大启示，最终完成作品才更接近事实。正是厚夫先生严格遵循了"修辞立诚"的古训，不伤传主，亦不伤生者。坚守对人对事严肃认真的学人风范，保证了《路遥传》严肃的存史价值和纯粹的学术品位。

第二个特色是脉络清晰，重点突出。厚夫的《路遥传》采取了编年史的方式，虽然传统，却因抓住了要害与传主性格特征，把路遥人生划分为十三个关键章节，突出重点，在坚守学术品位的前提下，又兼具文学的神韵丰采。路遥暂短的一生，以大无畏的勇气和担当，创造了非同寻常的文

《光明日报》刊载王蓬评《路遥传》评论

2011年王蓬与路遥纪念馆馆长，《路遥传》作者厚夫在全国八次作代会上

2012年11月本书作者王蓬在陕北清涧路遥纪念馆

2012 年 11 月路遥逝世 20 周年纪念活动在路遥故乡清涧举办。

左起 研究路遥博士齐安谨、莫伸、王蓬

学传奇，至今余响不绝，留下众多之谜与研究空间。厚夫抓住路遥价值的核心是奋斗、是向苦难向命运挑战。他初醒人事便与饥饿为伍，与穷困作伴，窘迫、卑微、失学、失业，凭着一种不甘心、不服输、不气馁的精神，顽强拼搏，奋斗终生。不管社会和时代怎么变化，任何时代都是人的时代，任何社会都是人的社会，抓住了人、尤其是年青人，为改变命运的渴望不会改变。路遥就是从中国西部底层社会奋斗出来的典型。路遥与他作品中的高加林、孙少安、孙少平们何其相似。把传主的人生阅历与奋斗精神与传主塑造的主人公从酝酿、构思、写作到一波三折的出版过程交织起来，或浓墨重彩、或工笔细描，一个极度自卑又极度自尊的路遥；一个精神上的强大与心理上脆弱的路遥；一个敢于向高傲的文坛挑战的孤胆英雄；一个真实生动、血肉丰满的路遥呼之欲出。他悲壮如山的人生故事，光焰不熄的文学精神，在《路遥传》中得到真实的还原与艺术的再现。

第三个特色是整部传记线繁、面广、人众、事多，有厚重之感，无浮

泛之嫌。《路遥传》以路遥为主线，从小学到大学，从乡村到省城，文化革命，改革开放，城乡交叉，婚姻家庭，发小亲友，农工干商，同时代的作家和作品，新时期文学的事件与风波，坚实苍凉的黄土高原与星光闪烁的青春理想，传主的贫穷苦难与攀登文坛高峰的荣耀辉煌都在传记中得到充分反映。

当然厚夫也有独具的优势，他与路遥是同乡且为忘年交，在路遥母校任教，亲手创建路遥纪念馆并担任馆长。为写好《路遥传》，十分用心、专注和执著。在路遥逝世 20 周年纪念时，我与厚夫在路遥刚落下满地雪花的故乡有过交谈，过后为寻找路遥的手稿信件又多次通话，很为他的精神感动。为写《路遥传》厚夫下了很大工夫，历时 10 年，广泛收集资料，遍访当事与知情人，做到了事必合理，言必有据。对有争议、有是非、有质疑的事亦不迴避，而是认真地梳理，态度鲜明地写出真相。如果说陕北乃至中国奋斗中的农村青年苛刻地选择了代言人路遥，至今对《人生》《平凡的世界》保持持久不衰的喜爱；那么，文学史及广大读者对写《路遥传》也几乎是同样苛刻。如今摆在我们面前的《路遥传》表明厚夫交出了一份优秀的答卷。不仅填补路遥研究上的一块空白，也在同类传记文学中达到少见的高度。

原载《光明日报》2015 年 4 月 7 日

路遥小传

▶

路遥（1949—1992），陕西清涧县人。原名王卫国，汉族，中国当代土生土长的农村作家。1973 年进入延安大学中文系学习，其间开始文学创作。大学毕业后，任《陕西文艺》（今为《延河》）编辑。1980

年发表《惊心动魄的一幕》，获得第一届全国优秀中篇小说奖。

1982 年发表中篇小说《人生》描写一个农村知识青年的人生追求和曲折经历，引起很大反响，获全国第二届优秀中篇小说奖。改编成同名电影后，获第八届大众电影百花奖最佳故事片奖，轰动全国。《在困难的日子里》获 1982 年《当代》文学中长篇小说奖，同年加入了中国作家协会。

1988 年完成百万字的长篇巨著《平凡的世界》，以恢弘的气势和史诗般的品格全景式地表现当代城乡社会生活，路遥因此荣获第三届茅盾文学奖。且该书未完成时即在中央人民广播电台广播。1992 年 11 月 17 日上午 8 时，路遥因肝硬化腹水医治无效在西安逝世，年仅 42 岁。

（见《中国作家大辞典》422 页，中国文联出版社 1999 年 12 月第一版）

2016 年 4 月修订

深圳《文艺快报》1993 年连载

选入《中国的西北角——多位学人生涯的探寻与展示》（王蓬著，传记文学两卷），西安出版社 2011 年元月。

贾平凹：中国文坛奇才

一

　　一个作家一生写 10 本书，也称得上硕果累累。当今活跃在中国文坛的作家一般也就出过一二十本书，但贾平凹却出了整整 180 多本书，超过 1500 万字，包括在英、美、法、日等国及中国港、台地区出版的书。作品当然不以数量争短长，而他的作品又 50 余次获外国、国家级、省级以上奖励。而我写修订此文时他还不到 65 岁。早在 1977 年凭借《满月儿》，获得首届全国优秀短篇小说奖。2003 年，他先后担任西安建筑科技大学人文学院院长、文学院院长。2008 年凭借《秦腔》，获得第七届茅盾文学奖。2011 年凭借《古炉》，获得施耐庵文学奖。《浮躁》获得美孚飞马文学奖铜奖。《废都》获法国费米娜文学奖。《秦腔》获第 1 届红楼梦奖首奖。仅是

长篇小说便有《商州》《浮躁》《废都》《白夜》《秦腔》《古炉》《高兴》《土门》《妊娠》《带灯》《怀念狼》《病相报告》《我是农民》《极花》等 10 余部。他的著作涵盖了长、中、短篇小说，乡土和文化散文；经历新时期文学潮起潮落的所有阶段；贾平凹和他的著作也经受了无数风浪风波的考验和最严厉的批评。大潮退去，尘埃落定，《废都》在 17 年后解禁再版，贾平凹 2007 年走上文学大省陕西省作协主席岗位，长篇小说《秦腔》也获最为国人及文学界看重的茅盾文学奖（第七届）。其获奖词为：

　　贾平凹的写作，既传统又现代，既写实又高远，语言朴拙憨厚，内心却波澜万丈。

陕西的文学评论家李星认为："《秦腔》提供的当前农村社会的生活细节，诚如恩格斯当年所说的，比学者的著作还要真实而丰富。"；北大教授陈晓明认为，《秦腔》是"乡土中国叙事的终结。"贾平凹是"中国乡土文学最后的大师。"；江苏省作协主席范小青说："也许《废都》在文学史上的价值和地位更特殊些，但《秦腔》是经典。"类似的评价还很多，不胜繁举。

的确，贾平凹以让人眼花缭乱的速度，推出一部接一部的大部头作品，其著作以精微的叙事，紧密的细节，不露声色的描述，胸有成竹的安排，成功地描写了中国城乡最普通、也是最本质的日常生活；面对魔术般变幻着的中国城乡世界，喧嚣、浮躁、矛盾、迷茫，贾平凹没有置身世外，更没有冷嘲热讽，而是以赤子之心去冷静观察，深层体味，酝酿于心，再以不间断的巨大激情，一次次投入到忘我的创作之中，以诚实的劳动书写了中国文坛的所有传奇，为中国当代文坛增添了一抹极其亮丽的色彩。几十年过去，多少文学大腕、获奖专家都如流星划过，再无人知晓。唯独贾平

1980 年陕西作家群。

左起 京夫、路遥、蒋金彦、徐岳、邹志安、陈忠实、王蓬、贾平凹、王晓新

凹保持了旺盛的创作态势，每每给中国当代文坛和读者制造惊喜。贾平凹可以说是我国当代文坛屈指可数的文学大家和当之无愧的文学奇才，是一位当代中国最具叛逆性、最富创造精神和广泛影响的具有世界意义的作家，也是当代中国可以进入中国和世界文学史册的为数不多的著名文学家之一。他当之无愧地被誉为"文学鬼才"和"文学奇才。"

　　的确，贾平凹的出现，是中国当代文学的一个奇迹。他的创作独树一帜，形成了旨远蕴深的美学风格，取得了中国当代文学少有的艺术成就。惊诧过后，人们便会关心他从商洛山村的苦孩子到蜚声文坛的名作家这中间，有哪些挣扎与奋斗？迷茫与抗争？低谷和崛起？其实，真正了解贾平凹的个性、身世以及各种普通人也曾经历的贫瘠、苦难、病痛、丧父、婚变、挨批乃至多次上红头文件等等遭际经历后，一切迷雾都会消散。

二

我第一次见到贾平凹，是 1975 年春天，他在西北大学读书，我则务农，都刚在复刊的《延河》《群众艺术》上发表习作，互相知道，没见过面。当时我所在的汉中县张寨村"农二哥"诗社已很有名气，是省、地、县抓的典型。一天，生产队通知开会，说省上来了人要座谈。去了见着两个人，其中一位身材瘦小，眉目却清秀，手上提个网兜，装着几本书。介绍后，他便笑嘻嘻地伸过手来。我压根儿没想到"省上人"会是贾平凹，更没想到他这么瘦小，印象格外深。他讲是来毕业实习，完了可能分配到陕西人民出版社。我对他羡慕不已，因为我当时还看不出有离开黄土地的希望。至于创作，当时对他并不羡慕，因为同在《延河》发作品，几次我还排在他的前面。那会儿，陕西文学界刚开始组织队伍，陈忠实、路遥、京夫、邹志安、李凤杰、晓雷李天芳夫妇等，一时难见长短，平凹人小，尚属不起眼的小不点儿。

关键是勤奋。在写作的朋友们当中，没有比平凹更勤奋的了。几乎所有的时间都被他利用起来，下班，午休，星期天，一连几个晚上熬至深夜更是常事。每次开会，平凹往屋角一坐，绝不发言，晚上便在客房写起来，当时没宾馆，都住四人一间招待所，同屋的人都恨他，咬牙切齿骂一通，于是大家都写起来。有段时间，几乎打开任何一本刊物都有贾平凹的作品，真是铺天盖地，人们感叹平凹作品之多，岂不知他如春蚕吐丝般熬着心血。

跟平凹相处，才知道什么叫潜心钻研，成名后，平凹也是穿衣随便，吃饭寻常，开会常忘带洗漱用具，心事全用到钻研艺术上去了。至少在陕西作家中他最早涉猎美学、哲学、诸子百家，融会贯通，学以致用。早在 1981 年前后，他在来信中就给我介绍宗白华的《美学散步》。惭愧得很，我那时还不知道世界上有个宗白华。

　　至于前辈文学大师孙犁、沈从文等人的作品，他几乎逐段逐句研究过。此外，对于书画文物、瓷器、酒具、碑文乃至于街头泥人，他都留心观察其造型与色彩、线条或纹饰，使自己时刻沉浸于艺术氛围。1980 年夏天，陕西作协在秦岭深处太白县召开农村题材作品讨论会，大家正围坐着发言，我旁边的贾平凹递过纸条写着：你听外边拉锯有几种声音？

　　招待所正搞基建，两个赤膊汉子扯着大锯，发出"嘶喳"的声响，于是便在纸条上写下"嘶喳"二字。平凹接过去又

1980 年王蓬与贾平凹在太白

递回来，我见变成"啊哀嘶喳"，细听锯声，果然。平凹观察生活之细致，叹为观止！

　　我曾去过的朋友家中，艺术氛围之奇特浓郁，贾平凹家堪称之最。当时在西安五味什字，贾平凹分到两室一厅的住房，共 36 平米，还是西安市领导特批的。9 平米的东小屋便是贾平凹颇有名气的书斋静虚村，是间浓缩了的艺术博物馆。写字台紧挨竹书架，古代现代线装古装各类书籍间，见缝插针摆着唐三彩、树根雕、木化石、兵马俑、古酒具、景泰蓝，以及大大小小山峰般耸立的印章；写字台上则有牛头端砚、镀金山羊、观世音像、北魏佛头；墙上悬挂着诸葛羽扇、龙凤洞箫、古今字画；连插在瓷罐

1986年，王蓬在贾平凹家合影

中的鸡毛掸子也被他剪成权桠之形，鳞波之状，顿显气韵，耐人寻味。

踏进这间屋内，自然"非道不言"，无法谈物价，谈女人，谈当县长；只能触景生情地谈节奏与和谐，古朴与天真，感悟骤至灵气顿生，必有好文章问世。

1983年冬天，全省开文代会，我溜出会场，正好遇到平凹，显然他也逃会。两人相视一笑，他邀请我说："刚弄上房子，到家去看看。"于是一块去了他那个还是西安市委特批的36平米的家，那会平凹已十分满足，让我看抽水马桶。谈一阵闲话，喝一阵清茶，平凹媳妇也回来了，问下午吃啥？平凹对我说："你尝一下商洛的洋芋拌汤。"我说好。

平凹说："这会给你写幅字吧。"早知平凹毛笔字已练到能写条幅地步，正好见识。当他展纸泼墨，执笔在手时，又说："可惜这么大块宣纸了，干脆给你写篇文章。"言罢，几乎没有构思，提笔落墨，写下一篇草书：

陕西地分三块，北部高原，中部平原，有山则秃，有川则空，人皆性强，俗皆情旷，唱昂扬之秦腔，食牛羊之泡馍。何也，黄河所致也。岭南之地，山高而不险，水壮却不浊，鱼虫花鸟，种类繁多，修竹茂林，风光宜人，山川脉势，复杂却存条

理，云霭雾霁，迷丽却有分明，何也，长江流域也。三千里汉
江，携挟百川，其地貌气候的生态环境，制独特文化产生之本
也。故古有老庄，浪漫自然，妄想天地，与中原哲学存异；宋玉
好美，瘦骨清像，与北方肤如凝脂叛然相抗；从伯牙访知己到二
黄汉调之风靡，其工艺、建筑、雕塑、绘画，莫不单纯细腻也。
观天察地，仁人杰士六百年为一出。今王蓬由农夫而执笔，得天
地之精灵，练后天之苦力，文名鹊起。何也，岭南造就也。今仍
结庐在墟，白日浴日耕作，种食五谷得元气；夜来植菊挥毫，悠
悠与山水明月同情思；世人皆慕浮华，争名趋利，故涉足文事，
文比身早朽。王蓬何以成功？人文统一，得天籁地籁而为人籁，
此文艺成功大窍也。

长安静虚村贾平凹于癸亥冬日书之

40 分钟，460 余字，转瞬而成。竖行繁体，字体清丽俏拔，间行错落
均匀，文字俱佳。暗思与平凹同时起步，自惭只能望其项背，心口皆服。
如今这幅字悬挂在我的书房，凡朋友来，没有不羡慕、不欣赏的。

三

1979 年冬，刚恢复工作的陕西省作协举办重点作者读书班，一期三个
月脱产读书。结束后，大家应京夫之约去商州讲课，记得有西安的张敏、
周矢几位。完了去丹凤棣花镇看望平凹。这段时间平凹与生小孩的爱人都
在老家。

凑巧，那天平凹女儿浅浅刚满月，按商洛乡俗喝满月酒庆贺。婆家娘
家七姑八姨，熙熙攘攘一院子人，送的是老虎裹肚、兔儿帽子，红丝线缚
着的挂面、缀着红点儿的馒头，在院落桌上摆得满满当当。虽是冬天，天

1983 年贾平凹为王蓬所写条幅

气绝好，阳光明媚地照着，院落里一派喜气。平凹父亲，一位退休的乡村教师，个头不高，浓眉锁骨，与平凹极像，父子俩站在一起像前后铸出的两枚钱币，一枚用旧模糊了，一枚仍楞角新鲜。凡来客人，父亲招呼一声："屋里坐、屋里坐！"平凹就赶忙递过烟去，配合默契。平凹在父亲面前属极听话的儿子。

平凹母亲系着围裙在灶间忙碌，来客也出来招呼，瘦弱身材，两眼被烟火熏得腥红，两只手在围裙上不停擦着，看得出来平凹母亲是乡村那种善良又勤勉的妇女。最风光的是平凹媳妇，这个与平凹同村，在县剧团演过"小常宝"的妻子，养得白胖俊俏，嘻笑着，抱着用风衣包裹着的婴儿，让亲友们观看，炫示着女人的骄傲。

那天午后，平凹又专陪我们转悠他的家乡，远处有起伏的山峦，村前是如带的丹江，丹江发源于秦岭南麓，是汉水一大支流，亦算是长江脉流，所以商洛与汉中因都在秦岭以南，被称作陕南，属长江流域。与关中而言，亦是另一个地理单元。古人曾沿丹江开辟著名的武关道，是穿越秦岭的古道之一。公元前 312 年秦惠文王派大军沿此道攻"楚地 600 里，设汉中郡。"

此为汉中设郡之始。故而景物与关中迥异，倒是与汉中景物相似。棣花一带丘陵起伏，芦苇成丛，所有景色都似曾相识，它们多次出现在平凹作品。每到一处，平凹都兴致勃勃地介绍有关这儿的故事和传闻。平凹对故乡一往情深，极其热爱。

事实上，贾平凹成为专业作家后，几乎年年都回家乡。商州 7 县 340 个乡，他几乎走遍，并熟读府志县志，极早就注意到一个地方的历史沿革、山川脉势、物候气象与风土人情，这些实在是文学作品赖以生存的基础，是根本、是血脉。贾平凹可以说是新时期文学大潮中涌现出的新人中，最早觉悟与清醒的作家。他压根没有想去突破禁区，搞尖端题材，以追求所谓轰动效应。而是与老农攀谈，与山民交友，洞察生活底蕴，体味世态变化，于是便有两部别开生面、让人耳目一新、脍炙人口的《商州初录》《商州又录》出版；有深刻描绘变革时期乡村裂变的中篇小说《小月前本》《鸡洼窝人家》《腊月正月》问世；有那部获美国飞马文学奖的长篇《浮躁》的创作。这批作品标志着贾平凹的创作一步步走向成熟，也为贾平凹带来了巨大的声誉。

那几年，我正在北京文讲所学习，曾有机会参加南方北方几次笔会，与会者但闻我来自陕西且与贾平凹是好友，必然对贾平凹问长问短。东道主也一再让我捎话：贾平凹什么时候愿意带夫人和孩子来，我们都欢迎并以高规格接待。

文讲所的作家一个个心里酸溜溜的，同样写作、同样是作家，看看人家！贾平凹调到哪个单位，单位领导既沾光又倒霉，出差到哪儿先得介绍贾平凹，直到听的人满意才会受到热情接待。

早在 1980 年前后，新时期文学大潮汹涌当口，西安市文联顺应潮流，办了个文学讲座，郊县几位农民就为见一眼贾平凹，专门坐长途汽车进城，在后边没看清楚，散场后在街上等候，见一伙人拥着瘦弱寻常的贾平凹出

来，几个农民前后打量，失望之极。这类笑话多了。

四

当然，说到贾平凹便绕不开他的长篇小说《废都》。

《废都》最早发表在《十月》杂志 1993 年第 4 期。由于为友人所著，我拿到手一口气读完，涌上心头是种复杂的情感，首先我把杂志藏在书柜底层，是怕两个正读中学、又爱看书的孩子阅读。然后自己慢慢思索，想从这部长篇小说的创作，把握一下贾平凹目下的精神状态和创作动向。我们都知道在文学创作中，创作动机的实现固然要依赖熟悉的生活和素材的储备，以及作家写作状态实现。但触发作家投入创作的动因也十分重要。

《废都》是贾平凹在四十岁左右时写出的。这时，贾平凹在西安这座汉唐古都已生活了二十多年。贾平凹凭作家职业的敏锐眼光，凭他已写出数百万字文学作品的经验积累，他对西安应有全面、深刻、细致的洞察和把握了，尤其是处于改革开放年代，男女世俗、世情、世风已有准确认识

《废都》最早刊发于 1993 年 4 期《十月》

《废都》刊影、目录

而产生独到见解了，不定这见解就是当初动笔的冲动。这部长篇小说《废都》显然是假"西京"，之名，以西安为背景或者说生发之地，以作家庄之蝶、书法家龚靖元、画家汪希眠及艺术家阮知非等"四大名人"的起居生活，展现了浓缩的西京城形形色色的"废都"景观。作品以庄之蝶与几位女性情感的纠葛为主线，以阮知非等诸名士穿插叙述为辅线，情节起伏跌宕，笔墨浓淡相宜，叙述从容不迫，文字简洁流畅。全书展现了庄之蝶为首的所谓作家、画家、书法家等四大文化名人的放任自流、颓废颓唐的人生状态，充满世俗的日常琐事。作者以主人公庄之蝶为中心巧妙地组织人物关系，围绕着庄之蝶的四位女性——牛月清、唐宛儿、柳月、阿灿，她们分别是不同经历、不同层次的女性，每个人的际遇、心理都展示着一片天地，展示着社会文化的一个侧面。从题材上看，写现代都市生活，上世纪三十年代，张爱玲、苏青们都曾写过，似乎没有太特别之处。然而，通读全书，我们便会发现，在这颓废故事的背后蕴含寄托了作者不一般的精神之"废"和深刻的文化反思，任何简单的评论都会失之偏颇，或流于浅薄。

我还认真读了贾平凹在《废都》中的"后记"，其中写着："这些年里，灾难接踵而来。先是我患乙肝不愈，度过了变相牢狱的一年多医院生活，注射的针眼集中起来，又可以说经受了万箭穿身；吃过大包小包的中草药，这些草足能喂大一头牛的。再是母亲染病动手术，再是父亲得癌症又亡故；再是妹夫死去，可怜的妹妹拖着幼儿又住在娘家；再是一场官司没完没了地纠缠我；再是为了他人而卷入单位的是是非非之中受尽屈辱，直至又陷入到另一种更可怕的困境里，流言蜚语铺天盖地而来……几十年奋斗营造的一切稀哩哗啦都打碎了，只剩下了肉体上精神上都有着病毒的我和我的三个字的姓名，而这名字又常常被别人叫着写着用着骂着。"

可没有谁会想到贾平凹在短时间的生活聚积了那么多的不幸，产生那

么多的摆脱不掉的烦恼，而且这些都在"走红当红"作家巨大声誉与光环下，持续地发酵，产生难以估量的负面作用。所以作家心态和情绪上的幻灭颓唐就可想而知。投射到作品中，也就有了上述所说的精神之"废"。

尽管如此，阅读完《废都》，在情绪平静下来，我还是设身处地地从贾平凹生活阅历和创作实际出发，对《废都》做出自己的、也尽量客观的评判。首先我自己认为贾平凹创作的《废都》在题材上是个极大的突破，突破了贾平凹自身的创作，也突破了上世纪九十年代全国文学作品所能表现的范围。这本描写当代知识分子生活的世情小说，由于其独特而大胆的态度以及出位的性描写，引起社会各界广泛关注，在某种程度上也对"十年动乱"过度压抑人性的一种反叛。在表现手法上，鉴于新时期文学持续发酵中，在"伤痕文学""爱情文学""大墙文学"、现代派、朦胧诗、意

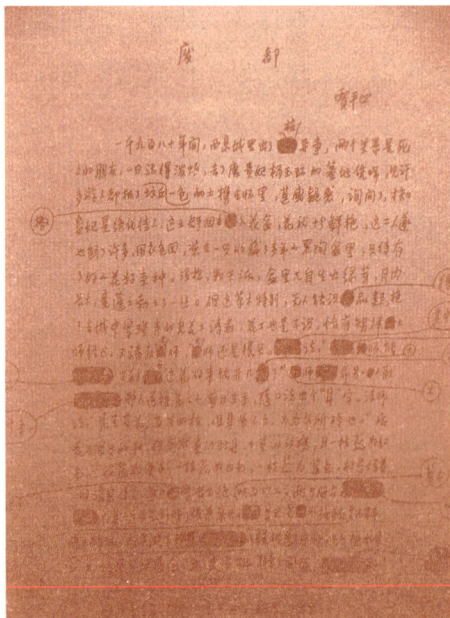

《废都》手稿

《废都》2009年版

识流、寻根、寻祖等光怪陆离的手法轮番表演之后，贾平凹偏反其道而行之，索性回归传统，借鉴《金瓶梅》表现手法来写《废都》。实际上是假借"废都"写出了一部上世纪 80 年代的中国社会风俗风情史。采用了中国古典文学章回小说手法，融入了西方的意识流和精神气质，中西合璧，洋为中用。编新不如叙旧，在整个文坛盲目创新时，《废都》旧瓶装新酒，倒创造出了一种新的气象，其语言简洁而大胆，描写的生活世俗却多彩多姿，人物行为反叛又耐人寻味，最根本的是谁也无法否定《废都》的人物行为，事件情节已在我们现实生活中屡见不鲜。像《废都》这样如此贴近现实生活的作品，这在新时期文学作品中还很少见到。应该说贾平凹以异乎寻常的勇气，突破了长期以来被禁锢的艺术禁区，在二十世纪末的中国树起了一块新的文学里程和艺术丰碑。

而且此时又恰逢 1992 年，小平南方讲话，号召改革开放"思想更解放一点，胆子更大一点，步子更快一点"，在此策动之下，整个中国大地以前所未有之势，翻卷起市场经济和商业主义的新一轮狂潮。所以《废都》由北京出版社出版时，首印 50 万册，打破正常的出版规律；加之《十月》杂志和《中国青年报》刊登和连载，一些报刊又"广而告之"地宣称其为"当代的《金瓶梅》"，一时间洛阳纸贵，在全国掀起狂热的"《废都》热"。除多家出版社购买版权，争相出版外，加之市场监管不力，盗版横行，我在闻名全国的书市西安东六路、东七路上曾看见整汽车装运盗版《废都》，据说长沙闻名全国的书市黄泥街也一样。据内行人的估计，正版和各种盗版，《废都》的印刷总量，加起来要超过一千两百万册。准确的数字恐怕谁也无法统计，事实上，盗版至今也没有断绝。一种并非大众普及课本或字典的文学书籍印出这么大的数字，在中国自从宋代发明了雕版印刷术后的出版史上恐怕也是空前绝后的景观。

1995 年秋天，贾平凹来汉中，一块来的还有方英文等人，我设家宴招

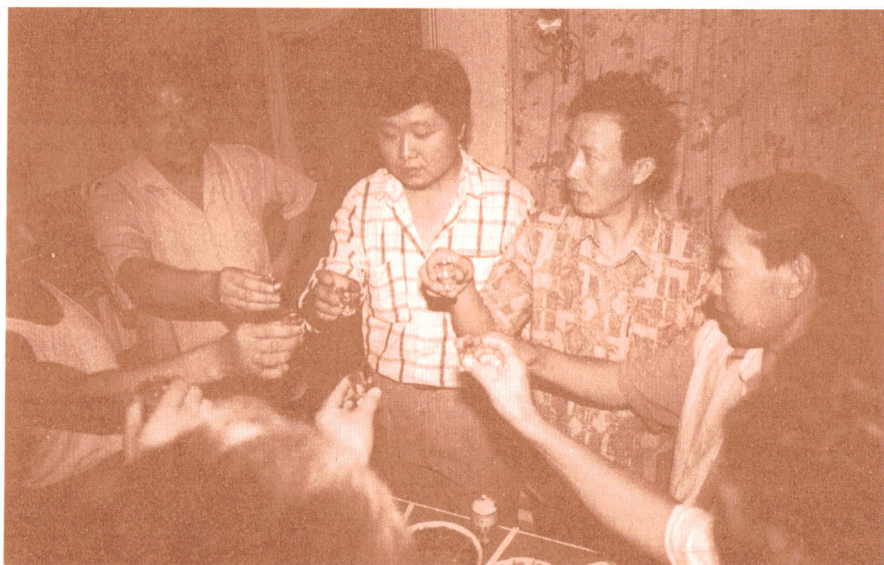

1995 年 9 月王蓬设家宴招待贾平凹、方英文一行

1996 年全国第五次作代会

左起 白描、陈忠实、贾平凹、刘成章、王蓬

待他们。又一块去了我农村的小院，其时父亲还健在，与平凹一行玩麻将，他们都输，唯我父赢，平凹揶揄说替我尽了孝。

那会正是《废都》掀起狂热的当口，我主持的《衮雪》编辑部先后从书店购回几大捆《废都》，请贾平凹为编辑部同仁、为骨干作者、为各界朋友签名，忙了一个下午仍不能满足需求，可见其社会影响之大。我多年注意观察文学圈和社会各界的反映。《废都》一出版即引起广泛的社会轰动，但同时，二十几年来评论界围绕《废都》的批判声也一直不绝于耳。甚至，不止一次上过相当一级政府的红头文件，最后由国家新闻出版局下文禁止再版。

以短篇小说《班主任》揭开新时期文学序幕的作家刘心武曾著文认为，贾平凹创作《废都》有三个背景值得注意：第一，贾平凹在心理上、精神上面对的难题太多，只有寻找明清的那种很成熟的文化资源，求得一种解脱。第二，是他所在的西安这个城市确实具有的极为巨大的名人效应。第三，小说所写的那些什么市长儿子、那些女人见到文化名人非常崇拜，这种情况在北京不可能出现，也很难想象，但在西安却是真实的。于是，这就造成了他那种特有的傲岸和痛苦。而这种傲岸和痛苦，也只有在那个氛围中才有施展的可能。刘心武的分析颇有道理，它为我们如何正确读解《废都》提供了某些启示。《废都》这部书，从总的来看，就是写出了文人在这种背景下的自我迷失，他们"废"的尴尬处境。

评论家雷达所说："小说所写的庄之蝶的心态，正是开放社会中文人常有的一种浮躁情绪和失落心绪。它们被传统文化情调浸透了身心，而面对社会的大转折，固有的目标和价值体系瓦解了，于是无所选择，迷茫烦扰。"尽管人们对《废都》褒贬不一，但可以肯定的是，《废都》是贾平凹对自身艺术探索的一次总的集成，是他勇于开闯纯文学性描写的禁区新突破，是其进行以性写人的集其大成的作品，围绕着"废都意识"深刻地揭

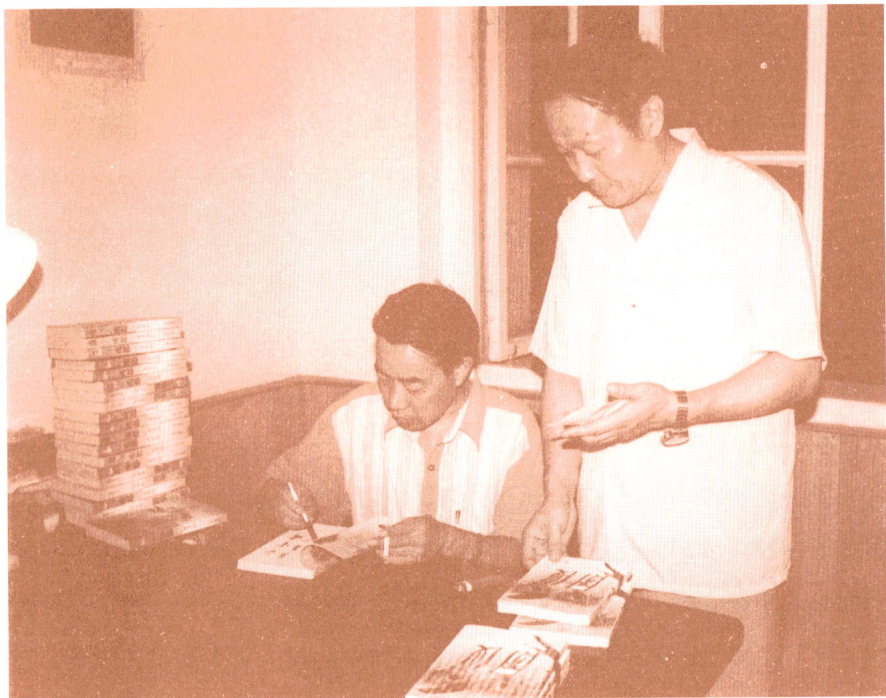

1995 年贾平凹在汉中《衮雪》编辑部为《废都》签名

示了一个时代隐秘的世界。其严肃的主题不得不令人深思，即使我们觉得它里面的一些内容可恶和丑陋，也不得不为它的主题深思。

　　其实，写作《废都》时，一向胆怯、羞涩、淡泊自守的贾平凹已经有了"唯有心灵真实，任人笑骂评说"的心理准备。在他看来，心灵的虚伪是更难以忍受的事实。《废都》问世之前他便知道，"这本书的写作，实在是给我太大的安慰和太大的惩罚，明明是一朵光亮美艳的火焰，给了我这只黑暗中的飞蛾兴奋和追求，但诱我近去了却把我烧毁。"他力图在《废都》里找到那个真实的言语人格，"在生命的苦难中又惟一能安妥我破碎了的灵魂。"《废都》遭禁后获法国费米娜文学奖。贾平凹在为获奖而举行

的一个民间庆祝酒会上，作了这样的坦言："我写作是我的生命需要写作，我并不要做持不同政见者，不是要发泄个人的什么怨恨，也不是为了金钱，我热爱我的祖国，热爱我们的民族，热爱关注国家的改革，以我的观察和感受的角度写这个时代。"十年之后，贾平凹和人聊天时说，《废都》写性，"只是写了一种两性相悦的状态，旨在说庄之蝶一心要适应社会到底未能适应，一心要有作为到底不能作为，最后归宿于女人，希望他成就女人或女人成就他，却谁也成就不了谁，他同女人一块毁掉了。"（《十年一日说〈废都〉》，载《美文》，2003 年 4 月）

这期间，我曾与平凹有书信往来，起因是咸阳师范学院的韩梅村教授为陕师大名教授霍松林高足，大学毕业原在西安交大附中任教，为解决爱人孩子户口"农转非"，调汉中陕理工附中任教，经《延河》主编王丕祥介绍，韩梅村与我于 1981 年认识，其时我尚在务农，相谈之后，十分投缘，交好至今。从那时起，韩梅村教授即关注我的创作，每有新作，必写评论，且都发表于《小说评论》《陕西日报》《漓江》《咸阳师范学院学报》等报刊。截止 1995 年已就我创作的文学部分，即《王蓬文集》前四卷有系统评述，约 15 万字，定名为《王蓬的艺术世界》。陕西人民教育出版社因已出版过我两部散文集《乡思绵绵》（1991 年 2 月。）《京华笔记录》（1994 年 1 月。）对我有所了解。我便把书稿推荐给陕西人民教育出版社社长陈绪万，他看了书稿，认为很有学术价值，他还认为我从一个普通农民努力奋斗为著名作家（1993 年我已当选陕西省作家协会副主席、并获正高职称和享受国务院特殊津贴专家称号。《陕西日报·周末》曾在 1993 年 10 日 24 日以《王蓬：一个巴山夜雨的故事》为题做整版介绍）本身就有社会意义，所以同意接受《王蓬的艺术世界》，纳入出版社计划。陈绪万社长还建议能请个名人题写书名和作序。我和韩梅村商量，书名和序都请贾平凹写。为不增加其麻烦，就采用之前为我第一本短篇小说集《油菜花开的夜

晚》(陕西人民出版社 1983 年 9 月。) 所写评论《王蓬论》(《衮雪》1984 年 4 期) 后边添几句说明就很好。决定后我即致信平凹，讲了上述意思，隔了一段，收到平凹回信：

王蓬兄：好

原以为写好出版社来取，久不见人来的。你来了电话，便将书名和后补寄上。

从汉中回来，过一天即去四川半月。

在汉中见兄真成汉中王了，深感高兴。受之款待，多感谢了。

我近几年，惹事太多。惹事倒不怕，只是常感孤寂。困顿的生话，似有好转，但欢乐仍只在文字之中。韩先生能如此关注你的创作，令我羡慕，现在认真读一个作家的作品，又能坚持己见者太少了。我得罪了中国的中产阶级。

序言《王蓬论》后补的文字为：以上是我十多年前为王蓬写的，今王蓬来信，说韩梅村先生的书欲以此文作序，问我是否同意。我当然同意，想，旧文虽不是我现在的文字，今日的王蓬也不是昔日所能比的，但韩先生研究王蓬已久，这么厚一本书的，已不必我再说什么，能将此文收入书前,也算是友情的一份纪念吧。

平凹

95.10.18

其实，人世间许多备受关注、争议不休的问题，解决的唯一或者说万能金钥匙只有岁月。比如"文革"中被当反革命冤杀的张志新、遇罗克、林昭等随着岁月推移，她们都成为国人心目中觉醒的先驱。此类事情在文学界更是数不胜数。典型如《红楼梦》，清季康、雍、乾时代，武力可夺

疆土，未必能征服人心。最让胜利者肇为心病的是汉人悠远深厚之文化，及为此文化所教化之文化人。所以从一代英主康熙皇帝始即采取多种策略：一方面厚葬明末崇祯皇帝，组织人力撰修《明史》；延续科举，大量起用汉人；以及乾隆时大规模地编撰《四库全书》。但另一方面，又屡屡大兴臭名昭著的"文字狱"。最可憎可怕的是，一人扯进"文网"，九族都要祸及，文化人多出大家族，株连规模大得可怕，动辄

贾平凹致王蓬信

数百乃至上千人。仅在清一代被流放于东北严寒蛮荒、不毛之地的就多达150余万人。

在此等严刑酷法面前，再有骨气的文化人为不祸及族人，也变得畏首畏尾，小心翼翼。"避席畏闻文字狱，著书都为稻粱谋"，但为生计，或出于根深蒂固的积习，书不能不读，学问不能不做，于是埋头古籍，穷于考据，以至诞生了以整理国故为宗旨，详加考据为手段的"乾嘉学派"。但另一方面，"康乾盛世"社会物质文化的丰厚积累又在呼吁一部巨著。曹雪芹的《红楼梦》便应运而生，开始秘密写作，手抄流传，鲜为人知，以至稿未完，高鹗继写，埋没多年，直到乾隆朝公开，一切才不是问题。

2009年7月，贾平凹的《废都》被禁17年之后，再度由中国作家出版社出版。中国作家协会副主席、文学评论家李敬泽为《废都》写下一篇

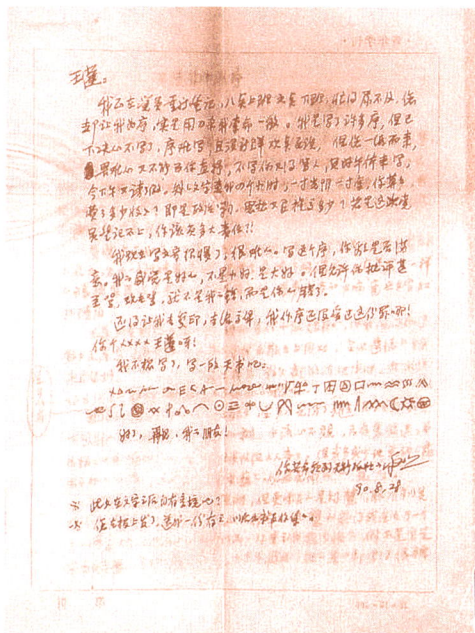

长达两万字的书评《庄之蝶论》，置于书前为序，其核心论点为：

　　贾平凹是《红楼》解人，他在《废都》中的艺术雄心就是达到《红楼梦》式的境界：无限地实，也无限地虚，越实越虚，愈虚愈实。

　　一部《废都》是一张关系之网。《废都》一个隐蔽的成就，是让广义的、日常生活层面的社会结构进入了中国当代小说。

　　贾平凹复活了传统中一系列基本的人生情景、基本的情感模式，复活了传统中人感受世界与人生的眼光与修辞，它们不再仅仅属于古人，我们忽然意识到，这些其实一直在我们心里，我们的基因里就睡着古人，我们无名的酸楚与喜乐与牢骚在《废都》中有名了，却原来是古今同慨。比如乐与哀、闹与静、入世与超脱、红火与冷清、浮名与浮名之累……

　　勇敢地表达和肯定了我们的生活和我们的心，勇敢地质疑和批判了我们的生活和我们的灵魂，此即《废都》。

2007 年，我和贾平凹在省作协第五次代表会上相遇，贾平凹当选主席，我连任副主席。2009 年初，陕西省作协就贾平凹《秦腔》获茅盾文学类开会庆祝。其间，平凹告诉我《废都》解禁再版消息。我就《废都》再度出版向他表示祝贺。贾平凹告诉我，在北京开会见到时任中宣部部长刘云山，刘部长亲口告诉他《废都》可以出版的消息，他问还改不改？刘部长笑着说不用改了。

平凹笑了，依旧像年轻时笑得那么腼腆。

五

说到贾平凹和他的艺术风格和文学成就，同样绕不开他的散文。

在中国当代文坛，恐怕没有一个作家，包括那些专门从事散文创作的

平凹过 50 岁了

作家在散文的数量、成就、影响上能与贾平凹相比。当然，余秋雨、周国平、王充闾等另当别论。关键是，贾平凹的散文内容宽泛，在他笔下，社会人生、男女老幼、枯树鲜花、鱼虫石鸟、个人内心、情绪变化、独特体察、偶然感悟乃至数字哲理等无不可入文。首先极大地突破拓宽了传统散文写作的领域；但贾平凹绝非表象描摹，简单成篇。在他的长长短短、数以千计的散文中，不难发现贾平凹人生的独特际遇与赤子之心，在现今复杂的社会里的确难找寻。而且，贾平凹对美感的追求，对美好事物的歌颂迷恋，对其在大千世界中细微末节的表现，几乎都难逃贾平凹的法眼，千方百计都在其文字行间描摹出来，展现在世人眼前。

他能够用看似并不经意的笔墨，去表现那些人们熟视无睹的景物，但却能发现新意、写出新意。在他笔下的《丑石》《一棵桃树》《五味什字》等篇什中，都出人意外地给人惊喜。而在《秦腔》《商州初录》中，他又表现出秋水长天、左右逢源、黄钟大吕、一泻千里的气势，贾平凹的大部分散文都能达到人人心中所有，人人笔下却无的意境。洋溢着生活的情趣，闪烁着哲理的火花。这种情趣与哲理多出自作家生活的体验和感悟，而非前人言论的重复，情趣与哲理的诠释过程也就是贾平凹文章的重心，极富情致和个性。

也可以说贾平凹在他的散文中，道出他对世间万物、城市乡村、鱼虫花木、个体情怀、生命哲理、历史文化、天体宇宙的深刻思索，使他散文具有一种深邃的哲思和叩击人心的力量。

出于对贾平凹散文的特别喜爱，1990年我结集出版第一本散文集《乡思绵绵》时，便专门请他作序。新时期文学得到了社会各界的支持，陕西人民出版社就顺应潮流，设立了支持文学新人的项目《秦岭文学丛书》，入选的都是当时露了头的陕西青年作家，有陈忠实、路遥、贾平凹、莫伸、王蓬、邹志安、李凤杰、京夫等。我把1977年至1982年短篇小说20篇，

平凹与读者

平凹下乡

1996 年王蓬与贾平凹参加全国第五次作代会

编为《油菜花开的夜晚》1983 年 9 月出版。印数 1 万册。责编马卫革。

小说集出版后，我分赠给文友，贾平凹率先写出 4000 多字的评论《王蓬论》。他说："王蓬原籍西安。也便是说，他在关中地面上诞生和度过了童年。因社会的原因，家庭的遭遇，他来到了陕南。在陕南他不是个匆匆的过客，而是一呆十几年的耕作农民。关中是黄土沉淀，壅积为塬，属黄河流域。陕南是青山秀水，属长江流域。他因此具备了关中黄土的淳厚、朴拙和陕南山水的清奇、钟秀。而几十年的社会、家庭、爱情、个人命运的反反复复，曲曲折折，风风雨雨，使他沉于社会的最基层，痛感于农民的喜、怒、哀、乐。这就是说，他首先是一个农民，一个不得志的农民，而后才是一位作家。作为作家的这一种生活的体验，无疑更是一种感情的体验。汉江流域，是楚文化的产生地。楚文化遗风对他产生过巨大的影响。这从他的第一本小说集《油菜花开的夜晚》中，就可以明显看出。细读这本结集，无论是往来于猪场与移迁到乡下的工厂之间的年轻寡妇银秀（《银秀嫂》），无论是历经风雨的百年物事老楸树下的老幺

爹（《老楸树下》），还是关蓥山的猎手年子才（《猎手传奇》），再是竹林寨的六婶（《竹林寨的喜日》），无不观事观物富于想像，构思谋篇注重意境，用笔轻细，色彩却绚丽，行文舒缓，引人而入胜。他是很有才力，善述哀，长言情，文能续断之，断续之，飞跃升腾，在陕西作家中有阴柔灵性之美的，就不能不算作他了。”

在认真对小说著作论述分析之后，贾平凹针对陕西文学创作现状，郑重提出这样的观点：“产生了以路遥为代表的陕北作家特色，以陈忠实为代表的关中作家特色，以王蓬为代表的陕南作家特色。”（详见贾平凹著《王蓬论》《衮雪》1984 年 3 期）

说到出散文集的事情还需要感谢时任陕西人民教育出版社社长陈绪万。他见陕西人民出版社的《秦岭文学丛书》出版后反响不错，也在他主持的教育社推出《又一村》散文丛书，入选的也是当时露了头的陈忠实、路遥、贾平凹、莫伸、王蓬、邹志安、李凤杰、京夫等人的散文作品。我编好散文集后，便请贾平凹写序，他一口答应，恭录如下：

一说起王蓬，我常常就想到水。水阴柔，灵动，有大的包容量，一部《诗经》里凡以水作起兴的到后边必有一个女性的形象，可见中国人的体验中，水总是与女人和文学相关的。汉中是陕西的水乡，必然有好的文学产生。王蓬虽是粗糙男人，作品喜欢写女人和有女性的婉约也是自然而然了。

我曾当面取乐过王蓬，说他是水怪，怎么一个农民几年间就成了文人名士，怎么一个性情萎缩的人很快在京城飞扬潇洒，有着武夫一样的螺旋竖眉汉子尽写出些鲜活女子，吞声吃音的口吃竟也文字如此清丽？！

王蓬大量制作的是小说，他似乎对小说很痴，但我觉得他于

散文更适宜。令我遗憾的是他并不企图在散文上用功，令他遗憾的是我还要坚持：小说可以使他成名，散文却能使他成功。那个被拜将在汉中的韩信是可以有启示给我们啊。

即使他偶尔为之的这一批散文，是多么充满了性灵呢！那今夜月下寂静的山，那明日山上发呆了的树，水流心不竞，云在意俱迟，虽然短短的篇幅里写些陕南风景风俗人人事事，但或多或少地总让人窥见了他的心境，领悟到"采菊东篱下，悠然见南山"的"见"字。

我以为，为人为文是需要聪明，但更需要的是智慧，聪明可以完成修行，智慧却是天才或完满夙业的根本。而慧的获得就全在于一个人对宇宙人生的体验了。我读作品，从来认为有价值的，倒不是它是否多么完整，之所以喜欢王蓬，也正是因此，他的某一部写得很糟的作品里，总会有一章或一节让我读出灿烂的东西。当然，我并不满足在他的作品里寻找灿烂，王蓬是有理由和能力使他的灿烂逼耀我目，所以我说他是水怪之后，若能有水仙气就好，或者水妖气也好，清雅高洁可以给人如莲的喜悦，妖冶狐媚也可以着人心迷神痴的。

打开这本散文集，畅美如游浮于汪汪水中；合上书册，意绪还在水里淫浸，蓦然间作想起了顾恺之《洛神赋图》。是吗是吗，那条汉水是洛水吗还是洛水为汉水，飘然于水流之上的，在风微、云移、鸟飞之中的，含情脉脉回眸盼睐妖媚婀娜的是哪一位甄氏的宓妃呢还是别的，我真不清楚了谁在岸边若痴若呆，是曹植是王蓬是我，或是王蓬看曹植我看王蓬看曹植呢？

王蓬近期的一系列小说、散文，似乎比《油菜花开的夜晚》还要好。他是感觉颇好的作家，又开始了进一步地学习政治、经

白描与平凹（王蓬摄于 2006 年第七次全国作代会）

居于家中的贾平凹

1996年全国第五次作代会。
（左起）白描、贾平凹、王蓬

济、哲学、美学的工作，来完满他一个作家的"人格"和作品的
"文格"。无疑，作为一位陕西南方的作家，已经在为陕西作家在
全国文坛产生影响做出了他的贡献。陕西的其他作家，应该向他
学习，更应该使我效法。

1990.8.28 午

六

早在30多年前，朋友们便预言，贾平凹还要发展！依据是，不张狂！
对此，我深信不疑。最近，贾平凹在一所大学的大礼堂对云集千人的
年轻学子们以"我的文学青年岁月"为题，做了一次讲演，摘录几段，正

好窥探贾平凹所思所想：

　　记得 40 年前，当时我是 20 多岁，在西安有一帮人都是一些业余作者，都非常狂热，当时组成了一个文学团社，我给这个文学团社取名"群木文学社"。当时取这个名字的意思就是一棵树长起来特别不容易，因为容易长歪长不高，一群树木一起往上长的时候，虽然拥挤，但是在拥挤之中都会往上长，容易长得高长得大。

　　现在陕西很多知名作家当时都是群木社的。那个时候我们条件特别差，但是热情特别高，也不梦想在各单位当什么科长、处长，那个时候很年轻也不急着谈恋爱，一心只是想着文学，一见面就是谈文学，要么就是写东西。那个时候写东西就像小母鸡下蛋一样，焦躁不安，叫声连天，生下来还是一个小蛋，而且蛋皮上还带着血。从那个时候一路走过来，走到今天，回想起来有喜悦有悲苦，写出来作品就像莲开放一样喜悦，遇到了挫败就特别悲苦，这种悲苦是说不出来的。

　　上帝造人并不想让人进步太快。当一个父亲从 123 开始学起，慢慢学到什么东西都会了的时候，这个父亲就去世了，他的儿子并不是从他父亲现有的知识基础上进步，又从 123 开始慢慢学起。人的一生确实太短，根本做不了多少事情，即便是像我这样的人，大学一毕业就从事文学工作，我也是一路摸着石头过河，才稍稍懂得一点小说怎么写、散文怎么写的时候我就老了，没有了以往的那种精力和激情。我记得年轻的时候整夜不睡觉，一篇散文基本上是一个小时就可以写完，那个时候文思泉涌，现在老了，现在最多写上两个小时，写一下就看看厨房里有没有什

中年贾平凹

平凹笑了

么吃的，就坚持不下来，精力和激情就大大消退了。

别人问我什么叫故乡？在我理解故乡就是以父母的存在而存在的，父母在哪儿，哪儿就是故乡，父母不在了，就很少或永远不到那个地方去了。那么作家呢？作家是以作品而活着。大多数作家我看到的都不是社会活动家和演说家，如果你太能活动，太能讲话，古语中说，"目妄者叶障之，口锐者天钝之"，意思是你如果目空一切，什么都看不惯，天就会用一片树叶子将你的眼睛挡住，让你变成一个瞎子；如果你伶牙俐齿，尖酸刻薄，上帝就让你变成一个哑巴。

如果说以上贾平凹论贾平凹还不能让人透澈了解这位中国文坛奇才的话，写到这里，我恰好收到中国作协办的《文艺报》(2016 年 4 月 20 日)，上面刊登着 2016 年 4 月 14 日下午，在北京现代文学馆举办的贾平凹最新长篇小说《极花》的新书发布会，选择几位权威人士发言以正视听。多位评论家、作家从多个角度剖析贾平凹先生的笔下景观，相信会有助于您更深层次地理解贾平凹，理解他从《废都》到《极花》的蜕变历程。

人民文学出版社社长管士光　散文的创作，报告文学的创作，或者短篇小说的创作都很重要。但是，体现一个时代文学的真正的创造力的时候，我觉得长篇小说是非常重要的一个着眼点，从这个角度讲，我觉得贾平凹先生的创作体现了中国当代文学的真正的创造力。

我认为贾平凹先生就是个天才，就是一个天才作家，他把他的生活提炼给我们，让我们感觉到，在我们的平凡的、平庸的生活之外还有另外一些人，他们也在他们的生活中，在走他的路，在走他的从年轻到中年，到老年，最后到死亡这样一条路。所以使我们的生活更丰富，更有意思。

著名作家李洱　我认为，以后随着时间的推移，他的作品的价值会越

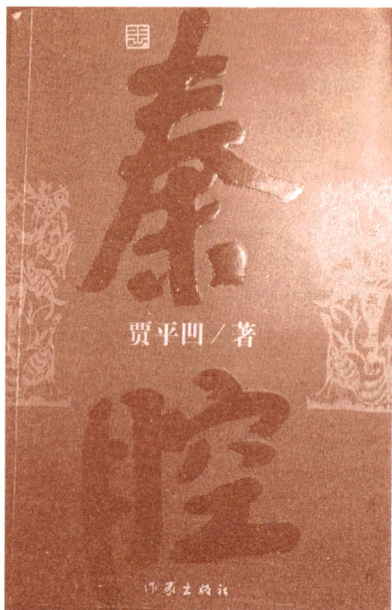

贾平凹长篇小说《秦腔》获第七届
茅盾文学奖

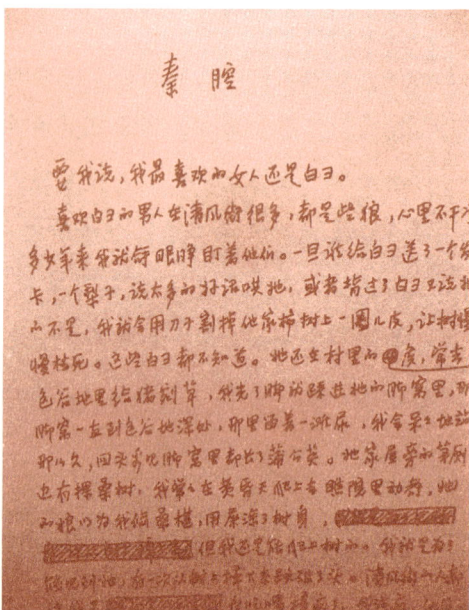

《秦腔》手写稿

来越大。因为他几乎全须全尾地保留了中国文化、乡村文明，保留了我们各种情绪、各种各样的细节，他的作品譬如琥珀，有如珍珠，他成为这个民族情绪的一个博物馆。

无论是汉学家还是中国人或是老外，如果他想了解中国，如果他想了解中国在通向现代化的旅程中所遭受的所有的落后也好，不甘也好，屈辱也好，那么首选贾先生的作品。

著名文学评论家、中国人民大学教授梁鸿 当我们思考农民生活和乡村生活的时候，我们总是把它想成空白，我们不知道他们在想什么，不知道他们在说什么，所以在我们的笔下很多时候他们是沉默的，这种沉默是真正的沉默，是被突出出来的沉默。

作者虽然花了很大的笔墨在写《极花》，但是你看到这部作品里面，黑亮、黑亮爹他们并非就是沉默的，就是一个压迫的力量存在。虽然他们是压迫的力量，但是他们的内部还包含了其他的生命力，比如黑亮也在不断跟外界接触，不断在卖葱，寻找一种跟蝴蝶交流的可能，他并非就是新闻里面那样一个被描述的对象，那样一个拐卖妇女的恶人。在这本书里面，黑亮是鲜活的，虽然他确实是拐卖了胡蝶，但是同时也试图和胡蝶交流，也没有用一个男性充满暴力地去强暴这个胡蝶。他试着交流，试图压抑自己的性的要求，跟她做一个和解。这一点非常重要。

著名学者、北京大学教授陈晓明 贾平凹是一个杰出的作家。确实他的创作力非常旺盛，让我们惊异，让我们欣喜，让我们感佩。

他写完《废都》遇到了各种各样的批判，各种各样的争议。我本人在那个时候进入到批评界，我曾经跟贾先生探讨过这个问题，1990 年代初，知识分子是处在失衡的状态，文化有一个断档，文化处在衔接转型时期，那个时候要重新出场，重新获得一种社会表达的方式，批判性的话是出场的唯一形式，因为可以表达历史主体地位，表达道德的一种高地，一种思想的锐利和道德的优越性。这个是重新出场的戏剧的形式。从承受者来说，很委屈，但是从历史来说，也要你能够担当此任，能够承受得起这么大的一个社会的一种批判也好，反思也好，讨论也好，争议也好。所以我觉得贾平凹是为 90 年代知识分子出场这一序幕的拉开提供了一个舞台。《废都》在那个时候提供了一个舞台，同时也汇集了那个时候纠结中国文化和文学的矛盾，从这个意义上说，我们书写文学史的时候会感佩贾平凹先生在文学上那么大

平凹著作

的创造力，能够给历史提供一些东西，提供非常厚重的东西。作为一个作家，我觉得他是可以拉开这么一种距离去看看自己和历史的关系的。在《废都》之后，我们会看到，贾平凹先生又有《秦腔》，中间还有《高老庄》等等作品。你读《极花》这部作品，读《带灯》，读《老生》，贾平凹先生确实懂乡村生活，完全可以靠细节、乡村琐事堆积起这样的故事，能够推动他的叙述，这个是让人惊叹的。

《极花》作者贾平凹　邓小平说他是中国人民的儿子，但我确实是农民的儿子。农村发生的事情直接牵连着我。从十多年前农村人开始进城里的时候至今，这十几年乡土文学里面有很多令人兴奋的东西，有很多令人悲伤的东西，有批判、揭露，社会上就有非议。实际上农村就是那种情况，

《贾平凹作品精选集》封面

2011 年全国第八次作代会，中国作协党组书记李冰、中国作协主席铁凝与陕西作家代表团 （王蓬　摄）

2011 年全国第八次作代会，贾平凹与王蓬在讨论会上

贾平凹文学艺术馆开馆式

贾平凹文学艺术馆

现实就是那种情况。我经常讲，社会就是这种社会，在这种环境中长大的作家就是这个品种，这个品种的作品只能是这个样。这十几年，就我的目光所及，我觉得（乡村）衰败的速度是极快的，快得令人吃惊。包括去年跑了很多地方，村庄有一些地方，只有在那个大寨子前面见过人，其他完全没有人。从门缝里看进去，荒草半人深。我跑到我们乡镇南山和北山，走了比较偏远的村寨子。在前几年去的时候，村寨人少，村和村合并。去年我去，乡和乡要合并。我心里特别不是滋味。在这种两难的情况下，想写一下叫人说不出的痛苦，想表现这方面的东西，不仅仅是批判（我觉得现在不是批判，绝对不是歌颂或者批判）。在这种情况下，写了《极花》这个故事。

我所以不厌其烦从长达数万字的《极花》发布记录中采写这些段落，是认为这些文字把握住了贾平凹创作的血脉与魂灵，蓄势和走向，既有整体宏观概括，又有细微部分剖析；他们的观点我极赞赏，在某种意义上来说贾平凹创作在很大程度上，表现了中国文学目前的状态和水平，单是每年数以千计的长篇小说问世，不仅中国读者眼花缭乱，也给国外汉学家出了难题。研究好贾平凹和他的创作，其意义是不言而喻的。因为贾平凹和他的作品不仅是中国的亦是世界的。

最后，我要向贾平凹这位交往已四十多年的朋友说的话是：健康快乐。

贾平凹小传

▶

贾平凹（1952—）生于陕西丹凤人。中共党员。当代作家。1975年毕业于西北大学中文系。历任陕西人民出版社编辑，《长安》杂志编

辑，西安市文联创研室主任、文联主席，专业作家，文学创作一级。全国政协委员，陕西省作家协会副主席，西安市人大代表，西安市作家协会主席。1974 年开始发表作品。著有长篇小说《高老庄》《废都》《贾平凹文集》(14 卷) 中短篇集《制造声音》，纪实文学《我是农民》等。《废

贾平凹画像

都》获 1997 年法国费米娜文学奖，《浮躁》获 1987 年美国美孚飞马文学奖，《满月儿》，获得首届全国优秀短篇小说奖，《正月·腊月》获得 1984 年全国优秀中篇小说奖，《爱的踪迹》获得 1989 年全国优秀散文集奖。

（见《中国作家大辞典》790 页，中国文联出版社 1999 年 12 月第一版）

原载哈尔滨《六月》1992 年 3 期

2016 年 4 月重写

莫　伸：人民的歌手

一

1977 年 3 月初的一个夜晚，乍暖还寒，在古城西安钟楼下的人行道上，行人渐稀，只有晚班公交车还在行驶。我和莫伸不知绕着钟楼走了多少来回，边走边热烈的交谈，心中像有团火在燃烧。那会儿我们才二十多岁，他是宝鸡铁路货运站的装卸工，真名叫孙树淦；我在陕南秦岭脚下的张寨村务农。我们是在《陕西文艺》（原《延河》杂志）召开的创作会议后被留下来修改作品的，当时省文化厅招待所在西大街钟楼附近。莫伸修改的是那篇后来给他带来巨大声誉，也改变了他命运的短篇小说《人民的歌手》。我修改的是短篇小说《学医记》，两篇作品都发表在《陕西文艺》1977 年 5 月号上。作品发表时，《人民的歌手》作者正式署名莫伸，从此

陕西和中国文坛就多了一名年轻的骁将：莫伸。

后来，莫伸不止一次地回忆起那一次散步，他说：没有想到那一回散步会获得那么大的收获。一个收获是改好并发表了《人民的歌手》，从此改变了自己的命运；另一个收获是结识了汉中的王蓬，从此让我们成为了终身好友！

其时，"四人帮"虽已被粉碎，但多年弊疴，积重难返，拨乱反正，还需时日。我和莫伸都处在社会的最底层，正苦苦地挣扎奋斗。好在压在中国人民头顶的石头毕竟已经被掀掉了，我们已经看到了国家的曙光，也看到了个人的前途。尽管彼时都还年轻，但切身的经历和磨砺已经让我们清楚地意识到国家的光明就是我们的希望。任何时代，一个人的成功，个人努力固然重要。但就根本上来说，人是社会的一员，自古"时势造英雄"，无势则无为"。莫伸和我基本上都是新中国的同龄人，都经历了共和国、尤其是"文革"的坎坷与风雨，也积累了生活的经验与块垒，又恰逢中国人民与"四人帮"极左势力生死博斗，新时期文学大潮掀起、汹涌澎湃之际。我们恰逢其时。最让我们欣喜的是：自此为始，个人的才能与价值能够在与时代共进的历史潮流中逐渐凸显，进而被广大社会发现和认可。莫伸和我是这样，同代作家陈忠实、路遥、贾平凹无一不是这样。

那时尽管我仍在农村务农，距离破格调进市群艺馆，走进北京鲁迅文学院以及北大首届作家班还有许多坎坷的路要走，但光明已在前方，我心里清楚：只要认真踏实向前走就行了。

而莫伸则要更幸运一些，《人民的歌手》在《陕西文艺》发表后立刻引起轰动，这篇以人民群众深切悼念周总理为题材的小说，讲述了这样的一个故事：1976年周总理去世，全国人民陷入悲痛的日子里，一位喜爱唱歌的青年女工，被她的上级、"四人帮"的爪牙逼迫着登台演唱"欢乐的日子"一类歌曲，这位青年女工强压悲愤，在旷野中硬是喊破了自己的嗓

1977 年第 5 期《陕西文艺》小说目录

莫伸小说《人民的歌手》原发书影　　　　　《陕西文艺》1977 年第 5 期刊影

子，拒绝登台演出。在打倒"四人帮"之后，这位青年女工重新走上舞台，用自己的歌声深切怀念周总理，受到了群众热烈的欢迎，被称之为"人民的歌手"。

这篇小说是全国最早出现的冲破"四人帮"的"三突出"文艺模式、"假大空"文学语言和公式化的故事情节的优秀作品之一，为当时的文坛带来了一阵清风。小说反映了人民群众在那个历史转折关头的真实情感，塑造了符合人们心愿的人物形象，一经发表，立刻产生出巨大的轰动，很快被北京人民广播电台、中央人民广播电台先后制作为配乐小说和广播剧播出，并被翻译成英文教材。之后陆续被作为革命故事讲进了北京，讲到了北戴河，并改编为连环画。

当时在宝鸡市文艺创作研究室工作的诗人商子秦，对这篇小说发表的过程至今记忆尤深。多少年后，商子秦曾为此专门撰文：

"1977 年的春天，时任《陕西文艺》编辑部小说组组长的路萌来到宝鸡，看望一位业余作者，他谈到在来稿中发现了一篇小说，编辑部一致认为这是一篇可以在全国产生轰动的好作品，故事真实感人，语言清新优美。作者叫作孙树淦，在宝鸡铁路系统工作，而且以前从未发表过作品，是一位文学新人。当时创作研究室的理论干部、以后的陕西著名文艺理论家、宝鸡市文化局局长白冠勇，陪着路萌老师来到孙树淦工作的宝鸡东站货场，把他接到了我们的文艺创作研究室，路萌和白冠勇以及当时宝鸡市文化局的领导们，详细了解了他的工作和写作状况，希望宝鸡市和铁路系统能够关心和支持这位青年作者的创作，还带走了他新的作品。当时，我们为自己这座城市能够出现这样一位文学新人、能够出现这样一篇好作品而感到由衷的高兴。"

《人民的歌手》发表之后，果然引发了巨大的轰动。莫伸成为这座城市的明星人物，当时全国各地给莫伸的来信特别多，以致只要信封上写着

"宝鸡市莫伸收"，信就一定会准确地送到莫伸手中。记得当年秋天，陕西省召开文艺创作大会，我和莫伸同是代表，在大会发言的那天，我们正好在人民大厦礼堂中坐在一起，著名作家杜鹏程老师在发言中，高度评价了莫伸的《人民的歌手》。而在另一次创作座谈会上，著名作家王汶石也以莫伸为例子，讲到应当怎样学会读书，怎样从读书中读出写作的技巧和门道。之后我也了解到，在创作《人民的歌手》之前，莫伸已经有过很长时间的创作准备，他有着良好的文学素养和深厚的生活积累，所以在打倒"四人帮"之后，才会连续推出优秀作品。

今天回过头来认识《人民的歌手》发表的意义，笔者感到这篇作品艺术上的粗砺和不完美是显而易见的。但文学作品和生活中任何事物的发生发展一样，都受到时代的限制，都有个逐渐成熟、逐渐完美的过程。《人民的歌手》最大的意义在于：它以一种无所畏惧的勇气，最早冲决了"帮文艺"的束缚，让文学重归现实主义的传统。当时距打倒"四人帮"不过半年时间，对"文革"以及"极左思潮""极左路线"还远未走到大胆否定的阶段，文艺界也还相当程度地处在"四人帮"文艺阴影的笼罩之下，莫伸的这篇小说犹如冲决冰坝的第一波春水，带来了文艺春天的信息，成为改革开放新时期文学的先声。

二

1978 年元月，莫伸紧接着又在《人民文学》发表了短篇小说《窗口》，小说讲述了一个铁路售票窗口的故事。通过生动传神的人物形象，呼唤美好的心灵、呼唤互相尊重、互相爱护的美好人际关系，道出了大家久久郁积在心中的话，再次引起广大群众的心灵共振。

时任《人民文学》编辑部小说组组长的涂光群，曾撰文回忆了《窗口》的发表经过。他讲道：当时《窗口》只是一篇普通的投稿。《人民文学》编

辑部只模糊地知道作者是西安市（实际上是宝鸡市）的一位年轻业余作者。知道他在粉碎"四人帮"后，在陕西省的文学刊物《延河》上发表过一篇以悼念周总理为题材的小说。那时《人民文学》非常关注各地新露头的作者。稿件寄到编辑部后，一位叫向前的女编辑接读后引起了重视。她看完稿，给予肯定，又很快将稿件送给涂光群复审，涂光群也给予了肯定。

涂光群写道：小说并非空洞枯燥的说教，而是用生动的人物形象和故事表现主题。如发表，肯定会受到读者欢迎，我们两人意见完全一致。剩下的问题是在文字上做些加工，修改、压缩作品，主要是文字压缩，使小说的结构紧凑点，文字精炼点……我记得原稿被向前压缩掉近三分之一篇幅，小说反而更加精炼、集中、可读了。我遂将此作安排在1978年第1期小说的头条……我们肯定这位新作者作品的现实意义，但并没有对它做出很高的评价。

小说发表后引起社会各界的热烈反响，大大超出编辑部的预料。几乎不亚于《班主任》的受欢迎，读者来信也是雪片般飞来，且街谈巷议时常流入耳鼓。我在乘公共汽车时，听见一位乘客与售票员对话："你读过《窗口》吗？没有读过，建议你不妨读读，看看人家韩玉楠是怎样为人民服务的……"

1978年首届全国优秀短篇小说评奖，《窗口》没有争议地名列前茅……我也是在这次评奖会上才第一次见到青年作家莫伸，他本名孙树淦，莫伸是他的笔名，是一位长得白净清秀，也可以说是"秀外慧中"的年轻人，虽则他当时干的是又苦又累的铁路装卸工人的活儿。据说，小说《窗口》中青年女主人公韩玉楠的形象，相当一部分取材自他未婚妻的生活素材。从自己心爱的人身上获得的灵感，是他这篇小说取得成功的重要因素之一吧。（涂光群：《五十年文坛亲历记》246页，辽宁教育出版社2005年5月版）

1980 年莫伸来汉中。

左起 王蓬、莫伸、蒿文杰

1980 年冬，莫伸（右二）到王蓬（左三）农村家中与前来聚会的文友合影

1979 年 11 月，中断十多年的第四届文代会在北京隆重召开，中国作家协会主席茅盾在表扬粉碎"四人帮"后出现的十多部优秀小说中，莫伸的这两部作品均榜上有名。其中《人民的歌手》和《窗口》均被中央人民广播电台改编为广播剧，《窗口》并被中央电视台改编为电视剧，成为中国步入改革开放后的第一部电视剧。

三

随着《人民的歌手》《窗口》的发表与获奖，莫伸的命运也发生了变化，1979 年，共青团中央将他树为全国新长征突击手标兵。先是从沉重的火车货运装卸工的位置调离，到西安铁道报社从事记者工作，紧接着又被推荐至中国作协文学讲习所学习。

中国作协文学讲习所是 1950 年由中国文联和中央文化部联合创办的一所专门培养作家的学校。丁玲为首任所长，张天翼为副所长，参与筹备的还有沙可夫、李伯钊、李广田、何其芳、黄药眠、田间、康濯、陈企霞等。先后共办了四期，每期 40 人左右，曾在文讲所学习的有马烽、邓友梅、徐光耀、吉学沛、苗得雨、和谷岩、胡正、胡昭等著名作家。1957 年"反右"后停办，粉碎"四人帮"后，伴着新时期文学大潮，1980 年中央文讲所恢复，当时获得全国短篇小说奖的作者，比如《乔厂长上任》的作者蒋子龙、《小镇上的将军》的作者陈世旭、《取经》的作者贾大山、《窗口》的作者莫伸，还有叶文玲、王安忆、张抗抗、竹林、孔捷生、韩石山等人，皆为一时之选。这些来自全国各地的文学精英的创作，自然而然对莫伸产生了潜移默化的影响。

这次进京学习，是莫伸一个难得的学习机会，他是"老三届"初中生，下乡几年，好不容易获得招工，却分配到火车货运站当装卸工，苦累沉重，他硬是凭着毅力挤出时间读书写作才脱颖而出，但确实还需要补课。文讲

1982 年西北华北部分中青年作家座谈会期间游览乾陵。
左起 葛洛、凌力、张武、韦君宜、铁凝、莫伸

所有各个领域的著名专家学者的授课，学友间的激烈竞争又互相启迪，他认真听讲，详写笔记。共和国首都的精神文化以及由此形成的一种浓郁的创作探讨氛围，极大地滋润了来自偏远基层的莫伸。

作家最终的表现还是要靠作品说话。没有作品的作家在文坛是站不住脚的。从基层打拼出来的莫伸深谙此理，从文讲所归来后，他把理性的思考与创作实践结合起来，开始新的探索，在自己熟悉的两个领域，即下乡插队积累的农村与知青生活；与当装卸工积累的铁道运输系统的生活，努力开掘，勤奋写作，在上世纪八十年代初又相继创作出一系列知青题材与铁路生活的中短篇小说。

1981 年元月，《延河》开年出版了由著名评论家胡采作序的"陕西青年作家小说专号"，第一次向全国公布自己的青年作家阵容，并配发照片

和小传，高规格地隆重推出。莫伸为专号贡献了写铁路生活的短篇小说《雪花飘飘》并在卷首刊登，接下来是路遥、王晓新、邹志安、陈忠实、王蓬、贾平凹、李天芳、京夫（按作品顺序）九位青年作家的作品。这在当时全国众多的刊物中尚属首次，影响很大，许多报刊都发表文章介绍。

文讲所学习结束后，莫伸从自己亲身经历的知青生活中提炼素材，很快写出了中篇小说《山林雾茫茫》。这部小说的创作与刊用过程在他的创作生涯中很值得记叙。当时，陕西的小说作家主要还在写短篇小说，而且大都是写农村题材。莫伸是在陕西作家中第一个用中篇小说的形式直接描写知青生活的。作品没有回避知青生活的艰辛，但又不是单纯对"伤痕"

北京文讲所学习时，莫伸（左一）和青年作家关庚寅（中）、卢新华（右）在一起。卢新华写的《伤痕》成为新时期一个群体文学的代名词

的暴露，而是在苦难中升华希望，小说中生动而形象的人物和细节，再现了知青生活的真实状态。

谈到这部小说，莫伸回忆说：

"《山林雾茫茫》创作于1981年。应当说，是农村插队的生活给了我印象，给了我感觉，也给了我生活的积累和思想上的认知。当初下乡时，农民极为贫穷。如果说城市里'忆苦思甜'时还能拿出来两床被子，几个热水瓶来说明新社会翻了身的话，那么农民则连这些生活中最基本的物什都拿不出。这种贫穷的状态，也包括由于过于贫穷，因而农民们屡屡自发和本能地违抗当时'极左'农业政策的情况在我脑海里留下了很深的印象。而我下乡的秦岭山区原始而优美的自然风光，同样给我留下了不可磨灭的印象。种种积累和种种感觉，最终使我写出了这部中篇。"

"小说写好后，先拿给我的好友、宝鸡铁一中的语文教师余明忠看。头一天晚上看，第二天晚上他吃过饭后来找我，一进门就说：这篇小说写得好。在他的鼓励下，我很快将小说寄给《十月》编辑部。八十年代中国的交通运输还相当落后。稿件从宝鸡到北京需要三天到达。同样，北京的回函也需要三天才能到我手中。我完全没有想到，小说发出的第七天，我就收到了编辑侯琪的来信，告诉我编辑部决定采用这篇稿子。至今我记得非常清楚的是，信中夸奖了这部小说的其他方面后，还专门提到山区优美的自然风光写得好，并且借景生情，借景抒事，情景交融，起到了'意在不言中'的作用。信中还告诉我：这篇稿子先是送到了《十月》编辑部的领导苏予那里，苏予让侯琪先看一下。结果侯琪当天就看完了，说写得不错，立即报送苏予。紧接着苏予当天也看完了稿子，于是仅仅一天，正式采用这部中篇小说的决定也就做出。"

"至今我怀着深深的感激，感激苏予和侯琪两位大姐对我的关怀。还有《十月》的编辑张守仁，是那么真挚地关心和扶持着每一位作者。我记

得非常清楚，有一次我和张守仁谈文学创作，他很负责地给我提了很多很好的建议。尤其是建议我'一定要写出真正属于自己的东西'。他说了很多，令我感动，我说：'要是有一天我真的写出了更好的作品，我一定请你的客。"他回答，"真要是你写出那样的作品，不是你请我的客，是我要请你的客。'"

"这样一种编辑和作者的关系，是我至今都深深怀念的。"

莫伸的感触是真实的，也是我同样遇到过的，如前所叙，当时无论莫伸还是我，都处于社会最底层，若无一种公正公平的竞争，我们很难出头。"四人帮"刚被粉碎，拨乱反正全面展开，恢复高考，平反冤假错案，整个社会生机勃勃，人心思真向上，这一切都为我们的奋斗提供了公平竞争的环境。当时，《延河》《人民文学》《十月》《当代》等许多编辑都十分敬业，不欺无名，应该说新时期文学所呈现出来的空前的繁荣局面，是包括作家、编辑、刊物、出版社的同仁们一起努力，共同创造的。

正是在公正公平、人心向上的大环境中，莫伸在整个八十年代都表现出旺盛的创作热情，一部部作品喷泉般涌现出来：1983年他出版了自己的头一部短篇小说集《恽春花》，其后很快投入到中篇小说的创作中，他创作的知青题材的三部中篇小说《沉寂的五岔沟》《宝物》《山林雾茫茫》

1982年华北西北青年作家会后参观乾陵。
左起 王蓬、韦君宜、莫伸

全部被《中篇小说选刊》选载，其中《沉寂的五岔沟》获当年上海《小说界》第三届优秀中篇小说奖。这些作品既有对知青生活的描述和再现，更有对知青时代和知青自身的深刻反思，标志着莫伸小说在生活开掘的深度和描写空间的广度上均有了重大突破。

　　1988 年，莫伸的中篇小说集《生命在凝聚》出版，与此同时，他开始着手创作描写知青题材的长篇小说《远山几道弯》。彼时莫伸的创作引起广泛的关注。这部长篇小说的前两章刚落笔，便被大型文学刊物《十月》拿去，以独立中篇小说的形式发表在 1988 年第 6 期的《十月》杂志上。紧接着又被《中篇小说选刊》于 1989 年 3 期选载。1989 年，《远山几道弯》由中国文联出版公司正式出版。自此以后，这部小说历经岁月，风采不减。1995 年被中国文学出版社再版。2014 年，武汉大学出版社将这部小说第三次出版。非常凑巧的是，就在我写这篇作品的同时——2016 年 5 月 4 日的《陕西工人报》上，发表了一位署名孙鹏的作者的文章，标题是《一部能读懂的小说，一位有责任的作家》，副题是——读莫伸长篇小说《远山几道弯》。文章高度评价这部小说，说这是一部"能让我读进去，有乐趣，能读懂，有感悟，能读出味道，有收获的小说。""作者没有抽象地讨论人性问题，也没有构思夸张的故事情节，一切都那么自然，就在我们身边发生，让我们深刻反思那个时代，那场运动，那群人们。"

　　1990 年，莫伸受铁道部之邀，开始采访和写作长篇报告文学《中国第一路》。他身背行囊，迈开双腿，用将近 10 个月的时间走完了大半个中国，采访并完成了《中国第一路》的写作。这部作品于 1992 年由中国工人出版社出版，在全国铁路系统获得了一片喝彩。不久，在陕西省首届"双五"优秀报告文学评选中，它位居榜首，获得了优秀报告文学的特别贡献奖。

　　几乎同时，莫伸马不停蹄地又开始了新的长篇小说《尘缘》的创作。进入九十年代，随着改革开放的深入和扩展，世界上五花八门的观念和理

1982 年华北西北青年作家聚餐。

左起 莫伸、张石山、贾平凹、铁凝、谢真子、陈浩增、凌力

1982 年西北华北青年作家会议。

左起 韩望愈、铁凝、侯琪、李凤杰、韦君宜、王蓬、崔道怡、葛洛、莫伸、张武

念迅速涌入中国。人们的视野迅速扩展，思想获得极大解放，在中国经济以惊人的速度全力发展的同时，人们对家庭和婚姻的理念也随之发生着变化。人们发现：一向稳固的家庭结构开始趋向松散，一向封闭的情感世界开始外向和随便，整个华夏民族的传统观念和习俗无论是好是坏，都开始受到严重挑战。莫伸敏锐地捕捉到这一点，开始了一部有关爱情、婚姻和家庭题材的创作，并将小说名字定为《尘缘》。

1993 年，《尘缘》落笔定稿，部分章节首先以《家庭风波》为题，在《延河》上选载。次年，全书由群众出版社出版。有趣的是，书稿尚在印刷厂印刷，校样已经被中央人民广播电台看到，并很快决定在《长篇小说连播》节目中播出。这部小说播出后反响强烈，中央人民广播电台为此专门召开了听众座谈会。《尘缘》出版的同时，盗版本也蜂拥而起。初步统计，盗版本达到 7 种。

不久，《尘缘》获得群众出版社《啄木鸟》长篇小说奖。

鞍马劳顿，征尘未消，九十年代一项关乎着迎接香港回归的大工程——北京到香港九龙的铁路开始动工。此时莫伸在铁路系统的声誉格外响亮。由于京九铁路的特殊地位，不少有着全国名气的作家都表示愿意投身于这项工程的采访和写作，但铁道部权衡再三，还是坚持邀请莫伸采写。几经邀请，盛情难却，莫伸终于再次奔走在长达两千多公里的铁路线路上，从 1994 年正式投入采访，到 1997 年《大京九纪实》正式出版。这部长达60 多万字的长篇报告文学，使莫伸在整个铁路系统内博得了更大的喝彩。那一段时间，他走到铁路沿线的几乎任何一处地方，都成为名符其实的"明星"人物。《大京九纪实》不仅获得了铁路系统广大职工的广泛好评，也成为一些博士硕士写报告文学论文的研究对象。它以翔实的资料，雄阔的视野，遒劲的笔力，奠定了莫伸在铁路题材创作上首屈一指的成就。直到 21 世纪的今天，人们历数 60 年来铁路文学的成就，排在最前列的仍然

是莫伸。

这一时期，是莫伸小说和报告文学创作的喷发期。除过长篇著作《中国第一路》《大京九纪实》《尘缘》屡屡获奖外，中篇小说同样成绩不凡。中篇小说《蜀道吟》在大型刊物《昆仑》登载后，获得了全国铁路优秀中篇小说奖，又被改编成电影剧本，并获得建国四十周年优秀电影剧本二等奖（一等奖空缺）。他创作的电影剧本《永恒》和《头版新闻》则分别在首届和第二届夏衍电影剧本评选中获奖。

1993 年 6 月 8 日至 10 日，陕西作协第四次代表大会召开，陈忠实当选为陕西省作家协会主席，王愚、王蓬、刘成章、李凤杰、赵熙、莫伸、贾平凹、高建群、晓雷、杨维昕 10 人当选为副主席。

此前一段时期，中国经济体制的改革波涛汹涌，莫伸供职的单位也不能幸免。从八十年代开始，西安铁路局改制撤销，并入郑州铁路局。为了稳定生活，使自己能够留在熟悉的地域内继续创作，莫伸调进了西安电影制片厂，担任专职编剧。

四

生活中的莫伸并非一帆风顺，也并非总是面对着鲜花、掌声和荣誉。在中国改革的洪流中，他将面临着无数新的挑战、选择和考验。

西安电影制片厂是 1958 年成立的国营电影制片厂，伴着新时期文学崛起，西安电影制片厂曾一度辉煌，被誉为开启了崭新时代的电影《人生》《黄土地》《一个和八个》《红高粱》《老井》等夺得多项荣誉的大片都是西安电影制片厂拍摄出来的，它为中国电影走向世界赢得了许多荣誉，立下了汗马功劳。

但是随着改革迈入深水区，国营企业的弊端也暴露无遗，观念陈旧，编制庞大，人浮于事，负担过重，债务累累，无法顺应潮流。随着时光的

莫伸在影视拍摄现场

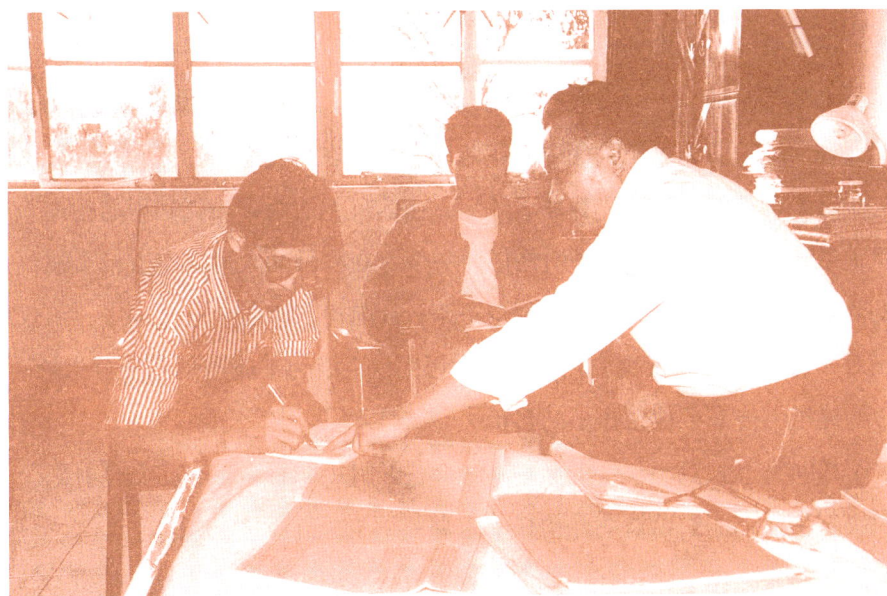

莫伸在京九铁路沿线采访

流逝和人事的更迭，西影厂辉煌不再。一批有才华有经验的导演相继北上，使得西影厂愈加式微，一度时期，竟弄到发不起工资的地步。我曾亲眼目睹，西影厂职工曾数度围堵省委省政府，也屡屡震惊西安。

面对困境，莫伸何去何从？

在西安电影制片厂，他担任编剧，一度还担任文学部主任，主管电影剧本的扶植和评审。电影生产与创作小说不同，小说只要刊物或出版社同意就能面世，就算成果。电影的生产过程则复杂得多：题材的掂量比较，剧本的反复修改，再就是导演、制片、投资、送审、发行——这其中任何一个环节出问题，都可能让一个剧本或一部电影流产。所以，即便大名鼎鼎的西安电影制片厂，一辈子没写出一个剧本的编剧，一辈子没拍过一部电影的导演也大有人在。此前，计划经济，只要在体制内，待遇不会缺，工资不会减。而现在，一切都如昨日黄花，西安电影制片厂的职工需要靠自己的拼争和奋斗来维持。

那段时间，几次见面，莫伸和我都讨论过一个很有意思的话题，那就是社会变革时期，中国文人的状态或生存方式如何。可见那时他的思考已经很现实很超前，也博大深邃。我能感觉到他在认真思考，也在寻找艺术与生存最合适的突破口。有那么几年，莫伸每天从西影厂到和平门往返十里地散步，风雨无阻，这恐怕是任何一个人在漫长的人生道路上都会遇到的阵疼与关节，是裹足不前，败退下来；还是冷静沉着，迎难而上，不仅是对人毅力、坚韧、智慧的考验，很大程度也会成为平庸与卓越的分水岭。

终于，传来了他创作上的喜讯。

1994年，长篇小说《尘缘》被北京电影制片厂和北京金驼文化有限公司决定拍摄，他们邀请莫伸担任了这部长篇电视连续剧的编剧。

1998年，由莫伸担任编剧的长篇电视连续剧《东方潮》投入拍摄。制作完成后，这部剧很快在央视电视剧频道和翻译成英文在海外频道相继播

出，随后获得了第十八届电视剧金鹰奖提名奖和广电部电视剧制作技术质量奖。

2002年，莫伸深入铜川市印台区的惠家沟村，他吃住在农村，深入采访并写出电视连续剧本《郭秀明》，之后又担任导演，这部片子在央视一套黄金时段播出后好评如潮。播出后不到一周，又应观众要求，在黄金时段重播。这部长篇电视剧获得了全国电视剧第24届《飞天奖》优秀长篇电视剧三等奖，第九届全国农业电影电视"神农杯"铜奖。中宣部全国第十届"五个一工程奖"入选作品奖，陕西省首届文艺创作大奖等等。

此后，莫伸相继编剧（其中部分作品中担任导演）了多部电影电视剧。仅在中央电视台播放的就有《万立春》《支书和他的媳妇》《城市中央》等。他创作的影视剧本又陆续获得夏衍电影剧本奖、老舍剧本奖提名奖等。拍

左起 莫伸、冷梦、陈爱美、子页、赵熙在农村

摄的影片和改编的广播剧先后获得中宣部第八届、第十届"五个一工程奖"、中国电影华表奖等等。

当我看到这些由他自编自导的电视剧、电影相继出现时,心中豁然开朗,一个作家终于凭不折不挠的毅力,在影视舞台杀出一条血路,打破了作家极难介入影视界的格局。作为莫伸的好朋友和老朋友,我为他多部影视作品的获奖而高兴,但我更看重的不是这些奖项,而是他通过自己的努力,为自己开辟出一个展示才华与抱负的平台。对于一个已经从中国社会底层奋斗出来的人而言,他不愁没有饭吃,而是不甘于平庸。无论对他对我,还是对我们身边许多怀揣着美好理念、健康价值和人生目标的人来说:闲愁最苦。

五

我们常为八百里秦川、关中大地悠久的历史骄傲,周秦创制,汉唐拓疆,为华夏民族的生生不息奠定根基。这些文化的因子和理念注定"随风潜入夜,润物细无声",注定会从各个方面影响生活在这片土地上的读书人。司马迁在《史记·六国年表序》中言:"夫做事者必于东南,收功实者常于西北。"这恰对我们解读莫伸以启迪。

莫伸祖籍江南知识家庭,至今白面书生,瘦骨清相。命运却让他生长于西秦重镇宝鸡,深受关中文化的熏陶。尤其是两段阅历奠定并影响了他毕生的思维倾向和做事准则。一段是下乡插队,一段是铁路装卸工。这两段生活使他接触了中国最底层、最广大的两个群体:农民和工人。此前许多年中国盛行的堂皇的理想、响亮的口号与底层工农实际生活的巨大反差,使他了解了什么是社会与人生。中国社会尤其是中国农民的生活状况在他心中深深扎根,挥之不去,不理清楚这些阅历对他人生的影响,就无法解读他作品中的农村和农民情结。

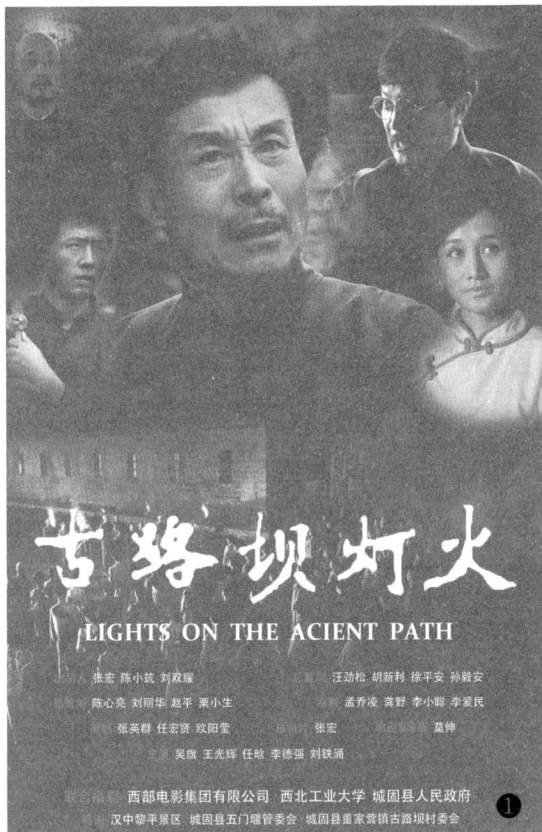

古路坝灯火

LIGHTS ON THE ACIENT PATH

① 莫伸编导的反映西北联大
往事的电影《古路坝灯
火》于2015年3月公映
② 莫伸编导的电影《古路坝
灯火》拍摄现场

诗人兼文化学者朱文杰对莫伸的创作有着这样的评价：

"莫伸创作上分两大类，一是在铁路上干了十多年，装卸工出身的他以反映铁路的文学作品闻名于世；而另一类是知青文学，例如长篇小说《年华》，中篇小说《沉寂的五岔沟》《山林雾茫茫》《宝物》等，这些作品却鲜为人知，宣传不够，似乎不能与他的铁路作品相比。实际上我的感觉，这些知青文学都是沉甸甸的历史，反映知青文学达到了一定的深度和高度。"

其实，莫伸创作的知青文学类作品恰是建立在农村农民这个坚实广阔的根基上才展现出深度和高度的。他在文学创作中具有的广阔的视野和开创的精神，也不仅仅源于他熟悉的农村农民与铁路工人两个广阔天地。他在题材上的不断突破，在文学创作形式上的新的开拓。他从短篇小说到中篇、长篇小说，再到长篇报告文学、到电影剧本、电视连续剧剧本等等，不断推出优秀作品。他从铁路题材、知青题材、社会题材、情感题材、农村题材，样样题材都写得得心应手。长篇纪实文学有《闯荡东欧》《大京九纪实》；长篇小说有《年华》《尘缘》《权力劫》；这些创作成果，其实都是带着早年积累的重新出发。

莫伸最新推出的长篇纪实文学《一号文件》最能突出展现农村农民情结。这部长篇报告文学力作，以中央历年下发的"一号文件"为切入点，用两年多时间走访了陕西全省以及广东、江苏、黑龙江等地基层农民、农民工等，从中国农业遭受"左"倾思潮以及由此带来巨大挫折的反思开始，截取当代中国农村具有代表性的生产、生活场景和具有里程碑意义的事件以及具有影响力的人物，深入浅出地阐述了为什么党的十一届三中全会是中国历史上一次具有里程碑意义的会议，阐述了为什么党在拨乱反正的关键时刻要首先在农业上起步并实现突破，并由此展开，着力讴歌改革开放取得的伟大成就，深刻反映中国农村空前深刻的变化，张扬新一代农民的精神面貌，追寻当代农业发展的崭新道路；探讨和思索中国农民、农业和

莫伸和陈忠实在一起

2011 年 6 月，莫伸参加王蓬签名售书活动。

左起 吴丰宽、何振基、王蓬、雷涛、郭加水、莫伸、冯积岐

中央人民广播电台《长篇小说连播》的作家画册

农村的未来。全书秉持着一种"不溢美、不隐恶"的求实精神来讲述故事，描述人物，书中的人和事，观点与分析，既是鲜活而现实的，又是凝重和深刻的。

2013 年，省委宣传部、省新闻出版局、省社科院、省作协、陕西出版传媒集团等单位联合主办长篇报告文学《一号文件》研讨会，与会专家学者和农村代表认为：该书是一部近年来罕见的、"用双脚走出来"的、饱接地脉的优秀纪实文学作品。作品虽立足于陕西，却以全国为视野，是一部"站位高远、眼界开阔、观点精辟、逻辑严密、分析透彻、思想深刻"的反映时代精神的力作。对出版社能够关注、策划、出版这样重大题材的文学作品给予了由衷的褒扬。

陈忠实在发给研讨会的贺信中说："书中记述的典型人和事，以其无可置疑的真实性，奠定了《一号文件》独有的史料性品格和价值，将为需要了解中国成长道路的人，提供了珍贵的原生态材料。"他认为，"从这个意义上来说，莫伸成就了超越文学的功勋性创作。"

著名文化学者肖云儒说：《一号文件》是对陕西农村的发现，作者莫伸把当地农村发生的故事发掘、归总起来，为读者打开了一扇观察中国农

村的窗口。"

陕西省社会科学院副院长石英在发言中说："报告文学《一号文件》提出的问题和思考，既有思想艺术价值，又有社会现实意义。这本书与其说是一部文学作品，不如说它是一部社会学著作，是一部文笔优美的社会调查报告。全书资料的翔实、准确、客观；调查的深入、细致、广泛；以及在浩如烟海的大量素材当中进行选择和判断的功夫，体现了作者对史料和艺术表达的、相当难得的驾驭能力。"

中国作家协会党组成员、书记处书记，中国报告文学学会副会长张胜友评价道："报告文学《一号文件》是一本厚重的大书，拿在手上沉甸甸的，翻开里面的内容，同样是沉甸甸的，这首先在于它描写的内容是关乎天下苍生，关乎国家和民族命运的。阅读这部报告文学，我非常有感触，因为我本人就是从农村出来的。这部书某种意义上是新中国农村、农业、农民的百科全书。它用事实，也用自己的书写有力地证明了我们的农民原来多么艰难，也有力地证明了农村改革是多么伟大，同时也在反复告诫现在的农村还存在着多么多的问题。"

张胜友说："我非常佩服作者莫伸。他的调研、采访、下乡，每一个字、每一个细节都是从乡下、从农民中来的，是用双脚亲自走、亲自采访出来的，非常了不起，作者自己也像中国农民一样吃苦耐劳，像农村的一头老黄牛一样写这部书。可以说这部书的意义、它带给我们的启示、给我们提供的思考，几乎是无限度的。这部书是放大性的，它倾注着对农民的感情，今后我们的小康社会能不能建成、现代化能不能最终实现，实际上最终要看中国的农村会变成什么样子，会不会健康地发展起来。"

读完莫伸的《一号文件》，我要说的是这部长达六十万字的著作体现出来的是一个中国作家的良知与担当；承继的是宋代理学大师张载："为天地立心，为生民立命，为往圣继绝学，为万世开太平"的学人精神。再

2012 年 10 月，莫伸、陈忠实、王蓬三人会后聚餐合影

2008 年在汉中。

左起 王蓬、商子雍、莫伸、丁晨

说其他，都显得多余了。

莫伸从 1977 年 5 月在《陕西文艺》发表短篇小说《人民的歌手》到 2015 年 3 月在陕西理工学院首次公演由他编导、反映西北联大生活的电影《古路坝灯火》，他的创作生涯已达 40 个年头，他发表和投入拍摄的逾千万字的作品涵盖了长、中、短篇小说；报告与纪实文学；电视剧与电影；还有若干散文与评论。除过难以计数的短篇小说和中篇小说，他创作了长篇小说 3 部，长篇报告文学 4 部，长篇电视连续剧 7 部，电影剧本 24 部。他的 7 部中篇作品被改编成广播剧在中央人民广播电台播出，散文《绿叶》被收入初中语文补充教材。散文《壶口，壶口》被选为中考试题。就在我写下这篇有关他的文字不久前，他最新拍摄的电影《古路坝灯火》又在巫山第二届"神女杯"艺术电影周展映中获得优秀故事片奖，他本人则获得了优秀编剧奖。可以说，无论是小说还是报告文学，也无论是电影还是电视剧，他都做出了令人惊讶的成就。他创作的作品尽管形式不同，长短有别，但有一点相同，那就是全部文字都浸透着情感，表现着一个作家的责任与担当，表现着一个作家的赤子之心，用一句话来概括：莫伸无愧于时代，他无愧是人民的歌手。

2011 年 11 月参加第八次全国作代会的陕西代表团

左起 前排：王芳闻、冯积岐、叶广芩、雷涛、铁凝、陈忠实、齐雅丽、冷梦、张虹、李康美、红柯；

左起 后排：霍竹山、梁向阳、吴克敬、王蓬、阎安、李星、莫伸、穆涛

2011 年参加八次全国作代会。左为白阿莹，中为王蓬，右为莫伸

莫伸小传

　　莫伸（1951—）原名孙树淦。江苏无锡人。中共党员。1980 年毕业于中国作协文学讲习所。1968 年赴秦岭山区插队务农，1972 年后历任宝鸡车站货场装卸工，《西安铁道报》记者，西安铁路局文联副主席，西安电影制片厂编剧、文学部主任，陕西省作协副主席。1977 年开始发表作品。1979 年加入中国作家协会。文学创作一级。著有长篇小说《年华》《尘缘》《权力劫》，长篇报告文学《闯荡东欧》《中国第一路》等 14 部，电影剧本《列车从这里经过》《相逢在雨中》《家在远方》等十余部，电视剧剧本《郭秀明》《一起走过的日子》等四部。《窗口》获全国首届优秀短篇小说奖、《月台静悄悄》获全国第二届铁路优秀作品奖、中篇小说《蜀道吟》获全国第三届铁路优秀作品奖，其小说、剧本、影视作品还曾获得《小说界》优秀中篇小说奖、《啄木鸟》优秀长篇小说奖、建国 40 周年优秀电影剧本奖第一、二届夏衍电影剧本奖、老舍文学奖剧本奖、全国电视剧飞天奖、金鹰奖等。部分作品译有英、日、西班牙文版本。

（见《中国作家大辞典》782 页，中国文联出版社 1999 年 12 月第一版）

2016 年 4 月 28 日于汉水之畔无为居

高建群：最后一个匈奴

一

高建群的代表作是长篇小说《最后一个匈奴》，这部小说出版后能够迅速走红全国，与曾经轰动一时的"陕军东征"相关。让人感叹不已的是历史的诡诈，所谓的"陕军东征"之前，又恰是陕西文坛最为灰黯的时期。1992年前后，杜鹏程、路遥、邹志安这些文坛巨匠相继离世。陕西省作协院子被花圈、挽幛、白花放满，充耳都是哀乐，被低沉、阴郁的氛围所笼罩。对陕西作协和陕西作家来说，满眼都是黑色的。时任《延河》主编的徐子心说给人的感觉天都要塌下来了，走进作协院子心里许久不得展脱。

但霪雨过去便是晴日，陕西的作家并没有停止思考和探索，仍在辛勤地笔耕，也就是在1992年，陈忠实历时六年完成了《白鹿原》，贾平凹在

病后创作了《废都》，京夫则修删增改，历时两年改定了《八里情仇》，咸阳程海拿出了《热爱命运》，蹲在陕北高原的高建群最为悲壮，酝酿数载，不避寒暑写完《最后一个匈奴》的手稿后，被一个企图先睹为快的大学老师暑假拿回乡下阅读，却在返回延安乘坐个体三轮车时把书稿丢失了。足足一个星期，在找遍全城的三轮车和废品收购站，又彻底失望后，高建群站在楼房自家阳台上，望着中国西部乌云翻滚的天空，感到全世界都在算计他。他诅咒一翻，长叹口气，又历春经冬重新写就了《最后一个匈奴》，在挂号寄走手稿的当天下午，他郑重向北京作家出版社责编朱衍青女土发去电报，声称："中国文学史上一件重大事件就要发生了。"当然，此时高建群指的是他的大作《最后一个匈奴》就要问世。我曾亲耳听他不止一次说他心里想的这应该就是中国文学的"不动产"。至于"陕军东征"是后来的说法，谁也没想到一下子就爆响了文坛，且硝烟久久不曾散去。

事隔多年，我需要说一点小小的"委曲"，其时，我的长篇小说《水葬》也在北京中国文联出版社，且与京夫的《八里情仇》为同一编辑李金

高建群 1993 在泾阳嵯峨山下〔王蓬　摄〕

玉女士，她也是路遥《平凡的世界》责编。由于《八里情仇》需要修改，拖了一段时间，正好赶上"陕军东征"。而我的《水葬》已在1991年底出版，事后，文联出版社和李金玉虽也替我惋惜，同时多次再版《水葬》，此书还于1993年获得陕西为长篇小说设立的"双五"文学奖。但毕竟错过了"陕军东征"这次宣传良机。对于一个奋斗中的作家来讲，也不能不说是种遗憾。

至于"陕军东征"，是如何诞生的？谁先发明？尽管有不同说法、不同版本，乃至论争。但一个省有五部长篇同时在共和国首都问世，事情本身就引人注目，且为不争之事实。至于是谁发明的版权，是赞誉还是批评，就已经不重要了。何况，其中还有被誉为"五四"新文学以来的扛鼎之作《白鹿原》。比如著名文学评论家冯牧说《白鹿原》"达到了一个时期以来长篇小说所未达到的高度"；张韧说《白鹿原》"是一部激动人心的作品，怎么评价都不过分，必将载入中国、世界文学史册"；白烨说《白鹿原》"几乎总括了新时期中国文学全部思考、全部收获的史诗性作品。"

当时批评较多的是《废都》中的性描写，据说有些批评还相当激烈。用贾平凹自评《废都》说："好的作品应该有超前性、前瞻性。20世纪90年代初，知识界精神沉闷，文学也不像80年代中期活跃，不知道咋弄。写《废都》时我的身体最不好，加上社会的、家庭的变故，很沉闷。"《废都》是现实题材，难把握，容易触犯一些人。要是再晚几年出版，就没事了。当时的社会价值观，性是敏感的话题，只要说性就被诬为流氓。"

应该承认贾平凹的说法是有道理的，《废都》禁印十七年后再版就是最好的说明。无论如何，"陕军东征"在争议中带来了长篇小说阅读热潮。对宣传作家作品的效果却显然易见。

诚如文学评论家肖云儒所说："一个省在不长的时间里，如此集中地推出了一批水平如此整齐的优秀艺术品，的确是陕军文学实力的一次集中

1993 年王蓬与高建群在泾阳策划创作电视剧《好戏连台》

显示，它表明在全国文学格局中，陕西创作力量作为一支重要方面军存在的无可争议的事实。'陕军东征'是被列入文学史册的大事，如果用一句话概括 30 年中国文学，那就是'疗治伤痕，走出废都，面向烦恼人生'。'陕军东征'是一个文学现象，当许多时髦作家相聚于宾馆、旅游于胜地'玩文学'、'侃文学'、炒知名度时，陕西作家有点落落寡合，但正是他们用尽心力写出的作品，使新时期陕西文学有了和世界对话的基础。"

高建群的长篇小说《最后一个匈奴》侧身'陕军东征'五部长篇之列，虽没有像《白鹿原》《废都》那般凝聚光环，但自有其光华光彩。至少，一夜之间，长城内外，大江南北，读书或不读书的人都知道有个作家叫高建群，他写了部长篇小说叫《最后一个匈奴》。

细察，这种一夜走红事情在中外文学史上并不多见。作为高建群的朋友，我曾当面衷心对他祝贺，因为其时我们正在关中泾阳的嵯峨峰下的张家山，一起策划电视脚本。高建群穿着贾平凹在背上大大写着两个字的"匈奴"的文化衫，在西安钟楼签名售书，对付完长蛇阵般的读者群后，赶到泾阳张家山与我们汇合的。

二

关于这件事情的来龙去脉是这样。

1992 年，小平南方讲话，号召改革开放"思想更解放一点，胆子更大一点，步子更快一点"，在此策动之下，整个中国大地以前所未有之势，翻卷起市场经济和商业主义的新一轮狂潮。这注定也要影响到文学界，一时间，作家下海经商者有之，专门赴深圳炒股者有之，其时我曾收到路遥一封来信，其中谈到："目前西安很乱，穷人富人都在谈论如何赚钱，想必

1993 年 9 月高建群与王蓬在泾阳旷野畅谈文学

汉中也一样，这一回，应该是有智慧的人赚点钱了，有机会咱们还可以好好论证一下。"（见《路遥全集》散文书信卷——614 页）

岂料，还没赶上机会"论证"，路遥便撒手西去，紧接着又是邹志安的去世，陕西省作协在 1992 年底笼罩在一片阴云之中。但脚步不能停止，时代仍要前进。在 1993 年上半年迎来"陕军东征"喜讯之前，时任陕西省作协副主席的陈忠实、贾平凹便酝酿着要让陕西文学走出低谷，走向社会，其具体措施是：陕西省作协与西安电影制片厂联合创办长安影视公司中心创作组，陈忠实、贾平凹、王蓬、高建群、张子良、杨争光、芦苇、竹子等 8 人为首批成员。4 月 8 日在西安挂牌成立。《延河》编辑部向长安影视公司中心创作组的陈忠实、贾平凹、王蓬、高建群、竹子等 8 个成员约稿，要求每人贡献一篇力作，也是为拍电视剧提供素材用。

结果是每个人都按时交稿了，并在 1993 年第 9 期《延河》集中发表。同时，又由张子良、高建群赴陕北搜集素材；竹子（魏扬青）、王蓬赴陕南搜集素材，目的是创作一台法制节目的电视连续剧。

此事进展颇为顺利。9 月初，我们已经汇聚在一起，打算集中时间共同策划。参加的人有张子良、王蓬、高建群和竹子，地方选择得很好，在泾阳嵯峨山下的泾惠渠首，这是秦代大型水利工程郑国渠起点，亦是历代维修遗迹汇聚之处，修有文管所专门保护，有前后两院房子，我们便借用其中一院，独立且水电俱全，关键位于嵯峨山下，离泾阳县城尚有 20 多里，四周为丘陵原野，十分安静，是策划作品的最好去处，最终的结果是创作了 30 集电视连续剧《好戏连台》，由长安影视公司中心于 1994 年制作完成，中央 8 套与多省电视台播出。

我要说的是由于前后有一个多月时间与高建群朝夕相处，几乎每天晚饭后，我们都要去山下的原野散步，此时夕阳西下，凉风骤起，正是谈天说地、敞露心扉的时机，大家也互不设防，无话不谈。正是这段时间，使

我对这位陕北大侠有了比较深入的了解。

高建群是 1953 年生人,要比我小 5 岁。他老家临潼,却在延安工作。他高中毕业后参军,曾在新疆边陲哨所服役,早在部队时便以诗歌《边防线上》步入文坛。我认识高建群是 1979 年 5 月,陕西作协举办的文学创作座谈会上,这次开会没有像之前小说、散文、诗歌分别召开,而是全部参会,加上作协机关与《延河》编辑部有百人之多。会议就在作协院里"西安事变"遗址之一高桂滋公馆召开。人数空前,争论激烈,被认为是陕西文学界思想解放的一次会议。认识高建群是他在大会上主动站起来发言,那时的高建群才 20 多岁,年轻英武,浓重的陕北口音,谈诗歌的重要,还背了一大段他的作品。其时我还务农,由于性格,最怕在会上发言,眼见一个比自己还小,初次参会的作者敢在大会发言,就记住了高建群。之后,1987 年,我在北大作家班时,有同学向我打问高建群,起因是他在《中国作家》上发表的中篇小说《遥远的白房子》,我找来一看,果真不同凡响,作者笔下的北疆风光,军人守土的神圣职责,文字练达,意境悠远,通篇浓郁如诗的质感都给人留下至深印象。我由此对高建群刮目相看。

但要说了解,还是在泾阳这段时间,记得我们曾讨论过

当代小说文库·DANGDAI XIAOSHUO WENKU

最后一个匈奴

高建群

高建群代表作《最后一个匈奴》

陕南陕北民众性格的差异。我说汉中形如盆地，气候温润、物种丰富、水旱从人，这也是我落入陕南社会底层还能写作的根本原因。汉中盆地的殷实富饶和偏僻封闭都是不争的事实。自从公元前刘邦在汉中成就帝业，这里便又成为不容小瞧的一隅，但它又始终游离于政治中心之外，从未成为京都省府。一方面汉中人有一种天生的优越感，鱼米之乡，衣食无愁；另一方面也自卑，毕竟是僻壤，知足且守旧。查阅历史，汉中从未爆发农民起义，青史留名的英雄豪杰也不多，张骞、李固都是在体制内谋取的高官。但汉中的粮钱赋税又实实在在为汉唐王朝的繁盛做出过贡献。汉中百姓久当顺民、自给自足，安份守己，自然也保守排外、勤劳厚道、俭朴内秀，又为汉水滋润，细究起来，汉中地处南北过渡、川陕交界，早年汉江航运又沟通荆襄，汉调桄桄因而风靡，秦蜀交融，楚调羌影，多种风俗流汇，商贸自古繁荣，必然影响到人的思维，遇事包容迂回，善于化解矛盾，凡事尊重现实，注重生活质量，爱动脑子等特点一同互为矛盾地成了汉中人性格的多个侧面。与山水互为默契的民风民俗、风情风物，更是别具魅力。对文学的影响也显而易见，无论小说、散文、戏剧、诗歌都有别于北方文学的雄浑、粗犷、热烈、昂扬，而呈现婉约、细腻、精致，却又显细碎的格局。即使是写中长篇，编大戏剧也缺少气吞八荒、大起大落、标新立异的气象，而更多则是小桥流水、曲径通幽、隔山听歌的格局。

高建群对我的观点深以为然，也滔滔不绝地对我讲述陕北民风物候、民众性格。他说：陕北地处塞外，山梁纵横，河谷深切，苦寒苍凉，多的是大漠孤烟，少的是温柔富贵；自古又为边塞，从先秦就与匈奴、突厥、党项、回纥、鲜卑、瓦剌、蒙古等多种马背上的民族反复较量，战和拉锯，要么和亲纳贡，商贸互市；要么征伐劫掠，狼烟四起；北宋好水川一战兵败西夏，一次损兵折将10万多人，"可怜无定河边骨，犹是春闺梦里人。"陕北人看惯了大漠白骨，造就了铁石心肠，多英雄气概，少优柔寡断，出

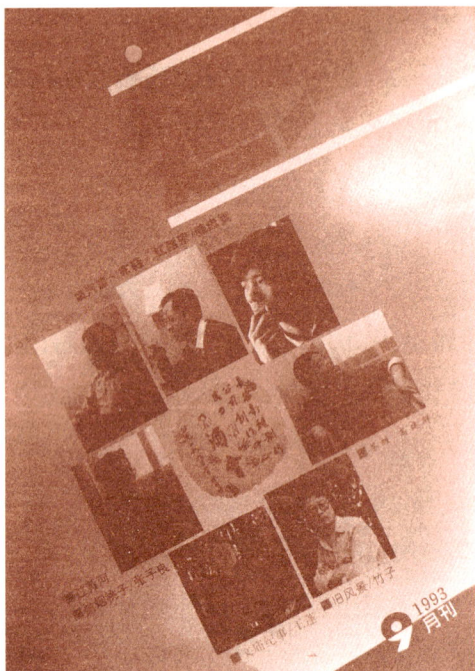

1993 年 9 期《延河》发表长安影视公司作家作品专号

李自成绝非偶然，大顺王朝、大顺天子，于是世世代代便做起英雄梦想，仿佛不创造传说便白活了一世。历史进入到二十世纪，偏偏陕北又成就了刘志丹、谢子长。党中央在延安十三年，缔造出新中国，陕北一个县出一二十个省长、将军是寻常事情。

于是陕北人更以为自己天生就是要打天下、要干大事。天真固执，自命不凡，目空一切，不识字的老农也要看《参考消息》，关心的不是谷丰麦歉，自己土豆能卖多少钱，倒常是那些与自己八竿子都打不着的世界大事。路遥曾说他有次回家，一个挖了一天地的老汉，见他回来，顾不上吃饭，翻了两道山梁，就为问他一句话："是不是一个叫里根的人要当美国总统？"

其实，我也听路遥讲过此事，陕北人的英雄情结与悲剧命运便都在其中了。高建群贡献过另外一个"经典"：一个获得联合国生态项奖励的陕北治沙英雄庄重地对他说："尽管全国十几亿人都因为他而骄傲，但他自己不能骄傲。"

真正"一方水土养一方人。"陕北这片英雄的土地必然会产生斯巴达克与唐·吉诃德奇妙结合的人物，水土使然、天性使然，他们是生活在这

片高原上最后的骑士，也可以说是最后的匈奴。高建群就生活在他们中间，观察、了解、熟悉他们，末了为他们打动、为他们呕心沥血，写出一部又一部关于陕北高原，关于陕北汉子的人生故事。

我以为这就足以诠释清楚高建群和他的创作。

也是这年，陕西作协第四次代表大会召开，陈忠实当选为陕西省作家协会主席，王愚、王蓬、刘成章、李凤杰、赵熙、莫伸、贾平凹、高建群、晓雷、杨维昕等 10 人当选为副主席。我和高建群都侧身其列。

三

转眼工夫，距泾阳策划剧本已过去 20 多年，当时许多情景，包括建群谈话时，仰望星空的神情却还历历在目，恍如昨日。2006 年，我的八卷文集出版，高建群著文祝贺，不长，恭录如下：

"王蓬是新时期文坛一位重要作家，有"汉中王"之美誉。他出道很早，记得新时期文学开始时，他以《油菜花开的夜晚》为读者所瞩目，该小说好像还获得个短篇奖。记得那一时期我还读过他发表在《延河》上的《银秀嫂》。

《延河》的主编那时候是王丕祥老师。王老师在几次创作会上，都举王蓬为例，谈一个汉中张寨乡的文学青年，靠自学成才，成为一个著名作家的故事。

我当时在延安，王蓬在汉中，一个陕南，一个陕北，平日接触的机会不算太多，只是在西安或北京开会时，偶然地遇一遇。

较长一段相处，是在泾阳的张家山。这是 1993 年 9 月的事。当时陕西的几个作家、几个剧作家，记得作家是陈忠实、贾平凹、杨争光、王蓬与我，剧作家有张子良、芦苇、竹子几位。要

弄个电视剧出来，于是在那里写作。用平凹先生的话，这叫"八人八脚，螃蟹横出"。

这一段相处，我们两人最为要好。这原因一是我们分别来自陕南陕北，是基层来的；二是我们都是写小说的。那次，王蓬的真诚、达观、聪慧给我留下很深的印象。

我后来回到西安。记得这之前，在一次开会相遇时，我和王蓬还交换过意见。王蓬祖籍是西安，是随父母下放到汉中的，但他说不回西安了，作家要有个长久的基地，国外有些大作家一生不离开家乡。他倒不是为大作家，是他在汉中习惯了。

有一句话叫"蓄久成势"。这以后的十几年中，王蓬不断有创作成果出来。除了写小说，他还将目光关注到厚重的历史沉淀上，例如对栈道的踏勘等等。他像个小孩子在玩积木一样，在那里一砖一石地建立着自己的艺术帝国。

这样便有厚重的八卷本《王蓬文集》出版。

先是出了四卷，接着又出四卷。两次出来，他都利用西安开会的机会，带给我。我对王蓬说，有一句老话叫"著作等身"，那是指秦汉时代写在木椟竹简上的文章，司马迁 50 万字的《史记》就拉了一牛车。面对老兄这厚重的八卷本，我想起这句话。他是当之无愧的。

（见《秦岭南边的世界》253 页，西安出版社 2015 年 9 月）

这些年，高建群每有新著，我也大都能收到，其列在书架上除《最后一个匈奴》外，还有长篇小说《六六镇》《古道天机》《愁容骑士》《白房》5 部；散文集《新千字散文》《东方金蔷薇》《匈奴和匈奴以外》《我在北方收割思想》《穿越绝地》《惊鸿一瞥》《西地平线》《胡马北风大漠传》等 8

2004 年陕西省第四次文代会。
左起 赵季平、高建群、王蓬

2010 年 12 月第二届柳青文学奖颁奖仪式。获奖作家右起：和谷、高建群、秦天行、王蓬、刘亚丽、杜爱民

中年高建群

部。另外还有《最后的民间》（文汇出版社，出版日期：2007 年）；《最后的远行》（华龄出版社，出版日期：2007 年）；《大平原》（北京十月文艺出版社，出版日期2009 年）等。

2009 年 11 月，高建群长篇小说《大平原》作品研讨会在京举行，该新作被视为继他的《最后一个匈奴》之后的又一巅峰力作，亦被认为是一部重要著作。批评家认为，高建群的创作，具有古典精神和史诗风格，是中国文坛罕见的一位具有崇高感和理想主义色彩的写作者。这部长篇小说是高建群为自己的家族而写的，作为一个家族史的真实记录，那些老故事早已在他心里埋藏了很多年，"它们已经成熟得快要从树上掉下来了"。花了三年时间，他"用一个长篇所拥有的恢弘、庄严的翅膀和利爪，完成这一次飞翔"。

《大平原》讲述陕西渭河平原上一个普通农民之家三代人历经种种苦难和不幸，在顽强求生存的同时努力捍卫尊严的感人故事。该书犹如一部关中平原的《百年孤独》式的家族史。

中国作协副主席高洪波在看完《大平原》之后很感动，因为他没想到

高建群在"潜伏"多年之后突然拿出如此有分量的作品。"《大平原》把家族史兜个底掉，看后让我很心动，也很心痛，唤起我对故乡，对农村的情感，唤起我强烈的根的意识。"

评论家胡平认为，这其中有内在的惊心动魄，写家族的尊严、生存的繁衍史，实际上是写我们民族强韧的生命力。这部长篇淋漓尽致地发挥了书写"命运"的优势，不是写一个人的命运，而是写了三代人的命运，厚重感非常强。他同时提到："韩寒、郭敬明的作品为什么不能评茅盾文学奖？我想主要是缺乏厚重感。厚重感这个东西与历史、社会是有关系的，80后创作的弱点之一就是，他们只写当下，只写个人，对历史和整个社会的概况认识较少，所以我们总觉得拿来评茅盾奖轻了点。"

为了写这部新作，高建群一度采用"活埋疗法"，躲在家里写作，每天烧三炷香。后来他挪到公园里去写，每天提个小包，像农民上工一样，到公园里找一个旅人坐的长条凳，然后铺开稿纸。"亲友团"在谈到高建群的朴实时说："他回到老家经常坐在麦草的垛子上，很闲适地躺在上面。"

这种高建群式的写作方式在我看来，也如同他的作品一样不可复制，充满浪漫情调与英雄色彩。

高建群小传

高建群（1954—）陕西临潼人。中共党员。1972年入伍，五年边防军经历。曾任延安地区文联代主席，黄陵县委副书记（挂职），西安高新区副主任（挂职），陕西省作协、省文联副主席，西北大学客座教授。1976年开始发表作品。1991年加入中国作家协会。文学创作一级。

著有长篇小说《最后一个匈奴》《六六镇》等五部，中篇小说《遥远的白房子》《大顺店》《伊犁马》等 19 部，散文集《胡马北风大漠传》《东方金蔷薇》《匈奴和匈奴以外》《新千字散文》等八部，诗集《高建群诗选》。作品分获老舍文学奖、郭沫若文学奖等，另获庄重文文学奖。

（见《中国作家大辞典》823 页，中国文联出版社 1999 年 12 月第一版）

2016 年 4 月 24 日汉水之畔无为居

李凤杰：儿童文学的重镇

　　算一算，我与凤杰结识已经超过 40 年了。

　　我们第一次见面是在 1975 年冬天《陕西文艺》召开的创作会议上。那时我还在乡间务农，因发表了几篇文学作品，也应邀参加。会议是在钟楼附近的省文化局招待所召开，主要是修改作品，晚上在大会议室听报告。记得有王汶石、陈忠实、李小巴等作家介绍了创作经验。

　　那次会议是在"林彪事件"发生以后，文革败象显露，有过一段被史家称为"小阳春"的时期。1973 年前后，报纸有了文艺版面，文艺杂志也开始出现，由于文艺界在"文革"中是重灾区，老作家不是辞世就是生病，青黄不接，面临培养新人的要务。方式是省上与各地都组织革命故事"调讲"。因而，后来成为"文学陕军"主力的作家陈忠实、路遥、贾平凹、李凤杰、邹志安、京夫等，都写过革命故事。记得贾平凹写过学习雷锋的

1990年4月，出席三峡笔会，李凤杰与叶君健先生在白帝城合影

《一双袜子》，陈忠实写过歌颂合作医疗的《配合问题》，而李凤杰创作的儿童故事《铁道小卫士》在全省获奖，还刊登在当时唯一的刊物《群众艺术》上。《陕西日报》发了评论，影响很大。

当时，我谁都不认识，只知道谁写过啥作品。也是刊物少，谁发表作品都盯着，开会正好对号。晚上听报告时，韩起指给我来自岐山的李凤杰。凤杰给我的印象是清瘦质朴，像个民办教师。

真正与李凤杰相熟是1981年，他受聘到《延河》编辑部做业余编辑，看到了我发表在《陕西青年作家》专号上的短篇小说《银秀嫂》，给我写了一封长长的信，说了作品许多好话，给予肯定与赞扬，关键是其中透出对我处境的关切——其时我仍在农村，是当时涌现出的文学新人中，唯一还在乡村的务农者。李凤杰是个热心肠，他给我提出了改变环境的途径和办法，但首先是要自己努力。他便是努力创作，有了影响，才由民办教师转正后调县文化馆的。他的道路，给了正苦苦奋斗的我以切实的启发与鼓励。一次开完创作会，我和凤杰从省作协一直逛到骡马市、钟楼。来自秦岭南北的两个乡下人，谈不完对文学的虔诚，说不尽创作的甘苦，感到特别的亲切与投机。

　　1983 年冬天，中国作协创办的"文学讲习所"，首次采取考试办法招收学员。西北五省的报名者在兰州设立的考场参考。这是个改变命运的大好机会——我当时虽已进了汉中群众艺术馆，但妻子女儿却还在农村。毕竟我仅初中毕业，就回乡务农长达 18 年。这 18 年正处于我 16 至 34 岁这个人生最好的年华岁月。对我来说，真正想在文学创作上登堂入室，也必须补课。我曾参加 1977 年高考，因父亲的冤案而被刷下，所以这次进"文讲所"，势在必争。

　　去兰州应考，需到宝鸡转车，我请凤杰帮着购票。1983 年 10 月，凤杰才和忠实、京夫一起被省上直接下指标破例"农转非"，刚刚从岐山文化馆调到宝鸡市文创室，一切还未安排，全家挤住在办公室内。但他十分热心，周到安排，还特地请我去"家"吃饭。一家人忙得不亦乐乎，做了家乡的岐山面招待我。记得是胡萝卜豆腐菠菜臊子，妻子擀手工面条，有红有绿，有荤有素，对于一个在秦岭南麓吃惯大米的人来说，岐山臊子面的"酸辣香""薄筋光"，真是别有风味……那晚，凤杰送我去车站，短暂相逢，已难舍难分，两手紧握，他鼓励又鼓劲……登上西行列车，凤杰在窗下招手的情景，永远定格于我的脑海。

　　随着与凤杰交往日深，也了解到他的家世，他年长我 7 岁。1941 年生于陕西省岐山县一个贫苦农家。父亲年轻时受尽艰辛，民国十八年关中大旱，逃荒到汉中，因而比一般农民眼界开阔，困难年月也坚定不移地供李凤杰上学读书。1961 年凤杰高中毕业，任民办教师；1972 年因写革命故事调岐山县文化馆。其实，凤杰"文革"前就开始在报刊发表作品，"文革"中还因此遭受残酷迫害。几个"积极分子"竟卡着凤杰的脖子发泄妒火："叫你想当作家！"这其实是整个神州大地的悲剧，北大清华何尝不是如此？

　　省作协召开创作会议，常常把我俩安排住在一起。我们互不设防，无

1996 年全国第五次作代会。陈忠实与李凤杰合影 （王蓬　摄）

1993 年 6 月陕西省作协第四次代表大会。李凤杰与老作家王汶石合影

话不谈，从人生到艺术，畅谈至深夜，总是创作上互相鼓励，生计上互相关心，每遇烦心事也相互倾诉着、宽慰着，就像秦岭并不会把我们隔开一样，创作的文学门类、题材不同、风格各异，但我们的理想信念、文化底蕴、人生追求、价值取向，相当一致。我们的心灵、情趣是相通的，也像汉江、渭水总归汇入大海一样，我们从结识之日，成了文学知音、人生挚友。也是一样的坎坷命运，把我们的情感紧紧地联在一起，共同的文学朝圣之路，让我们肩并肩、手挽手走在了一起，对于文学追求观念理想的趋同，让我们变成了亲友、文友、战友！

　　凤杰的儿童文学作品，接二连三地出版、获奖。早在 1985 年 3 月，他就和路遥、平凹三人，作为陕西省"党的十一届三中全会以来，在文艺创作中取得优异成绩"的青年作家，受到陕西省人民政府的表彰与嘉奖。但作为儿童文学创作以及作者，往往很难受到应有的关注与评介。在一些人眼里，儿童文学和儿童一样矮小。其实每种文学体裁，都有自己独特的创作特点与难度。著名的儿童文学作家金波先生就把儿童文学称作"大文学"！凤杰的儿童文学作品，每每让我读得亲切、感动。阅读完《针眼里逃出的生命》，我曾激动地给他打电话说出心里话："这是真正的艺术！我也要像你，写自己在文庙里度过的童年生活！"（不过后来忙于其他创作，只写出了小说《文庙纪事》罢了！）

　　我们只要出版新作，总是第一批样书到手就相互赠寄。他对我的作品，不仅仅是收藏，而是作为第一读者，认真阅读。最难忘的是他阅读《山祭》《水葬》《从长安到罗马》，忍不住一次次深夜打来电话，交谈他的感受与感动。夜深人静，情感交融，知心知音，真挚真诚。记得 1988 年初，我把《山祭》寄给他不久的一天夜里，突然接到一个陌生女性的电话，说她是宝鸡市人，从李凤杰手中借阅了我的《山祭》，读得夜不能寐，唏嘘难抑，这夜一读完全文，就忍不住问了我的电话，诉说自己心灵受到的震撼，

泣不成声……

记得凤杰收到我的《水葬》，就像当年看了我的《银秀嫂》一样，又写来一封长信，说："《山祭》和《水葬》这两部作品，延伸、张扬着从《银秀嫂》就有的人性、人道、人情的创作意识，是历史画卷、风俗画卷、人物画卷，是可以传之后世的大作"。还写道："一个秦岭北边的女子，被一个秦岭南边的作家的作品如此感动，作品穿透了历史、地域、风俗、语言的阻隔，这才是真正的艺术魅力之所在。我也是一拿起就放不下，被冬花的命运深深感动，也才理解了这部作品引起普通读者如此共鸣的原因。《水葬》我是一口气读完的，翠翠的命运，一样让我激动不已。"……

在这两部作品出版十年后，他听说我写了关于这两部小说的补充文稿：《〈水葬〉之外的内容》和《〈山祭〉之外的话题》，就要求我寄给他，在其主编的《秦岭文学》首发，以享宝鸡读者。在纪念陕西作协成立60周年的纪念文章《永远的家》中，凤杰写道："同时代的文友们签名赠送的《平凡的世界》《白鹿原》《山地笔记》《王蓬文集》《李星文集》等，和前辈的巨著一起被我珍藏，将传之后世……

对于一个作家，要靠作品立身。李凤杰从1963年发表处女作至今，50多年间，发表作品400余万字，出版儿童文学著作33种；他的少儿中长篇小说《针眼里逃出的生命》《水祥和他的三只耳朵》，以及长篇纪实文学《还你一片蓝天》等，是陕西乃至全国新时期难得的佳作，受到著名作家评论家冰心、王汶石、翟泰丰、陈忠实、雷达、李星等大家的高度赞誉。就像他总牵挂我的创作一样，我也总是盯着凤杰作品及其社会反响，并为他的成就而喜庆、祝贺。

中宣部原副部长、中国作协原党组书记、常务副主席翟泰丰1997年在《〈还你一片蓝天〉序》中写道："李凤杰的儿童文学作品，从《针眼里逃出的生命》到《水祥和他的三只耳朵》，到《还你一片蓝天》，从描写对

❶ 1982 年参加华北西北青年作家
会议期间，李凤杰、葛洛、王蓬
在延安鲁艺遗址

❷ 1982 年华北西北青年作家在延
安。左起：南云瑞、陈浩增、王
文沪、成一、李凤杰、张石山、
王蓬、铁凝

❸ 1982 年延安。左起：李凤杰、谢
真子、王蓬、凌力

象到主题意蕴，再到艺术风格，这不仅使他自己同其他一些儿童文学作家区别开来，表现出独特的题材领域和艺术个性，也为改变有些同志所说的儿童文学领域，青春文学匮乏状况做出了贡献。作为中国作协儿童文学委员会委员的李凤杰同志，他献身儿童文学事业、矢志不移、锲而不舍的写作精神，使我十分感动。"

著名评论家王泉根先生在 2000 年出版的专著《现代中国儿童文学主潮》一书《当代儿童文学作家九人论·李凤杰》一章写道："近年来，出现了一个用文学本身难以解释的文学奇观：一群陕西作家崛起于寂寞的文坛，他们尽情书写西秦风情，以斐然的文学成就把强劲的西北风吹遍了全国……李凤杰便是陕西作家群中一直保持着旺盛创作生命力的杰出儿童文学作家。"

著名评论家李星先生在 2002 年《谈李凤杰儿童文学创作的现实主义品格》中写道："李凤杰是中国当代儿童文学领域内的一个独特的存在，他的个性鲜明、风格独特的作品，事实上正在撑持着二十世纪八九十年代以来中国儿童文学大厦中现实主义的一翼……中国当代儿童文学的原野上，如果没有李凤杰及其创作，一定会单调得多，空旷得多。"

著名文学评论家谭旭东，2004 年著有《当代儿童文学的重镇——李凤杰创作论》一书。该书从李凤杰儿童文学创作的小说、童话、散文、报告文学等方面，做了专论，称："李凤杰是我国当代儿童文学的一个重量级作家，也是西北儿童文学的一个重镇"。

凤杰作品先后五次获国家级文学、图书大奖，被全国 30 家出版社收入《新中国儿童文学名作大观》《中华儿童文学精选》《儿童文学典藏书库》等 90 种 "经典" "精品" "名作" 等文集出版。2007 年，李凤杰的中篇小说《针眼里逃出的生命》和长篇小说《水祥和他的三只耳朵》，被中国作协高端评审委员会选入《中国儿童文学百年百部经典书系》出版发行。我

2000 年 4 月参加《山河岁月》研讨会与会人员在王蓬农村小院合影

左起 杨立英、邢小利、马克义、蒿柔刚、杨乐生、徐子心、李凤杰、记者、刘发成、冯忠诚、李康美、方英文、韩梅村、夏晓兰、王蓬母亲、王蓬、李国平、赵宇共、记者、李秀娥、晓雷

2000 年 4 月在汉中张骞像下。

左起 张尚中、邢小利、李康美、晓雷、李凤杰、韩梅村、李国平、徐子心、赵宇共、记者、李秀娥
（王蓬 摄）

1996 年 12 月，出席第五次全国作代会。左起：陈忠实、侯秀芬、贾平凹、叶广芩、李凤杰在人民大会堂前合影。（王蓬　摄）

李凤杰与莫伸在 1996 年第五次全国作代会（王蓬　摄）

以为，这是陕西文学创造的新辉煌。

1993 年 6 月，李凤杰和我同时当选陕西省作家协会副主席，也几乎同时被国务院批准享受政府特殊津贴。凤杰还长期担任中国作协儿童文学委员会委员和陕西作协儿童文学委员会主任等职务。他是名副其实的"儿童文学的重镇"！

1995 年夏天，省作协在丈八沟宾馆召开长篇小说讨论会。报到的当晚，负责会务的京夫到我俩的房间来征询是否大会发言？凤杰的长篇小说《水祥和他的三只耳朵》刚刚获得"全国首届奋发文明进步图书奖"，他却说不发言——其实，每次开会他总是说：咱是来学习的，长个耳朵就行了。

那一夜，我们就长篇小说创作问题交谈至深夜。我准备的发言题目是《作家的修养与清醒》。凤杰认为，当前文学创作中流行的媚俗倾向和浮躁心态，是繁荣长篇小说创作的大敌，我们的认知角度虽不相同，但心心相印，眼之中的，殊途同归。我劝他改改不发言的老习惯。他却说："咱是搞儿童文学的，开会的就我一个，要有自知之明！"

然而没想到，第二天开大会，会议主持者却突然宣布："第一个，请李凤杰同志发言！"这种突然袭击，也许没有恶意，却弄得凤杰十分尴尬。但他稍稍沉默，没有提纲、讲稿可读，却随口说出了在今天看来也刺耳的言辞："作家们是不能在长期的自我陶醉和赞扬声中寻找满足的。如果竞技场上的运动员老关注着看台上的欢呼和喧闹，他必然会因为心理不够成熟而败下阵来。作家只有在对自己作品的清醒反省和对艺术无止境的追求中形成苦闷和困惑，才有可能获取新的创造和突破……文学创作无论是向权贵们谄笑，还是向孔方兄膜拜，都会使它失去神圣的光彩。"说着说着，他还对文学评论中的一些现象进行了抨击："文学评论如果也以一种媚俗心态，去向垃圾觅美，不仅对作家是一种误导，而且对文学是一种羞辱，对读者是一种欺骗。"连主持会议的人，也不会想到，他的临场发言，一

李凤杰（右一）参加全国少儿文委第一次会议与其他作家合影 （王蓬 摄）

开口就赢得了热烈掌声。发言一结束，田长山同志就激动地说："凤杰，把你的发言赶快整理出来，我在报纸上立即发表！"第二天的《陕西日报》"秦岭"副刊，以《走出媚俗，力戒浮躁》为题，刊发了凤杰的发言。他的发言，让我也受到激励，把《作家的修养与清醒》做了充分阐述，（也被《陕西日报》刊发）。第二天，我以对一个儿童文学作家十分钦佩的心情，偷拍了他一改皱着眉头而是微笑着的照片，回到汉中，放大并题写了《孩子们的大朋友——儿童文学作家李凤杰》的文字寄送，请他挂在书房，天天自赏，给孩子们写出更多好作品！

1991 年 12 月，凤杰的父亲突然病逝。后来，他在悲痛中写了悼念文章寄给我。我含泪读完此文。对于一个民国十八年关中大旱时，年仅 15

岁的幼童，越秦岭，下汉中，活下命来。七十有八寿终，应在汉中给予哀悼，就用一个庄重的名字：《父亲——一部黄土地的历史》，在《衮雪》1994年1期《人物春秋》专栏头条发表。还为其精心制作了通栏大幅题图，左上方是凤杰父亲的遗像，下为起伏连绵的黄土高原。我还赠送50本刊物，让他在父亲逝世三周年忌日，发送给亲友、邻里，作为一个儿子对历尽人间苦难的父亲最有意义的纪念！

十年后，2001年12期《延河》刊发了我悼念父亲的文章《祭父》。凤杰读到后，深夜打来电话，含泪诉说：咱俩一样啊，童年同样历经了人生的万般艰辛与坎坷，同样被苦难折磨也被苦难激发，同样有一个深沉而坚韧不屈的父亲的爱抚与教养……在你笔下，父亲多么伟大而让我们永远怀念与敬佩……两位老人如在九泉之下相遇，也一定会为两个儿子的友情感到欣慰，一定会像我俩一样，相互往来而不感到另外一个世界的寂寞……

转眼工夫，我们也都步入老境，当浓缩的往事不时泛上心头，忍不住在电话上神聊一通，都会觉得幸哉快哉。

古人曾云"人生得一知己足矣"，凤杰便是。

李凤杰小传

李凤杰（1941—）陕西岐山人。原名裕田，笔名艾歌。中共党员。中学毕业后，历任民办教师、创作干部、宝鸡市文创室副主任、市文联副主席、市作协主席、陕西省作协副主席，中国作协儿童文学委员会委员。享受政府特殊津贴。1964年开始发表作品。1982年加入中国作家协会。文学创作一级。著有《李凤杰文集》等作品30部。中篇小

说《铁道小卫士》获第二届全国少儿文艺创作奖；中篇小说《针眼里逃出的生命》获 1980—1981 年全国优秀少儿读物一等奖；长篇小说《水祥和他的三只耳朵》获首届全国奋发文明进步图书奖；长篇报告文学《还你一片蓝天——中国失足少年教育纪实》获第四届全国优秀儿童文学奖、第四届全国优秀少儿图书奖。作品 17 次获省级以上文学刊物奖。

（见《中国作家大辞典》422 页，中国文联出版社 1999 年 12 月第一版）

原载《宝鸡日报》2015 年 4 月 29 日

2016 年 5 月修订

赵　熙：智者　乐者

　　赵熙是陕西蒲城人，与杨虎城将军是乡党，来到世上，就注定要干大事。他 1940 年出生，比我年长 8 岁，我小学还没毕业，他已从陕西师范大学生物系毕业，留任系办公室教学秘书。据他后来给我说，1966 年还抽调到汉中搞社教，就住在古汉台隔壁的汉中县委。

　　那时，我 1964 年初中毕业政审落选回乡务农已经两年，收麦、插秧、抬田、修地……各种农活都已拿得起，放得下，个头也猛窜了一截，算是大小伙子了，对乡村艰苦生活已完全适应并不畏怯。关键是运动不断，精神倍受压抑。

　　1966 年汉中社教，我所在的张寨村是省、地、县三级重点，真正是暴风骤雨。每个生产队都驻有三名以上的工作队员，天天晚上大会剥皮，小会攻心，批斗"四不清"干部。抄家、破"四旧"，家家屋脊瓦兽、门楣

楹联都被挖掉，村边一座古塔，一座桥楼也被拆毁，整个村子都整得鸡飞狗跳。

在汉中搞过社教的赵熙居然还能记得张寨村社教发生的一起"反革命"事件。起因是一位老中医被揭发有贪污，钱财不清；给地主富农治病，阶级阵线不清；认识模糊、思想不清等等。老人一辈子受人敬重，脸上挂不住，当晚上了吊。儿女和家族不愿意，去质问揭发的积极分子，结果被定性为向伟大的社教运动猖狂反扑的"反革命"事件。为教育广大城乡群众，推动社教运动深入发展，社教总团动员十里八村的男女云集张寨，召开声势浩大的公判公捕大会，当场逮捕多人。以至多少年后，人们对这个"反革命"事件仍记忆犹新。我能记得是因为就发生在村里，还与老中医儿子是同学。赵熙还能记得是因为在社教总团协助整理材料。多少年后我们从不同角度，共同回顾此事，引发多少对历史、对国家、对农村所走过曲折道路的感叹。

与赵熙真正接触是 1981 年，我还在农村，因被元月号《延河》列入陕西青年作家队伍，受到时任《陕西青年》杂志副总编辑赵熙关注，他寄来团省委介绍信，委托我采访并写汉中两个先进典型。一是勉县小碥河小学七名女教师在洪水中保护 100 多名小学生；二是南郑县石拱桥全国新长征突击手田长安。采访顺利，稿子写成，我和赵熙也成了朋友。

当然，赵熙还给我当过领导。

1993 年 6 月 8 日至 10 日，陕西作协第四次代表大会召开，陈忠实当选为陕西省作家协会主席，赵熙、王愚、晓雷、杨维昕等 10 人当选为副主席。赵熙还任陕西省作协党组副书记、主持作协日常工作。那是省作协最富生机的一段时间，连续在陕北举办陕西青年作家研讨会；陕南"汉水之源"散文笔会等活动。赵熙没有任何官架子，从不打官腔。在我心中他就是个好兄长，好作家。事实上，赵熙 1964 年就开始发表作品；而我那

1996 年全国第五次作代全。

左起 权海帆、汪炎、京夫、赵熙、王蓬、李凤杰

莫伸、赵熙、《当代陕西》社长张金菊、子页在一起聊天

时才开始漫长的 18 年的务农生涯。赵熙最早给我留下深刻印象的是短篇小说《长城魂》，塞外大漠的空旷苍凉，性格鲜明的人物形象，小说情节的跌宕起伏，语言把控的准确到位，让人读完久久沉浸其中。《长城魂》先是被《小说选刊》转载，后又获 1983 年天津新港小说奖。我一直为《长城魂》抱屈，比起当年获全国短篇小说奖的任何一篇，《长城魂》都有过之而无不及。

记得我 1992 年探访蜀道，赵熙正在太白县兼县委副书记职务。那会他的长篇小说《女儿河》已经出版，小说以浓郁的地域特色，厚重的思想内涵，丰满结实的人物，起伏跌宕的情节引起文学界和读者的关注，由中央人民广播电台连播，又在北京举办研讨会，几家电视台争着要把《女儿河》拍电视剧。我见赵熙时，他宿办合一的办公桌上，正放着要改编的提纲，虽然后因故没有拍成，但《女儿河》至今影响不衰。赵熙还是中国作协第五届全委会委员，陕西省第七、八届政协委员。荣幸的是我也当过陕西省第八届政协委员，与赵熙同在文艺组，每年都有一个多星期闲聊时间，十分开心。有趣的是我与赵熙也差不多同时被评为享受政府特殊津贴和陕西省有突出贡献专家。他 1984 年加入中国作家协会，我也是那一年加入，编号 01013，全国会员刚过千人，现在上万人了。赵熙还是全省最早的文学创作一级。仅是他创作的长篇小说便有《爱与梦》《绿血》《狼坝》《大戏楼》《北方战争》；散文集有《赵熙散文》《秋夜的眼》，中短篇小说集有《白葡萄的传说》《长城魂》《十八的月亮》等。短篇小说《大漠风》、小说《桃子熟了》获陕西省农村题材奖；《女儿河》获 1993 年陕西省双五文学奖等。

在太白县挂职那会，赵熙已着手并加紧创作长篇小说《狼坝》。我们正好有共同语言，因我的长篇小说《山祭》《水葬》也是以广阔雄浑的秦岭为背景，也涉及猎手、土匪、兵痞、古道和山地习俗，与赵熙的长篇小说

赵熙、莫伸、冷梦在农村

赵熙、子页、莫伸在宝鸡乡村

1997年9月在榆林迷路，赵熙、陈忠实、王蓬晚10点在路边啃干麻花

1998年赵熙和王蓬同届担任省政协八届委员

《狼坝》同属表现大秦岭的题材，有许多共同话题。那个夏日，我随古道摄制影视专题片的编导人员来到赵熙住的县委小院。赵熙提供了许多方便，前后有一星期左右，下午便和赵熙散步，夏天太白凉爽，两人有说不完的话。

赵熙久居西安，又曾在团省委、省文联、省作协工作，对陕西曾发生的许多重大事件，重要人物都熟悉了解，又能以作家的职业眼光概括提炼，讲起来起落跌宕，曲折有趣，娓娓动听，他是个讲故事的高手。赵熙这个特点，很多同行都知道。记得1997年，省作协在延安开青年作家作品研讨会，会后去榆林参观。陈忠实、赵熙和我同乘作协小车，赵熙讲了一路他在团省委工作时，曾亲历的团省委书记韩志刚的故事。

韩志刚与董加耕、邢燕子都是全国树立的上山下乡典型，都上过多家大报和电影，陈忠实1962年回乡，我1964年回乡，与这几位"典型"同一时代，其先进事迹都知道，可谓家喻户晓。但并不清楚具体真实状况，所以对这个话题极感兴趣。而赵熙又恰讲的是韩志刚任团省委书记后，一腔热血想把工作干好，但太单纯，不谙官场规则，出于好心却无意间得罪

领导，于是一场一波三折、荒诞可笑的故事一个接一个发生。其间明修栈道、暗度陈仓，援魏救赵，空城妙计，不停地有人献计出策，却事与愿违，导致更加出人意料、绝妙生动的荒唐喜剧连续上演。听得我们出神发楞，连声叫好，建议他写出来，忠实还说书名就叫《韩志刚演义》肯定有市场，肯定也能获大奖。赵熙却说只能当谝闲传。历史上讲求为贤者讳，为尊者忌，也有让去者安息，生者无忌的意思。所以司马迁留下信史，才是圣人。想想也是。

让我感到钦佩的赵熙正是从官场、职场、机关乃至社会各界各种复杂的形态中吸取丰富了人生经验，胸有沟壑，进退从容，看淡名利，活明白了，修炼成了智者；少找烦恼，多寻快乐，也就成了乐者。

那天也真是邪门，赵熙故事太精彩，连作协司机都听入了迷，走岔了道，当时手机都还没普及，与大家失去联系，榆林又辽阔，一错百十公里，直到一个镇上才找到电话联系，已经晚上 10 点还没吃下午饭。在小镇上买到几个麻花，陈忠实、赵熙和我三人坐在路边啃干麻花充饥，不知怎么还留下张照片，也留下永久的记忆。

跨进新世纪，从 2000 年始，赵熙又历时十余年，完成百万字的长篇小说《北方战争》（上下两部）。其时，我也正写报告文学《从长安到罗马——汉唐丝绸之路全程探寻纪实》。2008 年 12 月，我与赵熙一块去省委宣传部签重点作品项目支持合同；于 2011 年初，又同时参加重点作品出版首发式，互赠作品。带着赵熙签名相赠的《北方战争》，返家后，连续几天，一气读完。作品以八百里秦川、关中大地二十世纪为背景，展示了上百年间发生在这片土地的重大战争、重要事件和重要人物。辛亥革命、民国 29 年陕甘大旱、二虎守长安、渭华暴动、西安事变、抗日战争、坚守中条山、八百勇士跳黄河等无一不浓墨重彩，全景展现，结构宏大，风云际会，这部史籍方志般的长篇历史小说，填补了陕西现代史艺术化的一段

赵熙与陈爱美

空白,也填补了长篇小说创作在表现陕西现代史一块无法轻易填补的空白。读完,我长出口气,从心底由衷祝贺赵熙:大事干成了。

赵熙不仅在文学创作上著作等身,独树一帜;需要评说的还有他的书法作品。我收过他馈赠的条幅,觉着有功夫,也有根底。后来看别人写评论他书法的文章,才知道他自幼受严格家教,习练欧、柳、赵、王等行楷书法,数十年来习练不辍,传统功力深厚,逐步形成大气雄浑,风骨苍古,清幽而又极富生命张力的书法品格,成为陕西"文人书法"的代表书家之一。其书法作品流传于美国、日本、印度、韩国及东南亚和以色列等国家,并被多家博物馆收藏。为太白山、白云山、香积寺、法门寺、华山、留侯祠、伊尹故里等名胜景点题词并勒石。曾参展"中国当代作家书画展"并获奖。

赵熙退休后,几次来汉中,我们都要见面,吃饭聊天,回首往事,不亦乐乎。赵熙还给我讲了这么件事。他退休后,一天带着孙子在街道边坐在台阶上玩,老远见到个熟人过来,是他过去在《陕西青年》杂志任副总

编辑时培养拉扯过的一个作者,他正准备起身招呼,不想那个作者疑惑地看了看他便走过去了。人都有自尊,他想人家不想招呼也就算了。不想,那个作者走了几步又返回来,用西安土话问他:

"你得是赵熙?"

赵熙连忙站起来说:"是、是、我是赵熙。"

"哎呀,你咋成这样,我都认不出来咧。"

赵熙写字

智者乐者:赵熙

过后,赵熙自己反思,你省作协副书记不当了,副主席也不当了,头也秃了,牙也掉了,穿戴又随便,土得掉渣,与街道上普通老汉有啥区别,人家凭啥招呼你?

事一想开,反而没气可生,心情舒畅,再无顾忌,无论去哪,昂首挺

胸，谁爱招呼不招呼。这就是赵熙，著作等身，官至厅局；偏又看透世事，洞察人情，随遇而安。

啥叫智者，啥叫乐者，啥叫高人，赵熙就是。

赵熙小传

赵熙（1940—）陕西蒲城人。中共党员。毕业于陕西师范大学。历任陕西师大生物系办公室教学秘书，省计委文教处干部，共青团陕西省委办公室副主任，《陕西青年》杂志副总编辑，陕西省文联党组成员，《东方》杂志主编，陕西作协党组副书记、副主席，太白县委副书记。专业作家。中国作协第五届全委会委员，陕西省第七、八届政协委员。享受政府特殊津贴。1964年开始发表作品。1984年加入中国作家协会。文学创作一级。著有长篇小说《爱与梦》《绿血》《女儿河》《狼坝》《大戏楼》，散文集《赵熙散文》《秋夜的眼》，中短篇小说《白葡萄的传说》《长城魂》《十八的月亮》等。短篇小说《大漠风》获1983年天津新港小说奖，小说《桃子熟了》获陕西省农村题材奖，《女儿河》获1993年陕西省双五文学奖等。陕西省有突出贡献专家。

（见《中国作家大辞典》715页，中国文联出版社1999年12月第一版）

2016年5月上旬于汉水之畔无为居

张　虹：红是她的底色

　　这个家族的血缘注定含有反叛、抗争、桀骜不驯的基因。英气长存的黄花岗 72 烈士之一便诞生于斯。此外，这个家族还产生过一个经历更为传奇、名位也愈加显赫的人物。

　　本世纪初，一位清末举人，在风起云涌的辛亥革命中，毅然剪掉辫子，脱去长衫，亲冒矢石，参加了激烈悲壮的武汉首义，完成了东渡日本寻求真理，成为中国共产党的创始人之一，出席了共产党"一大"代表会议，并以革命为毕生职业。

　　也许只能归结于缘分，这位革命家始终把一个八岁的外甥带在身边，用举人的渊博和革命者的意志，来训育后代。戎马倥偬，出生入死，长达 6 年。当这位少年羽翼渐丰，已颇具才情胆识时，白色恐怖降临，在一次猝然发生的遭遇战中，少年受伤，舅甥失散，再无音讯。

面对茫茫人世，少年毫不惧怕，倒有种"天阔任鸟飞"的感觉。他沿着那条蜿蜒千里滋秦润楚的汉水流浪，帮零工、做小贩，后来到城固地界，或受神明启迪或是感觉提醒再不肯前移。

这去处也委实动人。南北有秦巴庇护，其间有汉水滋润，沃野早得开发，橘林一片火红，白鹭翻飞，鲤鱼肥鲜，出甘蔗，长生姜，鸡鸣鸭啼，稻麦两熟，亘古便为温柔之乡，富贵去处。

汉源汉水，汉中汉人，刘邦因此成就帝业，汉武帝时的大外交家张骞便为城固人氏，至今墓冢犹在，松柏苍苍，炫耀武威，昭启后人。

唐代更有文学家孙樵，作有一篇兼有史料与文学价值的名篇《兴元新路记》。所谓新路便是讲在著名的汉唐褒斜道南端又开出一条通往城固文川的栈道。其实此道早在三国便被诸葛亮利用，并在山口筑有防御魏军的乐城，故城固至今有乐城之谓。

张虹在其工作生活之地安康

文川武乡，濂水让泉，礼义韬略并存，百姓知足常乐。此等地面，革甚鸟命！少年停居下来，凭智慧，靠勤劳，挣足家业，竟开出偌大一片酒坊。此刻，少年已到娶妻成家年纪。他与当地一位读过私塾，颇知礼义，却又生性贪玩，不会理家生财的银匠女儿结识。相亲那天，骑着匹披红挂彩的高头大马。那规格是相当于今日的"奔驰"或"宝马"的，至今仍让村中上年岁的人津津乐道。

可惜，婚后这酒坊老板不思进

取，贪恋起自耕自稼的农人生涯，索性舍弃酒坊，搬进老丈人家，养起头高头低的一群儿女，家道中落了。

幸喜中落，隔年便是暴风骤雨的土改，酒坊老板划为中农，团结对象，合作化时担任村里会计，双手拨拉算珠，真正"大珠小珠落玉盘"，村人皆若贤达名流一般尊重。

一封京都飞鸿却打破了村会计的平静。当年散失的舅父已以革命元老资格进驻北京，官高位显，写信至城固县府，打听外甥下落。这自然在当地引起轰动，不少亲友赶来恭贺他家将飞黄腾达，乔迁京城。

岂料，当年的革命少年，日后的酒坊老板，而今的大队会计年岁既步入中年，眼光亦渐趋成熟，对此惊天动地的喜讯竟如溪水般平静，含笑对众亲友曰："世为农人好。"竟不与功高位显的舅舅联系。

这又使他吃尽了苦头，"文革"风云当中，不知从何处刮起阴风：他注定是叛徒，要不为何不敢见舅父！

于是批斗、抄家，大队会计撤销，罚往深山伐木。其时他已年近六旬，每每颤颤巍巍爬上进山卡车，家人都为之担忧：他是否还能回来？

棍棒侮辱老人尚能忍受，最不能忍受的是儿女受到牵连，不能升学、招工、入团，一切好事均与之绝缘，人皆劝他去京寻找舅父，辨明冤屈，天晓得阶级斗争还要搞到什么年月，莫非子子孙孙受牵连不成！

老人注定经历了一生最痛苦的抉择。因为他最钟爱的二女儿正面临命运的挑战！六个子女中唯独这个女儿像他，性格像他。聪明好学，宁折不屈，关键有股生气。六岁读书，从没让大人操心，鸡啼便起，凡事争先。考入中学后，上学春夏秋冬都得涉水渡过村前的南沙河！冬日落雪，竟能脱掉鞋袜，跳进刺骨的河水，嘴脸冻得乌青，并不叫苦。那正是"学大寨"的非人年月，亘古富庶之地也早整得马瘦毛长，家家饥荒。全村孩子都因无钱无粮中途辍学，唯独这小女儿忍着饥肠，背些草帘、半工半读，坚持

2010 年 4 月 11 日，张虹参加中国作协组织的"走近红色岁月"采风活动，图为在志丹县参观学习。张虹（右一）、中国作协书记处书记杨承志（右二），中国作协副主席蒋子龙（左一）

2009 年，张虹随中国作家代表团出访印度，图为印度文学院院长克里什纳木提（中）、女诗人维妮塔（左）给张虹（右）赠书

至高中毕业。回乡劳动后，挖地挑粪，并不怯阵，博得村人一片叫好。那会时兴推荐工农兵上大学，小女儿竟榜上有名，岂料关键时刻，又翻腾陈年老账，眼看这一改变女儿终生命运的机遇又将失去！老人喟叹一声，抹下脸皮去寻找已散失半个世纪的舅父。其时，那位老革命家已卧病榻，弥留之际，见着外甥，总算澄清了不白之冤！

于是老人的二女儿得以顺利进入陕南学府汉中大学深造。这便是日后成为女作家的张虹。

所以叙述这么一个长长的关于上辈人的并非虚构的故事，是因为笔者曾经看见国外赛马的有关规定：必须经过验证，保证赛马的纯正血统。英国人则说过几百年方能培养出一个贵族。达尔文的进化论也特别强调了血缘基因的作用。

倘若我们不清楚张虹的这些独特却又真实的经历，面对这厚可盈尺的作品，绝难完全阐述明白它们所包容的生活及意义。

纵观张虹已出版的五部小说集，五部散文集，一部长篇报告文学，一部诗集和即将出版的长篇小说《出口》，大体可以窥视到她所营造的艺术殿堂的特点，并依稀察觉她的心路历程。

张虹的小说大致可以分为三类。

一类为写学校的作品，像《悠悠沙堰水》《金色的河滩》《别了，九连》《天马》《对微笑的裁决》等。

读这类作品，我们绝不会沉湎于学校生活的单纯和甜美。作者恰是在中国那段最不正常的岁月中读完了小学、中学乃至于大学。对于"极左"思潮浸入学校这"圣土"带来的危害有切肤之痛，洞察极深。师生中间那些扭曲的灵魂，虚伪的微笑，压抑着的感情，被损害的尊严……也许在别人眼中司空见惯，不以为然，却全被张虹那颗细腻敏感的心捕捉感受，并写成作品。

2011 年 5 月 11 日至 19 日，张虹参加中国作协赴南水北调中线工程采风活动。图为全体采风团员合影。前排左一为国务院南水北调办综合司政宣处处长杜丙照、左四为采风团团长张胜友、右四为中国作协书记处书记杨承志、右三为张虹

2011 年 7 月 11 日至 18 日，张虹参加陕西省作协赴俄罗斯访问团，与俄罗斯城市作家协会的作家们一起演唱《莫斯科郊外的晚上》，左三为张虹

这类作品大都发表于八十年代初期，《天马》刊登于国内最有影响的刊物之一《十月》并受到编辑称赞，读者的好评。最深刻的当推《对微笑的裁决》，这篇作品以冷峻的笔调鞭笞了生活中的虚伪，选材之新，揭露之深在当时同类作品中绝对夺粹。已故的著名作家路遥当时在《延河》编辑部，读了这篇小说，路遥以深刻的远见断言：张虹将是陕西最有出息的女作家！

可惜，这篇力作一问世便有人对号入座，引起一场几乎改变了作者命运的风波。否则，是完全有可能角逐当年短篇小说评奖的。

接着，张虹的笔触越过了校园的四堵高墙伸向了广袤的农村。《湍急的燕子河》《水葬》《思滩》《玄黄天地》《村外，那密密的槐树林》《上世纪的爱情》《魂断青羊岭》等等，便充分表现了作家这一有重大意义的变化。当我们阅读这些作品的时候，张虹由于身世命运带来的独特长处便显露出来，尽管我们诅咒命运的不公，但却又意外地带给了张虹一笔财富。她在农村完完全全如同最普通的村姑那样，度过了童年、少年，甚至青年时期，有将近20年的农村生活积累。这期间，农民经历的一切酸甜苦辣，农家所有的艰辛与不幸，她都全部经历，并且是处在一种被欺辱的弱小"民族"的地位来感受，况且，她又那么敏感、倔犟。屡屡受挫，那对自尊对心灵对女孩儿家的腼腆种种刺伤，自然刻骨铭心，终生难忘。这一切绝非"体验"可以获得，那将是融进血液、影响终生的东西。沉重的劳动，微薄的收入，春荒粮，救济款，远不足概括乡村生活的全部，关键是思想精神遭受的摧残挤压。千百年来农民的最大乐趣便在于自种自食、自在自由，喜怒哀乐溢于言表，并不看谁脸色。那些年月，一切都被整齐划一的人民公社取代，加之党政工妇、民兵排、专案组，动辄获人以罪，完全以原则性、阶级性取代了人的个性。尤其是略有思想、稍显个性的人注定是首先打击的对象。

个性鲜明、不肯妥协的张虹注定吃够了这类苦头。很自然地，她把笔

触伸向了这片角落，并准确地寻觅到表现的载体：乡村妇女及她们的爱情生活。

扭曲的政治，艰辛且无希望的生活绝对产生不了健康的爱情。仅仅为了生存，为了丈夫有个"吃公家饭"的名份，为了摆脱"出身不好"的家庭，多少妇女付出了沉重的代价。

在张虹构筑的这片艺术天地里，一个个有血有肉，有思想有情感的乡间少女带着她们的希望，她们的梦幻向我们走来，她们勤俭、善良，带着乡间的芬芳与奔放，对生活充满热情和向往。当我们正为结识这些美好的生命而愉悦，由衷地为她们祝福时，张虹的笔锋往往一转，轻易就摆脱了生活的虚幻，把我们引向严酷的真实。

年青的少妇厌倦了缺少爱情的生活，刚与工地技术员相恋，便船翻人亡，葬身水底。冷酷么？何尝不是生活的写真！青年寡妇素娥尽管真心爱着朴实憨厚的山福，却又被虚伪的荣誉愚弄，让青春白白流逝，让人读着替她扼腕叹息。一位哲人讲过，女人最大的希冀是被人爱。其实，无论男女老少，没有爱的生活注定悲惨冷酷。张虹在短篇小说《村外，那密密的槐树林》里向我们描述了一位徒有虚名、实缺爱意的少妇的心境，逼真细腻，入木三分，关键末尾，少妇舍弃地位显贵的丈夫与最被人瞧不起的单身汉在密林幽会的情节真如从心底迸发的呐喊，让我们也产生了一种反击的快慰与亢奋。

在张虹写乡村爱情的小说中，《思滩》是最为厚重且有生活内涵的一篇。作品已完全跳出爱情的圈子，生活的艰辛、沉重，不断显露生机又不断遭遇困厄，通过夫妻双方的心境含蓄表达出来，第三者乘人之危又掺杂某种善良意愿，当事者既面临困窘又顾及尊严。读罢，人生如同舟行江滩，坎坷不尽，让人感喟长叹。笔者以为，这篇作品含蓄不露，蕴藏深厚，几乎可与沈从文先生的名篇《丈夫》攀美。

2011 年 11 月 20 日，张虹（左）参加中国作协第八次作代会，报到时与中国作协副主席张抗抗（右）合影留念

2013 年 5 月 8 日，张虹在陕西省第六次作代会上再次当选为省作协副主席，图为部分代表在会场走廊合影。

左虹 张虹、冷梦、王海、贾平凹、阎安、鲁曦、夏坚德。

　　张虹不是那种画地为牢固守一隅的作家，随着自身眼界的开阔，阅历的丰富，她的作品也明显发生了变化，再无法用校园题材或农村题材抑或爱情题材业作界定。因为作品已明显地显示一种全景式的社会型的端倪，且受到广泛关注。她的几部入选《小说选刊》《小说月报》《中篇小说选刊》《21世纪年度中篇小说选》《中国年度最佳小说选》的作品，如《小芹的郎河》《欢乐门》《雷瓶儿》《等待下雪》《都市洪荒》《祝涛的事情》《纸天鹅》《草莓的节日》《夜的两点》等。

　　读这些作品，让人惊叹张虹思想的深刻与视野的拓展。《欢乐门》直指不文明的政治体制给个体生命所造成的痛不欲生之感；《等待下雪》《都市洪荒》《祝涛的事情》等则真实地再现了商业时代对知识分子精神的毁损；《纸天鹅》《草莓的节日》《雷瓶儿》等，深刻地鞭挞了人性的弱点，

张虹与自己钟情的"顶风傲雪"的野菊花在一起

2011 年 11 月全国第八次作代会。
左起 张虹、陈忠实、莫伸、冷梦（王蓬　摄）

《野蔷薇》《记住月亮升起的地方》等则生动地展示了打工潮给农村女人造成的生命荒凉，以及她们悲摧的现实命运；《夜的两点》探索"南水北调"给人们带来福祉的同时，给环境带来的不可预知的影响，彰显了作家的人类性思考。这些作品，主人公不同，人物与命运抗争的方式不同，但遥望精神天堂，追求美丽梦想的精神指向相同。故事瑰丽，文字优美，作者悲天悯人的情怀令人震撼和感动。

　　再读长篇小说《出口》，感受便又复杂。整部小说通过北漂大学生林意琳跌入命运低谷之后，毅然决然投身山野创业自救的故事，表达了救赎与疗伤的主题。作品传递给我们一种商业时代叙说不清却又似曾相识的情绪，一些似不可能发生却又是最本质的东西不断迸跳出来，刺激我们的观感与神经，让人不由自主掩卷沉思，并顿时联想到某些现代派小说带给我

们的意味。

从单纯到丰富，从稚嫩到成熟，尽管张虹的小说已经走过了几个阶段，且给我们留下了不同的感受。但通读她的小说作品的时候，我蓦然想起十九世纪俄国伟大的文学批评家别林斯基的一句名言：

个体，个人的命运比整个世界和中国皇帝的命运更为重要。

张虹的全部创作，都无言地浸透着一个世纪前这位批评大师倡导的精神。从这个意义上讲，张虹的小说便是个体解放、个性伸张的悲歌、挽歌与颂歌。这是张虹小说的价值所在，也是吸引我们读下去并引起我们喟叹深思的魅力所在。

张虹小传

张虹，女。湖北红安人。笔名小羊、俏阳。民进成员。1978 年毕业于汉中师范学院中文系，1990 年又毕业于西北大学中文系作家班。历任汉中师范学院中文系助教，陕西安康地区文研室副研究馆员，《安康文学》杂志主编，安康地区作协副主席，陕西省作协第四届理事，专业作家。1980 年开始发表作品。1994 年加入中国作家协会。著有散文集《回归青草地》《白云苍狗》，小说集《黑匣子风景》，诗集《红，我的颜色》等。

（见《中国作家大辞典》359 页，中国文联出版社 1999 年 12 月第一版）

原载《小说评论》1993 年 6 期

2016 年 4 月 23 日修订，题目更改

晓雷、天芳：文坛夫妻作家

我们的经历极其简单，简单的如同平原上的一条河流。

先后于 40 年代初降生，一同于 60 年代就读大学。毕业后，怀着同代人共有的热忱，离开古城西安，赴陕北偏壤生活。曾在中学和师范任教，继在歌舞团和创作室编写。匆匆十六年，竟比当年党中央在这里度过的岁月要长。然而老一辈革命家在这里缔造了一个新中国，我们只不过经历了一场文化劫难的全过程。

这是李天芳，晓雷夫妇创作的长篇小说《月亮的环形山》作者小传中的一段话。自然，寥寥数语远不足包容他们人生的宽泛和丰富，艰辛或曲折。

我知道李天芳和晓雷，是 30 多年前的事情。那会儿晓雷写作晓蕾，尚

晓雷与路遥在上世纪八十年代合影

晓雷在会议发言

李天芳在大学讲课

属风华正茂；改晓雷是近年，人到中年，步履沉稳之意。1964年，我刚回乡务农，无意中见到一本《人民文学》上面有李天芳的散文《延安的窑洞》和晓蕾写陕北的诗歌。因我姐姐也在延安工作，就对他们和作品留下印象。随后文化大革命开始，再没有看过书，他们的名字也就随着不要文化的年代淡漠。后来文化大革命结束，世事变迁，文坛复苏，我便重又在报刊上见到李天芳、晓蕾。

其时，我自己也开始练笔，涉足文坛，先见着晓蕾，都为复刊的《延河》改稿，住在省文化局招待所。不知怎么，当我第一眼见着身材周正，头发乌黑、戴着眼镜、稳重潇洒的男子，便预感：这是晓蕾。

那会儿我也写诗。便斗胆拿了首诗向晓蕾请教。心中惴惴地，像小学生请老师批改作业那样。他接过诗稿，极认真地看完，立刻就含蓄地指出我

要表达的那点浅薄的"主题"，接着又谈诗的意境、氛围、表现形式，末了纠正了一个错别字。我当然心服口服，像鸡啄米般频频点头。

后来又听他谈诗。他绝不像后来我见到的几个诗人，一谈诗好像世界上什么都不存在，只有诗，有种张牙舞爪的激情。他很沉稳，有种做老师的庄重，但谈吐充满想象和哲理，他讲：正像大自然有电光雷火和红花粉朵一样，生活中有诗。因为有这种使人感动，引人联想，发人深思的奇异之花，才使人变得美好，变得崇高。因此，诗没有不受重视的理由，也不必怀疑她的前途，可以断言，诗将与不断进步的人类共存。

那天，走出晓雷房间，犹如一支火把突然照亮了若明若暗的道路。多时在作诗上的困惑、徘徊得到一种明确的昭示：诗是你写的么？只有晓雷这种诗人气质和天赋的人才配写诗！的确，从那以后我就再没有写过诗。并不后悔，甚至庆幸，因为确实不是人人都可以当诗人的。但仍然喜爱诗、喜欢在作品中搞出一点诗意。喜欢关注诗坛和诗人。关注晓雷出着一本又一本的诗集：《豆蔻年华》《依依后土》《飘逸的香乐神》……

万没想到诗人晓雷又突然捧出了两本小说集，长篇小说《月亮的环形山》（与天芳合作）以及他独自完成的长篇小说《苦爱三部曲》。我惊讶地阅读这些作品。其实还是读诗，因为整个作品充盈着一种醉人的生活气息，优美隽永丰富生动的语言、棱角分明雕塑般突兀的形象，细腻深刻极富哲理的剖析，情爱、友谊、理解，加之时而轻柔时而苍悲的旋律都无异让人阅读一首激魂荡魄的诗歌。

大约就在这时，晓蕾写作了晓雷，写诗又写起小说。但由于他本身就是一位天生的诗人，写小说如写诗，把自己的情感思索，神韵气质都融进了作品。有趣的他用诗来做小说后记的结尾：

　　年年都有一个美好的春天，

一个春天展示一个多情的世界，

该离去的必将悄然离去，

该走来的正在急切走……

李天芳是在散文、小说领域都取得相当成就的作家。我喜欢天芳的散文不仅因为她描写的是我姐姐工作的延安，也不仅仅因为她曾与我舅舅是中学同学，完全在于她作品本身。我涉足文坛后很长一段时间，仍在陕南乡村务农，每每见着李天芳发表于报刊的散文《种洋芋》《赶花》《种一片太阳花》《陕北三月三》等，我都要再三阅读，这些散文描写了完全不同

1996 年全国五次作代会陕西代表。

左起 白描、京夫、叶广芩、李凤杰、权海帆、王宝成、王愚、汪炎、陈忠实、贾平凹、刘成章、赵熙、贺抒玉、刘建勋、侯秀芬、莫伸、李星、王蓬、李天芳

于陕南情调的风光民俗,向我传递另一片世界的故事。关键是读这些散文,完全是一种享受,得体精致的剪裁,抒情诗般的语言,深沉的思索和真挚的情思都使她的散文别具魅力,让人爱不释手。

我至今不能忘记,最初读到《陕北三月三》时的情景。

1980 年前后,我还在乡村,一天下工回来见到《陕西日报》登有李天芳的散文,便端出个小凳子,坐在院落,再泡上杯茶,舒适地歇息再加上读文章,本身就是在那些年月的一种享受。更何况,开篇就把人吸引住了:

> 从乡下回到城里,吃的住的不一样了,许多心里状态也跟着变化了。比如逢年过节吧,在城里无论怎样的隆重,都觉得不如乡下那么新鲜、那么有味,那么令人摇魂荡魄?我常想,在乡下要是没有那些大大小小、饶有趣味的节令,真不知生活会是一种什么样子。

顺便插叙一下,当时我已经见过和认识了李天芳,陕西作协恢复,大家在一起开会。李天芳个儿高挑、漂亮潇洒,看去很年轻。她发言极有条理和激情,很能打动人,这大约是多年当老师练出的本领。会上宣布,要把她们夫妇从陕北调回来,充实《延河》编辑部。我当时替她们高兴之余,又有点儿小小惆怅:今后还能读到她们写黄土高原文章么?

艺术需要生活,同样也需要距离。这是我读《陕北三月三》的收获,离开了那片贫瘠的土地,这篇文章才回荡着作者深厚的情思和真挚的眷恋,才把文章做得如此让人叫绝。且看:“三月里,桃树、杏树已经绽开粉红的花朵,杨树、柳树已经吐出乳白的绒毛。放假了,今儿后响,妇女们不上工。于是,小山村就整个儿落入节日的繁忙中。在小河边洗菜的、淘米的;在窑门前摊煎饼的、打凉粉团子的,一个个都是那么喜气洋洋。”

2000 年在汉中。

左起 王蓬、李凤杰、陈忠实、晓雷

2000 年陕西作家参观武侯寺。

左起 徐子心、杨乐生、李国平、晓雷、李凤杰、李康美

不仅是人，"这一天，所有的牛都受到特殊待遇，一律不上山，不耕地、吃饱草料以后就一整天地呆在太阳坡里晒暖暖……只有远处那只不听调教的小叫驴，驮着粪走到牛跟前时，颇不服气地咳儿咳儿长叫起来……"

假如文章中单只有这些精彩的段落，那我们至多也只能恭维李天芳是位描摹山村风景风俗画的能手。但庆幸的是文章末尾还有那么一段！"我不知道，我们农民生活中，那么多饶有趣味的节日，是怎么产生和流传下来的。假如还允许创造的话，我将要增添这么一个节日：

> 嘉奖那些如耕牛一样，为祖国的利益，勤奋一生的人，例如我们的生产队长、牛倌、女队长……以及许许多多具有耕牛一样品格的人。让我们的子子孙孙永远懂得尊重劳动光荣和创造的神圣，再莫让他们蒙受无辜的罪名和无情的棍棒了。"

读到这儿，我心中酸楚得厉害，眼眶边儿湿湿的。当时正当农民，也许狭隘，却委实有种被人代替叙说委屈的痛快。这非身临其境不可理解。而对李天芳的敬意也由此产生。这样的文章也是非与底层劳动者身受感同而不可为之的。

之后，李天芳也如同晓雷由写诗转向写小说一样，由散文转向了小说。我们同在《延河》陕西青年作家小说专号（1981 年第 1 期）上刊登作品。我读到她第一篇小说《我们学校的焦大》出手不凡，让人"一震"；再之后，她的中篇、长篇相继问世。陕西作家之间保持着互相赠送作品的传统。于是我有幸几乎读到她写出的全部作品。从这些作品，大都能觉察出天芳十分敏锐地体察着他人的不幸与痛苦，理解尊重他人的人格与魂灵，关心劳动人民的疾苦；关心国家和民族的命运，有一种凛然正气，一种充满激情和感染的生命力量。让人叹服，让人钦佩。

在新时期文学中，很自然的我同李天芳、晓雷夫妇有了更多的交往，或是一同参加会议和活动，或是互赠作品，互评优劣。1990 年 1 月 14 日，

省作协与汉中地委宣传部、汉中地区文化局曾就我创作的《巴山茶痴》《巴蜀奇人》等五部传记文学召开研讨会。陈忠实与李天芳、徐岳等人来汉中参加，李天芳在研讨会发言：

> 我曾在陕北工作多年，在那时候就知道有个王蓬。这是因为他的作品带着浓郁陕南情调和色彩，完全不同于陕北。他的作品使我看到或感受到一个新鲜的世界。近几年，我觉得王蓬在心灵上有一种明显的开放，与过去拘谨的王蓬大不一样。从农民的王蓬，艺术馆的王蓬，到从鲁迅文学院和北大作家班深造归来的王蓬，我们可以清楚看清他走过的足迹，那就是他一步步走进了一种自由状态。他的《巴山茶痴》《巴蜀奇人》说明他在思想上与这些具有现代观念和创造精神的"痴人""奇人"相知甚深。王蓬的可贵之处，就是既有扎实的生活，又有精神上的展拓。思想不封闭，作品又不轻浮，这是很不容易的。王蓬有十足的精神十足的劲头，可以预言，王蓬今后会更加"王蓬"。

我与晓雷则有更多的交集。1993 年 6 月在陕西省作协第四次代表大会上，我们同时当选省作协副主席，共同参加了陕北青年作家作品评论会与陕南汉水之源散文笔会。2000 年 4 月，在我的《山河岁月》研讨会上，晓雷做了专题发言：

> 与王蓬在汉中的第一次见面至今，恍惚间已是一十八年。十八年是一个什么概念？十八年老了王宝钏，但是，十八年也成就了一个汉中王蓬。这就是我读王蓬《山河岁月》后的最初感觉。
> 十八年前，王蓬受苦受难的十八年农民生活尚未结束。居住

的乡间茅屋破败，院中柴草狼藉，他的一身装扮，既与秦巴山道上背篓挑担的药农樵夫一模一样，也与汉江坝子里割禾插秧的平民村汉毫无二致。我俩在他蜗居的茅屋里吃饭，在他砍柴割草的田埂边漫话。我们交谈的话题广泛，但我记得的，主要是他因为父亲的历史，随着全家从十三个朝代建都的古城西安被迁徙到巴蜀之地的苦难经历。那时我们的谈

李天芳小说选

话，一如他那时的小说《油菜花开的夜晚》和《银秀嫂》，是诗性的、抒情的、优美的，甚至是甜蜜的。这些崭露头角的作品，折射出王蓬具有作家最根本的素质：激情与灵性。从此，王蓬引起了文坛的注意。

一过经年，王蓬来到了西安，送给我的是，他新出版的长篇小说《水葬》。这部三十万字的小说，我是怀着浓烈的兴趣连续阅读的。这是他咀嚼了苦难之后的呕心沥血之作，他以一对农村青年男女的苦难爱情为主线，为我们完整地描绘了物质极匮乏、精神极端荒芜年代的秦巴山村图画。人的悲惨命运决定了这部作品的基调是悲凉的、凄怆的、惨烈的，但王蓬依然保持了他一贯的诗意与抒情。他让我们在惨烈中读到优美，在冷酷中读到温

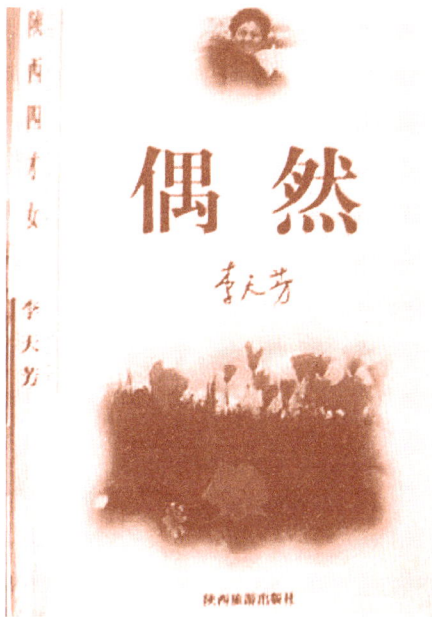

馨，在风雨如磐中读到黎明微曦的和煦。这部小说，人物刻划得细致入微，氛围描绘得浓墨重彩，故事叙述得曲折有致，特别是语言运用得娴雅与醇美，都已标志了这位从苦难中走出来的作家已经成熟。当然，这部小说还有遗憾。它的后半部明显地松懈与粗陋了，让我读后深深地惋惜。但我同时想到，世界上有好多小说出现过这种情况，包括普希金的《上尉的女儿》，王蒙的《活动变形人》，与精美绝伦的前半部相比，这些小说的后半部甚至只是一个粗略的提纲。但这，并不能影响这些作品的总体价值，也不影响这些作家的总体高度和文学地位。我曾把这种缺憾称作半部小说现象，还想自不量力地去作一篇论文。

王蓬的《水葬》也属于半部小说现象，一方面留下了作品的缺失，但同时显示了作家的成熟。我于此，明明白白地看出，作为一个作家，王蓬已经形成了属于自己的清丽、优雅、委婉、温厚的创作风格，在陕西的新生代作家中独树一帜，与别人绝不重复雷同。只要继续在这条路上按惯性前行，会轻车熟路，驾轻就熟地摘取新的成果。

这就是他的诸多小说与今天的《山河岁月》。但他的井还有几许之深？是否寻到了最为昂贵的珍宝？人们会在何时看到岩浆从他的井口汹涌而出，爆喷成一座空前瑰丽绚烂的火山？

（摘自晓雷：《穿越古蜀道》原载 2000 年 5 月 25 日《西安晚报》）

有人把作品比喻为作家的孩子。一部作品的孕育过程，出版后的优劣得失，也如"知子莫若父"，作者最为清楚。《山祭》《水葬》在我创作生涯中占有比较重要的地位。不仅因为是长篇小说，重要的是我多年农村生活积淀的结晶。不止一位朋友建议对这两部作品进行修订。晓雷提出的

2003 年 12 月 3 日陕西省文联和省作协为《王蓬文集》举办新闻发布会。

左起 黄道峻、晓雷、京夫、王蓬、郭加水、陈忠实、雷涛、肖云儒、莫伸、郝昭庆

"半部小说现象"是最有代表性的意见。

只是，《山祭》《水葬》问世之后的二十年间，我的兴趣由文学转向文史。在完成蜀道、丝路与唐蕃古道的探寻踏访，《从长安到川滇》(《中国蜀道》增订本)《从长安到罗马》《从长安到拉萨》三部六卷文史行走作品也已尘埃落定。晓雷提出的"半部小说现象"便如惊雷，时时震响耳畔，催促我于 2012 年用整整一年时间，治理《山祭》《水葬》中的毛病了。自然，岁月积淀，犹如登山。回首往事，涧谷山峦一览无余。对于作品疏漏及补救办法也了然于胸：尽最大可能增加作品的内容内涵。仅是《水葬》，有姓名有故事的人物增添至 20 位。增写的事件则有民国十八年陕甘大旱、抗战中的武汉会战、安汉黎坪垦殖等。所增内容需要艺术处理，更需要与

原作浑然一体。于是，又尽可能增写陕南民俗，举凡汉江龙舟、婚丧嫁娶、狩猎、养熊、淘滩、拉溜……力争寓政治风云于风俗风情画中，这也是我始终把握的创作原则。仅是《水葬》增写 8 章近 10 万字。做完这件事情，我有种了却心愿的轻松，心中也对晓雷充满感激。

在新时期的文学大潮中，产生了不少夫妇作家，先在内蒙古后回浙江的汪浙成、温小珏夫妇，大连的达理夫妇，还有李锐、蒋韵，时雨、如月等夫妇。在这个问题上，我们陕西乃至西北文坛不必懊丧，因为我们也有李天芳、晓雷夫妇。

晓雷小传

晓雷（1939—）原名雷进前。陕西合阳人。中共党员。1963 年毕业于陕西师范大学中文系。历任延安中学教师，延安歌舞团编剧、创作组长，《延河》杂志编辑、诗歌组长、散文组长、编委、副主编，编审。陕西省作协党组成员、副主席、秘书长。享受政府特殊津贴。1964 年开始发表作品。1986 年加入中国作家协会。著有抒情诗集《豆蔻年华》，诗集《飘逸的香乐神》，叙事长诗《脚夫的爱情》，抒情长诗《能源放歌》，散文集《南飞雁》《在那遥远的地方》《文学的奥林匹克》《经历好莱坞》，中篇系列小说集《苦爱三部曲》等。抒情诗集《依依后土》获陕西省新时期十年优秀诗集奖，长篇小说《月亮的环形山》获首届陕西省"双五"文学奖最佳作品奖、第三届茅盾文学奖提名奖，散文《绝笔》获全国报纸副刊优秀作品奖。

（见《中国作家大辞典》766 页，中国文联出版社 1999 年 12 月第一版）

李天芳

　　李天芳（1941—）女。陕西西安人。中共党员。1963 年毕业于陕西师范大学中文系。历任延安师范、延安中学教师，延安地区创作室创作干部，《延河》月刊编辑，陕西作协专业作家。陕西省文联副主席，省第六届人大代表，陕西妇女文化研究会会长，陕西师范大学兼职教授。中国作协第五、六届全委会委员，第七届名誉委员。享受政府特殊津贴。1964 年开始发表作品。1982 年加入中国作家协会。文学创作一级。著有中短篇小说集《爱的未知数》《偶然》，散文小说集《秘密》，散文集《李天芳散文选》《种一片太阳花》《绿酒杯》《李天芳作品精选》《南飞雁》《山连着山》等。长篇小说《月亮的环形山》（合作）获首届"双五文学奖"最佳作品奖，散文《打碗碗花》《延安桥》《奶妈》分别获 1983 年、1987 年《散文》和 1986 年《雨花》一等奖；《种一片太阳花》获 1988 年开拓者奖；《山连着山》获陕西省出版局优秀读书奖，《先生朱宝昌》获首届《中华文学选刊》大奖。

　　（见《中国作家大辞典》422 页、中国文联出版社 1999 年 12 月第一版）

原载《六月》1992 年 3 期　责编　陈　明

2016 年 4 月修订

邹志安：生命无悔

　　癸酉岁末，有西安之行，见诗人晓蕾，言及上海《文学报》主编郦国义先生亲临西安，为已故作家邹志安送该报募集的捐款，有活动希望参加。当即放下手中需办杂事，一同前往。

　　郦国义先生是多次通信未曾谋面的朋友，关键是《文学报》为邹志安发起捐款的义举，多次见诸报端，其情其义让人难忘：浙江省某乡镇有小读者附言"我们这里太穷了，汇上 10 元钱，是母亲给我的压岁钱。不为什么，为只为，邹志安是为文学而死。"江苏有位农民说："我对陕西的作家好像有种特别的情感，那就是特别敬仰，对写乡土题材的作家尤其爱慕。今天我捐 50 元，虽太少，但也代表着一个文学爱好者的心，抚平邹志安老师心灵上那未了的心愿。"

　　凡此种种，感人至深，志安九泉下有知，亦当减去许多苦涩。笔者与

志安、路遥均是相识相交十几年的文友，闭目也能忆起他们生前许多往事。路遥沉稳大气，志安质朴睿智。早些年天各一方，各自为阵，但见文章不见人。好在那些年常开会，总有见面的机会。路遥常蹲角落不大发言，发言总有恢宏的建议产生，比如打排炮，《延河》集中发陕西青年作家小说专号；再如发起写长篇攻势，一次推出十几部长篇等等。邹志安若发言，会场便顿时安静，因为志安快人快语，针砭时弊，尖锐泼辣且妙语连珠，听者无不喜笑颜开、深感痛快。不止一位与会者说："爱听邹志安发言，爱听王晓新讲话！"因王晓新也爱发言，两人皆为关中土语，高亢且有底气，王晓新讲话重复加强语多，形成特殊的语境幽默。只要王晓新、邹志安两人开口，大家皆会意而笑。两人也确有许多接近之处。

　　他们都是关中大地农家子弟，且为汉唐京畿。一为唐太宗安息之处礼

1980 年陕西作家群。

左起 京夫、路遥、蒋金彦、徐岳、邹志安、陈忠实、王蓬、贾平凹、王晓新

泉；一为有"金周至、银户县"美誉的周至。两人均为乾县师范毕业，都曾在乡村学校任教，也都因喜爱文学调进县文化馆从事编创工作，在新时期文学大潮中，凭作品、讲实力，方才都脱颖而出。在我搜集保存的资料中，陕西文学上最早、影响也最大的评奖都与邹志安、王晓新相关。一次是《陕西日报》1980年9月发起的"农村题材"征文，历时一年，1981年11月公布结果，七篇作品从800多篇来稿中胜出，不分挡次，以发表时间为序：陈忠实的《第一刀》，邹志安的《翠翠》，王晓新的《谁之咎》，赵熙的《桃子熟了》，王蓬的《猎手传奇》，牛如忠的《落选》（以上为小说）；全政的《难忘的家乡戏》（散文）。全省第一大报，又是首次评奖，波及面大、影响面广，多年后还常被提及。另外一次评奖是全省第一大文学刊物《延河》，首届优秀作品奖。邹志安、王晓新都榜上有名，后文有专叙。从这些阅历看，邹志安与王晓新有接近之处，所以两人都先后调进省作协成为专业作家。但两人又有性格的差异，因而又有命运之别。尤其是邹志安、王晓新最后的日子都让人叹息，容后再叙。

当时皆清贫。邹志安身装两种香烟，请朋友吸的是三角五分一包的大雁塔牌，自己则吸二角钱一包的宝成牌，志安人品可见一斑。

粉碎"四人帮"那年，陕西作协在人民大厦召开文艺界大会。邹志安与延安诗人曹谷溪没坐过电梯，两人开洋荤，坐到楼顶，又让服务员赶下来，对大家叙说时，两人脸上孩童般的欢笑也引起一屋子人的欢笑。还有一次，是1982年中国作协在西安止园宾馆召开华北、西北十省青年作家会议。每个省2人，陕西有10人：陈忠实、路遥、贾平凹、邹志安、京夫、王蓬、莫伸、王晓新、李凤杰、李天芳等都参加了。邹志安和京夫住在我隔壁，有次邹志安洗澡，不知怎么被关在卫生间，怎么也出不来。京夫出去了，他喊我，我没听见，急了一头汗才出来，引得大家都好笑。往事至今历历在目，那么一个活蹦乱跳的生命怎么就轻易去了？

邹志安在礼泉老家

邹志安和作家徐岳（右）

这正是让人沉痛之处。路遥与志安病危期间曾互相鼓励，一个要对方坚持就是胜利；一个捎话给对方要创造奇迹！

但最终没有，正是在他们最成熟最智慧的时候；在他们对世界对自己认识最清醒最透彻的时候；也是正待他们创造更加坚实更加辉煌业绩的时候，他们去了！倘若，他们不搞文学或是别这么拼命，也许不至于……不止一位智者这般议论。不好推断他们一定情愿干别的，但于文学拼命却是事实。开会是难得的聚会，且把烦恼扔开，天南海北闲聊是种享受。邹志安不，常跑到人皆散尽的会议室去突击。深夜摸进宿舍咧嘴一笑："写完个短篇。"

1980年夏天，省作协在秦岭深处的太白县召开农村题材创作会。其实陕西作家的主力或强项便集中在农村题材。从上世纪五十年代柳青的《创业史》、王汶石的《风雪之夜》都成为全国写农村题材峰巅之作，为柳青、王汶石，也为陕西作家带来巨大声誉。很自然也很自觉，陕西后来崛起的作家陈忠实、路遥、贾平凹、邹志安、京夫、王蓬、徐岳、王晓新、蒋金彦也无一不是靠写农村题材起家。陕西作家中除了莫伸、韩起、李天芳写工业、城市、铁道、学校之外，其他作家几乎全集中在写农村题材方面。所以这次与会作者陈忠实、路遥、贾平凹、邹志安、京夫、王蓬、王晓新、徐岳、蒋金彦九人合影也被称为陕西作家群。

我清楚地记得会议进行期间，讨论怎么办好《延河》、组织队伍时，路遥建议：发一期小说专号，全用陕西青年作者作品。当时除老一代作家外，没人敢称作家。路遥问主持会议的省作协主席胡采可不可用"陕西青年作家"的名义来出这期小说专号？胡采当场答应说："可以，我们既然是第一次向全国公布自己的青年作家，那就要求每人拿出一篇能够代表你们水平的力作来。"

胡采主席一锤定音，大家也情绪高涨，七嘴八舌建议要配发照片、小

邹志安出访前苏联时

传，高规格地隆重推出。结果，1981 年元月号，由省作协主席、著名评论家胡采作序的陕西青年作家小说专号问世了，推出了莫伸、路遥、王晓新、邹志安、陈忠实、王蓬、贾平凹、李天芳、京夫（按作品顺序）九位青年作家的作品。当时在全国众多刊物中尚属首次，影响颇大，许多报刊都发文章介绍。这期小说专号也质量不菲，九篇作品中有五篇获《延河》其实也是陕西首届优秀作品奖。这五篇作品是：莫伸的《雪花飘飘》，路遥的《姐姐》，邹志安的《喜悦》，陈忠实的《尤代表轶事》，王蓬的《银秀嫂》。王晓新的《诗圣阁大头》则是《延河》1980 年 12 期的作品。尽管奖金只有 100 元，但当时大多数人工资才四十多块，我还在农村挣工分，拿到装着 100 元的信封大家都十分高兴。那天会餐还上了酒，我还记得王晓新嬉笑着给《延河》主编王丕祥敬酒，一切都恍如昨日，历历在目。

太白会议期间，作协摄影家汪秦生为参会的九位青年作家陈忠实、路遥、邹志安、贾平凹、京夫、王蓬、王晓新、徐岳、蒋金彦拍摄的那张合

影。用徐岳的话说："也是新时期陕军的第一张'全家福'。"随岁月推移，尤其是路遥、邹志安、京夫、蒋金彦、王晓新、陈忠实等六人先后离世，为世人留下陕西青年作家生机蓬勃的群体照片，更是弥足珍贵。因此1980年陕西作协在太白县召开农村题材创作会在某种角度来说，也在陕西当代文学史上因留下浓墨重彩的一笔而备受关注。

会议结束后，邹志安、贾平凹、蒋金彦和我同车赶到宝鸡。我回汉中，当时路况车况都必须留宿宝鸡。其时蒋金彦爱人在中学教书，利用暑期放假，已为我们安排好食宿。但志安不顾金彦、平凹及我劝阻，硬要当日赶回礼泉，在候车室脱掉长裤，露出蚂蚱般的长腿又去挤长途汽车的情景很久都在眼前晃动。

那次会议结束，我仍回农村务农。不久，就收到邹志安寄来的一本书，开始我以为是他的著作，打开一看，却是艾芜的《南行记》。我一下想起来，太白会议期间，有天下午散步，志安与我聊天，问我喜欢读哪些作家的作品？我谈到的作家中有艾芜。邹志安说，我占据了陕南这块风水宝地，写出的作品自然清新淡雅，且有不同于关中的生活内涵，他很喜欢。他讲到文学的差异性和独特性，说他和王晓新、陈忠实都生活关中大地，都崇拜柳青，难免在题材、表现手法和文字风格上过于相近撞车，王晓新和陈忠实两人都写过《公社书记》，结果是当时《陕西文艺》发了陈忠实的《公社书记》，便不能再发王晓新的《公社书记》。当然，邹志安举的是过去极端的事例，但也说出了陕西青年作家群在文学这条艰辛的跋涉道路上，曾经有过的思考和追求，哪怕是幼稚和轻浅，但却是必须经历的。一个成熟的作家在他的作品中，最终深深打上的是个人在思想和艺术修养的深度。世界上没有两片相同的树叶，何况是思想、阅历、修养都会有很大差异的作家。世界文学史早就证明：独特性和不可取代性是一个作家或一部作品能否存在的唯一标志。当然，不能用这个标准去要求任何正踽踽起

步的新人。

但邹志安的谈话，尤其是他寄来的《南行记》，却对我触动很深。我是在读中学时读到艾芜的《南行记》，书中那些飘泊流浪的浪漫故事与我少年时期由西安流放到陕南乡村，对什么都感到新奇的心理十分吻合，故尔印象极深。以至多年务农生涯中，在古褒谷割柴、拉车、奔波时，艾芜的《南行记》中描写的许多场景都在我心中燃起过瑰丽的火焰，很自然会展现在日后创作之中。比如我以古褒谷为背景的长篇小说《水葬》，到近年，网上一篇评论文章还提及艾芜："纵观该作品（指《水葬》），我认为它具有二十年代乡土文学的现实美，具有八十年代的反思文学的主题美，在语言上不逊于贾平凹的《废都》，在结构和人物塑造上不差于古华的《芙

邹志安正在讲课

执著、坚强的邹志安

蓉镇》，在意境营造上可以与艾芜的《山峡中》相媲美。实在是不可多得的好作品，在当代文学史上应占有一席之地。"（彭康乃：《中国的政治与山民的命运》，收入《王蓬的文学生涯》社会科学出版社 2008 年 9 月）

邹志安寄来的《南行记》是上世纪六十年代初人民文学出版社所出，定价不到一元。上面盖着礼泉县文化馆公章，旁边写着赠王蓬，邹志安经手。一个公章，两个签名，包含着太多的时代信悉，最珍贵的当然是来自志安的友情，多次搬家，清理书籍，也没舍得丢弃，珍藏至今。

邹志安那次为《延河》1981 年元月陕西青年作家小说专号贡献的是短篇小说《喜悦》，貌似轻松幽默，实则含着眼泪叙说苦难，读完很难忘怀。邹志安是农民的儿子，他的家乡礼泉更是周、秦、汉、唐京畿之地，千年积淀，渗入骨髓，他便把表现中国农民喜怒哀乐、理想追求和中国农村的变革生活作为自己的创作主题。鲜明的时代特色，内在的生活激情，构成了邹志安小说创作主体。粉碎"四人帮"不久，他就写出了《工作队长张解放》《土地》等优秀作品。他密切地关注发生着历史性变革的农村现实，一连写出了《关中冷娃》《粮食问题》《乡情》《赔情》《窦莉莉》《大铁门》等中短篇作品，努力表现改革给我国农村带来的勃勃生机和希望，热情地讴歌和展示了农村改革的崭新风貌。他不断探索，不断求新，在艺术上不断地从脚下那块熟悉的土地吸取营养，又赋予新的表现，成为个性鲜明、有关中味儿的乡土作家。关中原野的生活场影，乡土风情，沧桑变故使他

的作品有田园生活朴素清新的诗情画意；而农村劳动者的艰苦创业和传统意识以及新的浪潮的巨大冲撞，则使他的作品又具有黄土般的沉重感。这一切构成了邹志安小说独特的认识价值和关中沃野清新、明丽、又厚实深沉的审美价值。他无愧是农民的儿子，人民的作家。

邹志安说："我的父亲是一个极普通的农民，劳动一生，默默死去，像一把黄土。黄土长了庄稼，却并不为太多的人注意。全中国老一辈的大多数农民都是这样。他死于肺心病。这是严重威胁劳动人民健康的疾病之一。中国农民在平时，是不大主动去医院检查身体的，即有病躺倒，还要拖磨。我父亲民国十八年遭年馑时去南山背粮，走冰溜子，回来时冻掉了十个脚指甲，并且扎下了病根。以后一直半生咳嗽，而从不看病吃药。直到死前几个月，在我强迫下才去医院作了第一次心电图。医生打比方说："机器运转一生，主机已经磨损，太缺少修复和保养了！"为了挽救，吃"心脉宁"一类比较贵的药。他问："一瓶多少钱？"听说有三元多，半天沉默不语，后来就说："不要买药了，我不要紧。"当我不在时，就偷偷停止服药。他一定计算过：一瓶药的价值要买近二十斤盐，要让儿媳们劳动好几天。

"他平生也就知道劳动。繁重的劳动使他累弯了腰。不知创造了多少财富，自己却舍不得乱花一分钱。有一次我给了他两元零用钱让他买点好吃的，半年后他还在身上装着。在重病期间他出现了谵语，净念叨"把猪喂了没有""把锄头安好""麦黄了就快收"之类。临死时他默默流泪，留恋这个世界——他为之洒尽汗水然而仍不富裕的世界。

"父亲从来无是无非，关心而弄不明白各种国家大事，可以说在精神上是贫困的。富有者被给与，贫困者被剥夺，那么他是被剥夺了：从前因为贫困而没有机会接受文化教育，后来倒是不

断地接受各种政治教育，而终于都没有弄明白。但他显然没有遗憾过，因为他有劳动，因此而填补了一切缺憾。巧者劳矣智者忧，无能者无所求……但他还有所求——祈求世事不乱，有安稳的日子。他现在去了！黄土上劳动一生，最后回到黄土里去。黄土是博大宽容的，无论善与恶，最终收容了所有的人。

"那时我跪在泥水里为他送行。我曾经想到过：他活了七十七岁，已很不易；而我见周围能活七八十岁的老人又实在太少。不是老人们不想活，也决非儿女们不孝顺，实在是因为生活水平太差。那么，尽快发展生产，改善人民生活，则是儿女们挽留老人多驻一时的最孝道的方法了。哭也徒然，哀也无助。死者长已矣，生者当勉力。

将军和领导人死了，会有无数悼文，因为他们功勋昭著。一个普通劳动者死了，我们撒下这一把黄土，并期望世人能够容纳。"

时至今日，我们读到志安这些遗存在世的作品，仿佛又见到他削瘦却精神倔犟的面孔，深深为父亲、其实也是为一代代在黄土地上耕耘的农村父老乡亲写下的如此深情的文字而感动。

路遥为写《平凡的世界》拼搏六载的事情已经尽人皆知。但未必就知道路遥单为翻阅十年间报纸，磨得手指头上毛细血管出血，不得不用手后掌翻揭报纸；未必知道路遥为写这部巨著，抛家舍妻，独居野山，内心经历的压抑、孤独、烦躁、忧伤与苦痛……这是非历其境不能体会万一的。志安与路遥几乎是前后同时住院的，惺惺相惜，只有他们才互相清楚对文学的虔诚和付出代价的惨痛。

徐岳由于在省作协，知道志安最后的情况。他说：一天，我听说他住院了，是肺癌。看到他时，他正在干部病房忙活着写东西，稿纸铺了一桌子。他见我就说，有医生怀疑他不是癌症，要重新化验。他神情有点轻松，

"就是嘛，咋能叫白发人送黑发人呢？"我明白，他说的"白发人"就是他母亲。志安是个孝子，是不忍心出现这样的伤心场面。然而事与愿违，等我再次见到他时，他脸上用红色画了几个小区。他很悲哀地叹息道，"太怪看了。唉，作化疗的都是这样。病在贲门那里，开不成刀。"我只能给他说些宽慰的话。志安在楼下那间小平房里搞写作时，爱给我们看手相，测字，算寿数。如果给谁算的寿数低，他就安慰谁，"你看，我给我算的才46岁。"然而，他不幸被自己的所算而言中。（见《"恨别鸟惊心"——面对陕军一张经典照片的遐想》）

但我深信他们决不后悔，不后悔他们从事了毕生为之奋斗的文学事业。有铁的事实为证。

其时，路遥已经离世，志安病卧床榻，已无力气说话，心中却似有一腔话要说，但手已握不住那支曾叱咤文坛的笔，在稿纸上画不出一个字来。围在跟前的朋友纷纷猜测，用笔在纸上写出志安想说出的话语："想远嫁的女儿？""放心不下老母妻儿？""你欠别人的债？或是别人欠你的债？"

陕西首次获奖小说名单：有王晓新、莫伸、路遥、邹志安、陈忠实、王蓬、贺抒玉、余君亮等八位作家获《延河》优秀短篇小说奖

从志安神情看，这都不是他最后牵挂的事情。恰在这时，作家京夫匆匆赶来，手里扬着一封信，是中国文联出版公司发来的关于志安长篇决定出版的通知。

志安脸上顿时显出春天般欢快的笑容，恰如他平时接到载有他作品的刊物时显露的那种笑容。仅隔一日，志安便猝然离世，因而那最后的微笑便深印在朋友们心中。

同时，这微笑也把志安最后的意愿告诉了大家，他纵然牺牲了种种，也献出了种种，甚至宝贵的生命，但为了文学，无悔无怨……

也许，在某些人眼中"不值"或"太傻"，但人之所以为人，人类所以能从茹毛饮血、刀耕火种发展到今天电子充盈，信息爆炸，由原始走向现代，恰也是由于一代代仁人志士为丰富人类文明前赴后继、奋斗牺牲的结果。人的尊严，崇高伟大亦由此诞生。路遥、邹志安不死，因为他们长久活在人们心中。

至于王晓新是2014年才因病去世。我是在韩效祖主编的《艺文志》上得知王晓新去世的消息，写了篇致韩效祖的信，并配上那张九作家合照，发在《艺文志》2014年6期上，以寄托对晓新的怀念。他创作的长篇小说《地火》是我在鲁迅文学院学习时的辅导老师龙世辉推荐给解放军文艺出版社出版的。龙老师在他的寓言集出版后记中曾提到："最近由解放军文艺出版社出版反映近十年改革开放的长篇新作《地火》也参与了编审和推荐。"王晓新是很有创作功力和才气的作家，但因为个性太强，又遭际婚变，在创作上没有达到大家预期的高度。用徐岳的话说："性格决定命运"，这句话准确地应验在他的身上。得到他的追悼会通知后，我怕会开得凄凉，答应要去，但因第二天天气突然变化，还是请了假。但我知道，他与众不同的思维和独一无二的生活方式，使他带走了宝贵的小说材料，甚或还有可能会震动文坛的半成品长篇。

左起 邹志安、京夫、柏杨夫妇、汪炎

邹志安与文学爱好者

　　每当我看到悬挂在书房的照片，看到当年那个生机勃勃的群体，个个都意气风发的面孔，我都会为路遥、邹志安婉惜。如今，又添上京夫、蒋金彦、王晓新、陈忠实。但愿他们在另一个世界安息，让疲惫的身心得以休息，迟早我们又会在那里团聚。

附邹志安事略

　　邹志安，男，汉族，陕西礼泉人。中共党员。农历 1946 年 12 月 6 日出生，1967 年毕业于陕西乾县师范学校。历任礼泉县小学教师，县文化馆创作辅导干部，1978 年加入中国作协陕西分会，1982 年为专职作家，同时兼任中共礼泉县委宣传部副部长，同年加入中国作协，任陕西作协理事、主席团委员，1984 年兼任礼泉县县委副书记。1990 年随中国作协访苏代表团出访苏联。1972 年开始发表作品，平生创作 500 余万字，作品获全国各种奖项若干，部分作品曾外文出版并获奖。著有长篇小说集《爱情心理探索》四部：《眼角眉梢都是恨》《女性的骚动》《迷人的少妇》《多情最数男人》（台湾再版）；短篇小说集《乡情》《哦，小公马》；中篇小说集《心旌，为什么飘摇》；长篇小说：《关中异事录》两部：《玉录》《神宅》；散文《黄土》被江苏、浙江、广东等多家《语文报》选载，被陕西师大中文系编入教材，又收在上海出版的《优秀散文选》中，并被香港列入中文初级教材。短篇小说《哦，小公马》《支书下台唱大戏》分获全国第七、八届优秀短篇小说奖。《支书下台唱大戏》并被陕西电视台改编为同名电视剧。

　　国家一级作家，国务院有突出贡献专家，享受"政府特殊津贴"。生前着力于系列长篇小说《关中异事录》，可惜遗稿未竟，不幸病逝于 1993 年 1 月 17 日，享年 46 岁。

邹志安小传

▸

　　邹志安（1947—1993）陕西礼泉人。中共党员。1966 年毕业于师范学校。历任礼泉县小学教师，县文化馆员，中国作协陕西分会专业创作员、理事、主席团委员。1972 年开始发表作品。1980 年加入中国作家协会。著有长篇小说《爱情心理探索》，短篇小说集《乡情》《哦，小公马》，中篇小说集《心旌，为什么飘摇》等。短篇小说《哦，小公马》《支书下台唱大戏》分获全国第七、八届优秀短篇小说奖。

　　（见《中国作家大辞典》803 页，中国文联出版社 1999 年 12 月第一版）

原载《文学自由谈》1994 年 5 期

2016 年 4 月修订

京　夫：在沉默中爆发

　　京夫给人的印象永远是沉默寡言，眉头紧锁，一副心事重重的模样。用路遥的话说："一看就属于被侮辱与被损害的"。想想京夫情况，也是。

　　京夫与陈忠实同岁，都出生于 1942 年，比我年长 6 岁，并不影响我们在新时期文学大潮中相遇相知。1960 年我小学还没毕业，京夫已从商洛师范学校毕业，先后在中小学任教 10 余年。这时他已开始文学创作。和陈忠实、李凤杰、晓雷天芳夫妇一样，都是"文革"前便开始发表作品，因而"文革"中受到批判，辍笔十年。和当时许多同代人一样，上世纪七十年代，"林彪事件"发生，各种政策调整，文艺开始复苏，京夫也调进商县文化馆从事文学创作。开始都写革命故事，像戏剧一样全省调讲。我就是那时认识的京夫，由此开始了我和京夫多年交往。也许因为都属陕南，都不善言辞，都拒绝热闹。从一开始交往，我们就很投缘，成为互不防设，

能倾吐心扉的朋友。他的阅历和曲折，正好匡正我心中的疑惑。我那时刚迈进文坛，最容易犯初学者常有的两个错误：缺乏自信和盲目狂妄，接二连三收到退稿，会怀疑自己是不是搞创作这块料？偶然发表一篇作品又会目空一切，认为这期刊物就数自己的文章好。当京夫无意中说出为练习写作，曾在十年中写出43本生活日记，又因为这"43本日记"文革中遭受多次批斗，险乎丢了公职。当晚我失眠了，反复掂量"43本日记"对于一个学习写作者的意义。在自己不断地实践中，终于认识到了"43本日记"对于任何写作者都是必不可少的环节。真的感谢京夫，从那时起，我的"日记"40年不曾中断坚持至今。不仅是京夫，李凤杰在"文革"中曾被几个恶棍卡住脖子喝斥："叫你再想当作家！"如果放弃，恰是向邪恶势

1980 年陕西作家群。

左起 京夫、路遥、蒋金彦、徐岳、邹志安、陈忠实、王蓬、贾平凹、王晓新

力投降，也正是他们所期待的。每念及此，便平添一种勇气。自然，这都是后话，当初，我们都是极认真地写着"革命故事"。其时发表革命故事的刊物是省群众艺术馆办的《群众艺术》，编辑是费秉勋。陈忠实、贾平凹、李凤杰、京夫都写过革命故事。1976 年春天，《群众艺术》在西安西大街省文化局招待所办革命故事改稿会，由费秉勋主持，去的有 40 多人，大部分人带的稿子都淘汰了，选下 10 篇左右可用的稿子，作者也留下修改，有京夫，也有我，调整到三人一间房，京夫和我，记得还有渭南谭留根住一间。后来《陕西文艺》（《延河》曾用名）又来约稿，前后有 40 多天，京夫和我修改好稿子也同期发在《群众艺术》和《陕西文艺》。至今我还保留着那些刊物，也是对早期创作的纪念。

记得我离开时，京夫又借调到省文研室（省作协文革时用名）《陕西文艺》协助审稿，那时杜鹏程、王汶石、李若冰等著名作家已出来工作，加上老编辑的指导，肯定对创作有帮助，我对京夫很羡慕。

1979 年冬天，刚恢复工作的陕西省作协举办重点作者读书班，一期三个月脱产读书，地方在省党校教学楼五层的两间教室，一间住五人，每人一床一桌，很宽敞明亮。报名时我看到首期有陈忠实，还有京夫，西安的张敏、周矢，陕北的胡广深、朱合作等。尤其是有陈忠实和京夫，心里非常高兴，觉得这是向他们学习的好机会。这是我和京夫相处最长的一段时间，互相也就熟悉了。记得一间大教室有京夫、张敏、周矢和我，陈忠实此时已调西安市郊区文化馆，就在小寨附近，没来住但经常来，也爱和大家聊天。那会正遇思想解放，新时期文学正热，大家每每谈得热火朝天，尤其是西安张敏、周矢，他们不停嘴没别人插话的份。但我注意到京夫永远是听众，从不多言多语，这点和我一致。区别在于我在人多处不讲话，熟人也愿交流；京夫当过老师，不怕讲话，是天性不爱说话。但有一次所有人都被京夫引得开怀大笑。

沉默中的京夫（王蓬摄于 1994 年汉水散文笔会）

1994 年 10 月，京夫与王蓬在汉中张良庙

1994 年"汉水之源"散文笔会。
左起 郝昭庆、刁永泉、京夫、王蓬

那次聊天，不知怎么扯到家庭孩子，我刚有大女儿，张敏、周矢都是两个孩子，陈忠实是三个孩子，问到京夫，他一脸悲壮地说："五个。"

"你咋那么多？"

"文革那几年没事干嘛。"京夫仍一本正经。

"哗"大家几乎笑断了气。

五个孩子咋养活呢？我听着都在心里替京夫犯愁，农村多年我深知农民有多贫困，少吃没穿，不仅是所谓"三年灾害"，我从 1958 年到 1982 年都在农村，24 年中直到土地承包才彻底解决吃饭问题。每年春荒几个月，谁家都是东挪西借，半糠半菜，日子难熬得很。我呆的还是汉中农村较好

的地方，不时有西安外婆亲友接济，还苦苦挣扎。京夫呆的商洛比汉中差，日子更难熬，家在农村，父母又划成富农，阶级敌人，怄多少闲气。他虽然当教师，多年挨整，收入低，负担重，人咋笑得起来。

用贾平凹的话说："他是从最基层上来的，我们差不多同一个时期开始创作的，他是第一个从商洛山区走出的作家，他很正直，没有是非，为人耿直，敢于说话，很厚道，人品在作家中评价特别高，文章道德都是一流的。

"我觉得他一生命不好，年轻时在文革中受了很多苦，后来搞创作，要养活五个孩子，生活很困难。我刚才在来的路上还说，他也就最多有十年不为生活熬煎，但是绝对谈不上过得多舒服。"

我亲历的与京夫相关的几件事情最说明问题。一件是几年后我在北京鲁院上学时，假期开会遇到京夫，他让我向同学、山西作家张石山问好。起因是张石山曾接济过他上百斤粮票。现在人很难理解粮票有多重要，当时全国男女老幼粮食定量。农村春荒时有粮票，一斤大米一角钱，没粮票黑市米一块钱，大多数人每月工资三四十块。我认识陈忠实、京夫、李凤杰、邹志安时，他们的工资都是三十九块钱。1978年各单位百分之五的人调一级工资，涨五元钱，闹得像发生一次战争。那会百斤粮票春荒可救一家人命。我在农村时，在外面的两个姐姐拼命节约粮票接济春荒。张石山是因为开火车每月供粮52斤，加之走南闯北灵活，开会认识京夫，闲聊知道家里困难，才送了百斤粮票。我从这件事上知道张石山义气，是条汉子，故交好至今。

我保存着与多位文友间的通信，其中京夫的一封信如下：

王蓬兄：近好。

又得麻烦您了，去年我的书以征订惨败告终，今年他们又一

次征订，是最后的机会了，我怕又成问题，特请您伸出援助之手了。

现寄上订单一份，您可直接去书店，费点口舌，做点争取工作，或请您们的局长帮忙，批个字，直接让书店填了，再直接寄我，因为正常渠道已过，只能由我再交省店陕版科了。

就此劳驾，如能订100~200册，功莫大焉。

颂文祺

京夫

90.5.7

帮文友去书店订书，有几年几乎成了我一件常态性工作。陕西同代作家、鲁院、北大同学、开会结识的各地文友，但凡寄来征订单，都尽量帮忙奔波。也有个得力条件是我与汉中地区新华书店经理交好，他们有与各县区书店的发行渠道，再是计划经济并未完全破除，大中学校的图书馆每年仍有一定配置，一种图书征订二三百册并无问题。另外，我爱人与两个孩子"农转非"，我没找人给她解决工作，而是在汉中市区中学巷经营了一个书摊，也能给朋友帮忙销书。那些年也的确给天南海北的文友们帮过不少忙。事隔多年，仍不难从京夫的来信中看出在社会转型时期，作家遭遇的困窘。

另一件事是若干年后，曾任陕西省委宣传部部长胡悦在汉中当市长时，有次问我认识京夫吗？我说是好朋友，胡悦说他在省委办公厅工作时，接到京夫一封来信，述说几个子女没有工作，家庭生活困难，希望帮助解决。那会虽有了个体下海经商的机制，但并非人皆可为。京夫一家从商洛山区"农转非"到车水马龙的西安，能适应就要费把劲。"长安居，大不易"给领导写信救助恐怕也是实出无奈之举。

胡悦素有人文情怀，诚心给京夫帮忙，于是趁"陕军东征"声誉正隆，京夫又为五虎将之一。找机会把信让时任省委书记的张勃兴批了，才给京夫解决了问题。话说回来，京夫创作若无成绩，恐怕也无自信给领导反映困难。说到底正应一句古语："先自助之后天助之。"且看京夫是如何自助的？我以为用沉默中的爆发来形容比较合适。

因为之前我就和京夫熟悉，所以这次在读书班早晚相处，已无话不谈。京夫表面沉默寡言，其实善于思考，心中有数，对于创作需要把控突破的地方常仔细琢磨。他人很含蓄，话少，朋友们在一块的时候，别人说他不

2001 年全国第六次作代会。

左起 红柯、王蓬、李凤杰、王愚、京夫、曹谷溪、耿翔、叶广芩

说，只安静听着，但偶尔说一句你会发现他很注意别人讲话，他说的这句恰是别人遗忘和最重要的，就很逗人笑，有一种内在幽默。但他在艺术创作上从不马虎，尽情舒发着他深沉的思考和燃烧的激情。京夫写的都是严肃作品，深刻反映社会和改革进程中人的心理矛盾、社会心理变迁，很敏锐很准确，他是认真关注社会变迁与人的命运的作家。

早在 1977 年春，《陕西文艺》召开的创作会议结束，留下京夫、莫伸、和我修改稿件。莫伸改的是成名作《人民的歌手》，京夫改的是《深深的脚印》，我改的是《学医记》，这几个短篇小说都发表在《陕西文艺》1977年 5 月号上。修改时，我们曾互相阅读，互提意见，很见效果。所以这次在读书班上也很自然地交换对作品的意见。我至今记得他说短篇小说选材太重要，从开始就要找好切入点，环环相扣，不露声色，才有艺术打击力。有时散步，他会突然停下来，对我说短篇小说的语言要精炼，精炼了才可回味，平凹把握住了。忠实小说有气势，学不来。一个作家要有自己的东西才能站住脚。可见他随时都在琢磨思考着问题。

那次读书班结束后，商洛开文学创作会，要京夫请几个人去讲课。京夫一说，大家都愿去，记得有西安的张敏、周矢几位。那是我第一次去商洛，冬天，天气很冷，当时路况车况都很差，翻越秦岭，过黑龙口，我注意沿途景物，农村折腾得十分凋零，商县县城也破败陈旧。想着京夫在这种环境要养一大家人，再搞创作，真不容易。

这次在读书班京夫写的就是那篇在全国获奖，给他带来巨大声誉的短篇小说《手杖》，我写的是短篇小说《猎熊记》。这两个短篇小说都发表在《延河》1980 年元月号上，这期共发短篇小说 10 篇，《手杖》是头题，《猎熊记》排在第 4 篇，还有莫伸、张虹、周矢、李小巴等人的作品。早在互相阅读时，我就深感《手杖》选材奇特，以小见大，描写精致，把控从容，只有真正掌握短篇小说创作规律，才有此手笔。我明显感到京夫的小说创

作踏上了稳步攀升的道路，并
将进入丰收期，攀跃上一个崭
新的高度和水准。

果然，京夫的《手杖》是
陕西继莫伸的《窗口》、贾平凹
的《满月儿》获全国首届短篇
小说奖、陈忠实的《信任》获
第二届短篇小说获之后，第四
个获得全国短篇小说奖的作家，
其时文学正值高潮，为全国注
目，京夫也一举成名。著名作
家杜鹏程评价《手杖》"短篇有
长篇的容量"。紧接着，京夫又
在全国大报《光明日报》发表
短篇小说《娘》，一个整版，反
响很大，十分轰动。著名作家
王蒙读了以后，十分惊讶作者
的才华。《娘》获 1981 年"当
代文学奖"，标志着京夫创作进
入了一个爆发期。

1985 年，京夫由原商县文
创室调入省作协从事专业创作
后，开始了长篇小说的创作。
这便是"陕军东征"五部力作
之一的《八里情仇》。小说所描

《手杖》刊影

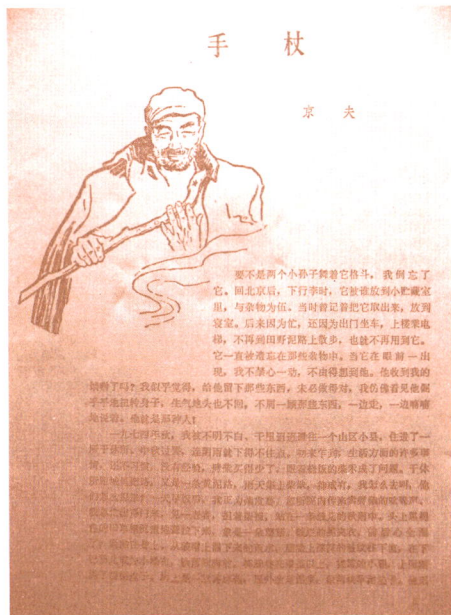

1980 年《延河》1 期目录

写的是两个家庭三代人的恩怨，故事发生于汉江岸上一个叫八里镇的小地方。爱的痛苦、兽性对人性的虐杀、哈姆莱特式的毁灭及其对命运的抗争，使全部作品充分显示了西部生活的神秘和丰富。作品既表达了对命运的抗争，也蕴涵了西部生活的神秘和丰富；既有爱的古典与浪漫，又有大千世界的荒诞与不经，还有悲悯情怀和对未来的思索。有较深厚的思想意蕴，塑造的人物性格鲜明，有较强的感染力。该书是中国西部作家精品文库之一，也是当年陕军东征的力作。这一时期，京夫还推出写小城文化人的嬗变长篇小说《文化层》《新女》《红娘》；短篇小说集《深深的脚印》《天书》；散文集《海贝》等作品。题材涉猎广泛，内容扎实，在全国有广泛影响，作品深为读者所喜爱。京夫以自己的创作实绩和成就，树立起了一位平民作家为特色的形象，成为当代陕西文学的中坚和主将，也成为中国当代文坛有重要影响的实力派作家。

京夫来过几次汉中，每次总要来我家里看看，我俩家属都曾"农转非"，京夫深知中间的困难，失去农村土地，进城没有工作，再养一家老小，十分不易，这也是他关注我的原因。我因只有两个女儿，怕求人，让爱人摆了几年书摊解决了难题。京夫听到后对我说，汉中还好，西安难弄，想想也是。

1993年省作协召开第四次作代会，我当选副主席，却没有京夫，不少人为京夫鸣不平，我见他都不好意思。倒是京夫主动对我说，主席团不能全从作协大院产生，陕南、陕北要兼顾。后来，京夫成为省作协党组成员。1994年陈忠实想把散文研讨会放在汉中开，我自然全力以赴。这年10月，"汉水之源"散文笔会在汉中隆重召开，陈忠实带着京夫、刘成章、冯积岐、朱鸿、张虹、张艳茜、李佩芝、宋学敏等30多人，加上汉中作者全省60余名散文作家与会。我作为这次会议主办方的主角，亦想尽量把事办好，大家畅所欲言，各述己见，参观访问，安排篝火晚会，都很愉快。

会上忙中偷闲，仍与京夫私下交流，他说家庭房子、孩子工作都安顿好了，下来要好好写点东西，看得出来，那段京夫心情不错，眉头舒展，还不时流露出笑意，我也替他高兴。

后来，大家各自忙碌，互赠作品，收到京夫长篇小说《鹿鸣》（上海人民出版社 2007 年 4 月）描写的是主人公林明遵照父亲的遗嘱，对一群来自野生、备受人为磨难的鹿群实施放归

1994 年 10 月京夫、陈忠实、王蓬在汉中拜将坛

自然行动。在寻找放归地——森林的漫漫征途中，鹿群受到了几股力量的围追、杀戮和残害。追捕与反追捕的较量历时两年之久，逃往的地区有丘陵、荒原、高原、沙漠与草原，行程上万公里。肩负使命的林明和他的助手秀妮，经历了无数的磨难与挫折，然而这次放归行动最终却成为一种悲壮。小说《鹿鸣》故事曲折离奇，情节起伏跌宕，既有动物与人的亲善与和谐、灵性与天趣，又有生态失衡带来的灾难与忧患；既有雪域高原与浩瀚大漠的传奇人物与爱情绝唱，又有父子相见、兄妹邂逅的人生际遇；既有爱的古典与浪漫，又有遭遇爱的蹊跷与大千世界的荒诞与不经……这是京夫为他钟爱的世界留下的一幅理想的关于环境、生态、人与动物合谐相

处的画卷。

贾平凹说："我看完《鹿鸣》，感觉到他还想在写作上寻求变化，作为一个老作家求变是很难的，我觉得这个人生命力应该是很顽强的，没想到这部长篇是他最后一部。"

陈忠实说："我们俩同龄，对文学信心都很高，是无所不聊的朋友。我俩创作历程也大体相同，先写短片，后写中篇、长篇，我写《白鹿原》，他写《八里情仇》，到陕军东征，我俩一人一部长篇，都产生了全国性影响，到今天，我们的交情已经快 40 年了，几十年转眼就过去了。他是一个严格意义上的现实主义创作者，作品都是在关怀人与自然的关系，始终和时代是贴近的，关注时代的流动，尤其是人的生存状态。"

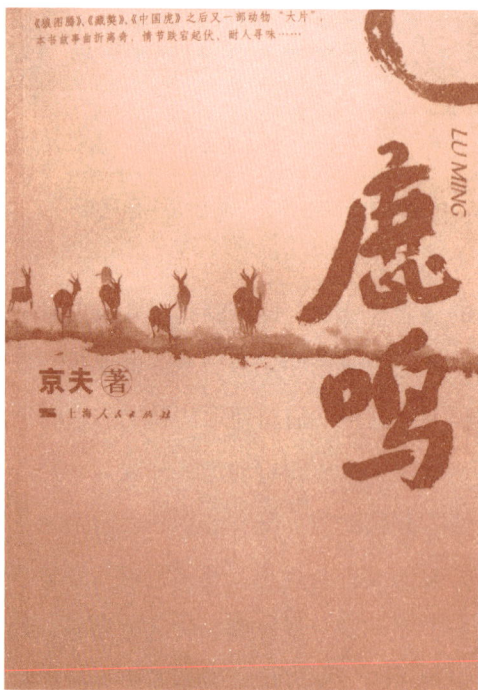

京夫长篇小说《鹿鸣》书影

徐岳曾撰文说京夫："他是个不爱说话的人，我也不是没话找话说的人。多年同他住一个单元，朝夕相见；彼此都知道彼此是朋友，但见面一笑而过。有一次，他给《延河》一个万把字的小说，我在通稿时给删去一千多字。我想，京夫看了肯定不高兴。发刊后，我以开玩笑的方式说，"我把你一千多字的稿费删了！"他还我一个商州人软和的笑，"没有呀，没有！"

2008 年，京夫溘然病逝，年仅 66 岁。可惜的是当时我

探访丝路远在新疆，没赶上为京夫这位兄长送行，想着京夫一生尽管性情沉默，生命却曾为钟爱的文学尽情绽放过。在文学这个涉及人类灵魂的领域，留下一串深深的脚印，这就够了。

劳累一生的京夫可以静静地去安睡了，那里，无人惊扰。

京夫小传

　　京夫（1942—2008）陕西商州人。中共党员。1960 年毕业于商州师范学校。历任商州市中小学教师、文艺创作室主任，陕西省作协党组成员及第三、四届常务理事。专业作家，文学创作一级。享受政府特殊津贴。1974 年开始发表作品。1982 年加入中国作家协会。著有长篇小说《新女》《文化层》《红娘》《八里情仇》；短篇小说集《深深的脚印》《天书》；散文集《海贝》等作品。中短篇小说集《京夫小说精选》，中篇小说《白喜事》等。《手杖》获 1980 年全国优秀短篇小说奖，《娘》获 1981 年当代文学奖，《在治安办公室里》获金盾文学奖等。与陈忠实、贾平凹等陕西作家的作品引发了"陕军东征"现象，震动了中国文坛。

（见《中国作家大辞典》803 页，中国文联出版社 1999 年 12 月第一版）

2016 年 5 月上旬于汉水之畔无为居

蒋金彦：对故土的眷恋

怀念金彦

2009 年 10 月，正是那种让人生厌的连阴雨天，我正生病躺在医院病床输液，突然接到西安陈忠实电话："王蓬，给你说个事，蒋金彦走了，我去送他刚回来，咱们那张照片上眼睁睁走了四个，哎呀，要多保重。"

陈忠实所说那张照片就是指 1980 年陕西作协在秦岭太白举办的农村题材重点作者会议，与会的路遥、陈忠实、贾平凹、王蓬、京夫、邹志安、蒋金彦、徐岳、王晓新一张合影。其时陕西作家群刚从三秦大地崛起，新人林立，名篇迭出，很引起了些喝彩，也引起全国文学界关注。这幅九位陕西青年作家的合影，历史地记录着这个朝气蓬勃的群体和那个风起云涌的时代。正是这个群体不断捧出力作，为三秦大地赢来一次又一次的荣耀。

　　可惜 1992 年，在不到一个月的时间里，42 岁的路遥和 46 岁的邹志安相继去世，曾在中国文坛掀起久久不息的波澜，去年（2008 年）66 岁的京夫走了，这次又是金彦，惟感宽慰的是金彦 1937 年出生，73 岁。"人生七十古来稀"。对多年患心脏病的金彦来说还算长寿。

　　金彦出生在汉中南郑濂水流域一个叫蒋沟的丘陵山村，那一带最具陕南特色，农舍一律土墙黛瓦，一溜三五间不等，旁则有牛栏、鸡舍、猪圈、柴垛，房前屋后漫生着竹林果园，再就是层层的梯田了。春耕时节，灌满溪水的田块晃若明镜，憨拙肥健的水牛便在鞭声中摇头晃脑，儿时的岁月也在各家飘升的岁月中周而复始。

　　这种环境最宜培养梦幻与诗情。金彦曾告诉我，蒋家系当地大户，耕读传家，影响一方，他五岁启蒙跟办私塾的爷爷描红练字，做诗对联，很受了些传统文化教育。后来，在土地改革的暴风骤雨中，家道中落，他小时也曾放牛、捡粪、割草、捉螃蟹，稍大便割麦、插秧、打短工，少年时代对文学产生深切眷恋，中学便开始写稿挣学费，硬是凭磨烂无数笔尖才苦苦支撑了学业。所以，金彦先生对于文学的热爱中又深含感激，这是没有经历过那个时代的人很难体会的。

　　我和蒋金彦先生在新时期文学大潮中相遇，那时我还在农村务农，作为来自同一个地方的汉中人，他理所应当是我的兄长和老师，给了我许多切实的帮助和鼓励。记得 1979 年，我们同时参加为期三个月的陕西作协读书会。我就是那时认识的金彦，朝夕相处，很谈得来，印象至深是金彦先生受过系统的正规教育，又做过多年老师，熟知中外文学史，写作讲求章法，从不乱用典故。我们曾互看新作，他的手稿不仅字迹恭正，连标点都一丝不苟，使我受益匪浅。

　　蒋金彦先生凭扎实的创作功底和丰富的创作经验，为新时期陕西文坛贡献了杰出的短篇小说《秦中吟》《三人行》《断肠人在天涯》等，在《人

1980 年陕西作家群。

左起 京夫、路遥、蒋金彦、徐岳、邹志安、陈忠实、王蓬、贾平凹、王晓新

1985 年在宝鸡。

左起 商子秦、蒋金彦、莫伸、李凤杰、路遥

民文学》《延河》《上海文学》发表，并被《小说选刊》选登，中央人民广播电台播出，轰动一时，很为陕西文学争得光彩。

同在那张照片上的徐岳曾评论："蒋金彦在文革前就发过短篇《石头记》，进入新时期，来势很猛，时间不长，就在《延河》上发了很有分量的三个短篇，我为他在《陕报》上写过《三篇三大步》评论。"

要说在当时的陕西作家群中，徐岳与金彦比较接近，首先是年龄接近，蒋金彦是 1937 出生，徐岳是 1939 出生；两人都于"文革"前毕业于陕西师范大学中文系。都有历任教师、文艺创作组专业文化干事的阅历，都于上世纪五十年代便开始发表作品，有较强文学理论修养。蒋金彦当时是宝鸡市创作研究室主任，《西秦文学》主编，徐岳已调任《延河》编辑部，先后任编辑、小说组组长、最后从《延河》主编位置上退休。在新时期陕西作家群形成的过程中，他们两位应算老师级别的人物。我就很得到过徐岳的教益，记得我曾向《延河》投过一篇较长的短篇小说《第九段邮路》，徐岳看后利用我来西安的机会，晚上到作协招待所与我谈这篇小说的得失。印象至深的是他谈的是中短篇小说的区别不仅仅在字数多少，更在于选材和结构。短篇小说万字以内，最好五六千字，截取一个生活断面、一个场景，几个人物的一次偶然交集，完全通过性格化的语言展示其性格特征，把大量的内容留给读者，他以《延河》老编辑张沼清 1962 年在《延河》发表的短篇小说《长安酒家》为例讲构思的重要。至于中篇小说，徐岳则强调一定要摆场景，给读者展示生活的框架，让人物在设置的场景展示性格和命运。最后，他建议我把长达 18000 字的短篇小说《第九段邮路》充实为中篇小说。真正听君一席话，胜读十年书。让我有茅塞顿开之感，后来我把这个短篇小说扩展为 4 万多字的中篇小说，不仅发在大型文学期刊重庆《红岩》1984 年 3 期头条，还收进多家选本。徐岳自身的创作由于有理论修养，写什么都很讲究。在太白会议上，我记得贾平凹在评论徐岳作品

时打了个比喻，说徐岳无论写什么都很精致，像牛铃锁子铁，明光闪亮，让人喜爱。徐岳著有散文集《十七岁那年》，长篇传记文学《任超传》等。儿童小说集《小门长》获陕西省优秀图书奖，《生命山中历险记》获陕西省火炬文学奖，《山羊和西瓜的故事》获《文汇报》小说征文奖，长篇传记文学《胡星元传》获陕西省"双五"文学奖。

若把蒋金彦与徐岳相比，可以看出两人都有较强文学理论修养，但两人还有不同之处，蒋金彦与徐岳虽然都在关中西府宝鸡地区工作生活多年，但蒋金彦的故乡却在另外一个地理单元汉中盆地。他在故乡度过青少年时代，源远流长的祖脉，亲情浓郁的家乡，南北融和、风俗独特的故土都让他深切的眷恋，再是多年在关中西府工作、生活无疑对开阔眼界、积累生活都大有裨益。所以蒋金彦的作品《秦中吟》《三人行》《断肠人在天涯》等中短篇小说，内容厚重、人物丰满、情节跌宕、语言结实，显示出很扎实的文学功底。再是蒋金彦还从事过戏剧创作，其作品曾在全省会演中获奖，涉猎面广，对文学有整体认识和把握，能从理论上讲清。这点最让我钦佩，我和蒋金彦曾共同参加省作协读书会，那会各种现代派

蒋金彦的女儿蒋漫笠介绍编辑出版《蒋金彦文集》的体会 （宋晓丽 摄）

作品已流入，"朦胧诗""意识流"都盛行一时。我也采用"意识流"手法写了个短篇小说《第一次盗窃》，内容是一个接受"贫下中农"再教育的下乡知青，参加生产队夜里集体盗窃工厂木料，给生产队盖仓库，这个过程对知青思想的彻底颠覆。作品写好我首先请蒋金彦审视，他非常认真地读了一个下午，不仅改正了错别字，还归纳出几条意见。下午在散步时再对我仔细谈论。记得他首先介绍"意识流"的鼻祖乔伊斯，然后又以对"意识流"运用最好的作家茨威格为例谈此类作家作品特色，最后再对我的作品提出修改意见，给我留下很深的印象。这也是陕西作家群一个非常好的传统，在百舸争流的过程中，大家互相补台、互相成全，对陕西作家群的形成和崛起，起了十分重要的作用。

在太白文学创作会上，对每一个作家几乎都用半天时间，首先自己谈生活积累，创作追求，遇到的困惑，然后再针对这个作家讨论其作品，检讨优劣，推心置腹，令人感动，也使每个与会者都受益匪浅。

徐岳在陈忠实去世后所写文章《"恨别鸟惊心——面对陕军一张经典照片的遐想》中也回忆：我记得 1980 年在太白召开了陕军成长史上的一次重要文学创作会。宗旨很单纯，就是讨论陕军第一梯队这九位作家的农村题材小说，帮他们提高作品质量。结束那天，来自各县区的作家们在太白县招待所一个屋檐下合影留念，于是就有了被人称为陕军第一梯队的经典照，也是新时期陕军的第一张"全家福"。

太白会议直接催生的是 1981 年《延河》元月号，由陕西省作家协会主席、著名评论家胡采作序的陕西青年作家小说专号问世，推出了莫伸、路遥、王晓新、邹志安、陈忠实、王蓬、贾平凹、李天芳、京夫（按作品顺序）九位青年作家的作品。而那张"全家福"经典照片中的徐岳与蒋金彦由于年龄被归类为中年作家。《延河》也在 2 月号专门出了中年作家专辑，除了徐岳与蒋金彦，还有李小巴、峭石、赵熙、韩起、贺抒玉等。那

蒋金彦文学研讨会（宋晓丽　摄）

几年复出的老作家胡采、王汶石、杜鹏程、李若冰、余念等也不时有新作推出，形成老、中、青皆备，十分齐整的创作队伍，那也是新时期陕西作家群最有生气的阶段。

我后来才知道，徐岳与蒋金彦都患有心脏病，但他们并没有放弃文学，依旧十分挚著，十分关注陕西文学。徐岳有好多年冬天都去珠海，还曾在一所大学兼职，利用图书馆的方便，对 40 多种文学史进行阅览，从涉及陕西作家与作品的 23 种文学史，探幽发微，勾沉剪辑，缩编为一本约 30 多万字的《走进中国现当代文学史的陕西作家》，功莫大焉。

蒋金彦则把对陕南故土的思念，半个多世纪积累的块垒，用生命的最后岁月写成并出版了长篇小说《最后那个父亲》，作品很有自传体的味道，对一个家族几代人的起落沉浮做了有力的展示，尤其对主人公——最后那

个父亲做了出色的概括，其坎坷的人生遭遇，与命运的抗争和奋斗，对儿女的拳拳之心与无奈之举，有深刻的揭示与表现，是一个有典型意义的艺术形像。作品对陕南独特的风土人情，浓郁的地方特色做了有力的展示。陕西作协曾为《最后那个父亲》召开研讨会，给予这部作品很高的评价。认为作品深深植根于故乡故土，深刻地反映了秦巴山地、汉水流域的风土人情，人伦世态，成功地塑造了一个父亲的形象。整部小说有丰厚的思想内涵和很高的文学品位，是对陕西新时期文学的重要贡献。对于一个作家来讲，有一部能让人记住的作品就够了。金彦先生尽可安息。

徐岳曾著文回忆蒋金彦：他后来带病，大作不断。晚年托女儿福移居西安。偶然有人报信，他可能住在"公园天下"小区内，还没有打听到可

蒋金彦深切眷恋的故乡——南郑

靠地址，忽闻陈忠实之言，"我昨天参加了蒋金彦的追悼会，唉……"我们一时沉默无语。我知道，他是害了半辈子心脏病的人，但没想到他这么突然地丢下文学走了。

王蓬在蒋金彦文学座谈会上的发言（书面）

清明时节是汉中最美丽的季节。"每逢佳节倍思亲"，今天各界朋友聚集在蒋金彦先生的母校高台中学，共同为汉中文学前辈蒋金彦先生举办文学座谈，金彦先生的夫人偕三位女儿专程从西安赶回金彦先生的故乡南郑参与活动，更增添了浓浓的情怀。我因随央视拍《汉水汉中》，无法与会，谨向金彦先生的夫人和三位女儿深表歉意，也预祝文学座谈活动圆满成功。

蒋金彦先生是汉中文学界的前辈，早在上世纪五十年代，他在汉师读书就开始了文学创作，在《汉中日报》西安《工人文艺》发表作品，在汉中文学史上书写下最早的一笔。汉师毕业他又考取陕西师大中文系，"文革"前毕业分配至宝鸡，因创作大型剧本参加全省会演，连获大奖，为宝鸡文艺界赢得荣誉，成为宝鸡市创研室主任，《宝鸡文学报》《西秦文学》主编，并担任宝鸡市文联副主席，是陕西文学界最早一批获得正高职称的作家。这也是蒋金彦先生故乡南郑和母校高台中学的荣光，值得我们向他学习。

我们曾多次共同参加各种文学会议，最值得怀念的是我们共同参加了1980年夏举办，在陕西新时期文学史上有划时代意义的太白会议，留下那张同样有划时代意义的陕西新时期九位作家合影。如今那幅合影中蒋金彦先生和路遥、京夫、邹志安、王晓新都离我们远去，只余下陈忠实、贾平凹、徐岳和我四人，形单影孤。每当看到当年那个生机勃勃的群体，那个

蒋金彦夫人薛彩映给高台中学学生赠送《蒋金彦文集》（宋晓丽　摄）

蒋金彦夫人与获奖学生

个都意气风发的面孔，总让人无比怀念他们，怀念金彦先生。

金彦先生热爱家乡，热爱故土，关心母校高台中学的建设与发展，更关心年轻学子的培养和成长，他生前节衣缩食，把用心血挣来的 10 万元稿酬捐出来设立奖学金，表现出高洁的品质和风范，也为我们树立起值得学习的光辉榜样。

让人欣慰的是蒋金彦先生为家乡、为母校高台中学，以及为陕西新时期文学所做的贡献并没有被人遗忘、被岁月淹没，今天大家隆重的集会对蒋金彦先生和他的作品进行讨论和学习，就是最好的证明。

金彦先生能有这么多故乡的友人和学子怀念，他的作品能有这么多故乡人阅读和喜爱，足以表明金彦先生的价值和贡献。我要向金彦先生好好地学习，更要向金彦先生深深地鞠躬。

谢谢大家！

2016 年 3 月 29 日

蒋金彦小传

蒋金彦（1937—2009）陕西南郑人。中共党员。1952 年毕业于南郑高台中学，1955 年毕业于汉中师范学校，1959 年毕业于陕西师范大学中文系。历任宝鸡教师进修学校、陈仓中学、凤翔师范教师，宝鸡市文艺创作研究室戏剧及文学创作干部、室主任，宝鸡市文联《宝鸡文学报》《西秦文学》主编，宝鸡市文联副主席、副编审、编审，专业作家，文学创作一级。宝鸡市第五届政协委员，宝鸡市第九届人大常委，陕西省作家协会理事、常务理事。1954 年开始发表作品。1988 年被评

为宝鸡市管优秀专家；1995 年加入中国作家协会。著有长篇小说《最后那个父亲》，小说集《秦中吟》，中短篇小说集《断肠人在天涯》，编辑《西秦小说选》《西秦新诗选》《陈仓诗抄》等。1998 年被宝鸡市委市政府授予"有突出成绩的文学艺术家"荣誉称号。

（见《中国作家大辞典》923 页、中国文联出版社 1999 年 12 月第一版）

此文原载《衮雪》2009 年 6 期，有修订

蒿文杰：诗人的乡土情结

单纯归结于热爱或称他为乡土诗人都极难准确地概括他对于群众文化，对民间文学那种几十年如一日不顾一切、虔诚执著的追求。本来许多工作也可以不干，但蒿文杰却不，他终年四季地开展工作，不时有新奇大胆的设想计划产生，先后成立了戏曲、故事、诗歌、绘画、摄影、书法、剪纸、演出等活动小组。人员散落方圆数十里甚至邻县，全是他骑自行车在工余夜晚去组织去发动，像土改工作队那样。完全不是一时心热，组织了便有活动，油印出版《稻穗》诗页四五百期；春节狮子龙灯、中秋赛诗会、田头故事会、球赛棋赛、旅游摄影、结婚剪纸……每次活动都声势浩大，有声有色，引人注目。

村后秦岭有座哑姑庙，近年香火旺盛游人如织，他竟想用"寺庙文化"去占领阵地。多次爬山说服和尚尼姑配合，又动员民间歌手赛歌，观众愈

万，盛况空前，佛祖竟被冷落。

搞活动耗时费力，单为组成谷雨书法组，动员那些年近古稀却有功底的老人参加便非易事。每临腊月，这一带村落便摆起条案，一个个老人捋须握笔，写得幅幅鲜红对联，贴得家家春风绕梁。

一次，为通知书法组一名成员参加全国农民书法大赛，他连夜骑车去60里外的邻县山区，只知大概位置，进山沟就放开喉咙，漫山遍野呼喊，午夜把人找到，嗓腔已喊得出血。这位成员感动不已，奋力参赛，一路夺关，有三幅作品获奖。恰是由于蒿文杰像木梭般穿梭于群众之中，才编织出一个如新华社评语"生机勃勃的农民文化社团——《农二哥诗社》"。

1963年开始在农村创办《农二歌诗社》的发起人。
左起 蒿文杰、王孺牛、王蓬

1995年《人民文学》资深编辑徐光群、向前访问农二哥诗社。
左起 蒿文杰、吴全民、王蓬、徐光群、向前

　　蒿文杰卓越的成果还表现在对资料档案的收藏上。几乎所有活动都拍有照片并做文字记载。为此他专门学会摄影，购置整套冲洗照片的器械。文革中的各类小报乃至油印传单，朋友发表的诗文，文化名人的题辞和信件，全国众多报刊有关"农二哥"诗社哪怕丁点的介绍都囊括以进。浩瀚的照片和资料装璜几十面展版、几大展厅。无可分辩地论证着他组织发动过的一切活动。省地县文化会议多次前来参观，"典型"委实鼓舞。但也给蒿文杰带来无尽的麻烦。因为来人便要吃饭，全家人都拖扯进去，垒起大灶烧饭洗菜像过红白喜事般忙乱，不止一次而是隔三岔五。远处邻县参加活动的业余作者由他家管吃管住，承包的责任田年产万余斤粮竟被吃得精光！若用现代眼光，极难从这些劳累的活动中看出效益和目的。于是人们看蒿文杰也就似乎荒诞……

　　要理解他，几乎要追溯到童年。他出生在秦岭深处距张良庙极近的山村——枣木栏。这儿自古便是山歌、盘歌、锣鼓草、地社火汇聚之地；吹鼓手班子，神婆巫汉的法事道场，狩猎、丰收的喜庆场面……不可低估灿烂的山区文化对他的熏陶乃至毕生的影响。上小学起他便有诗歌、小故事在地县报纸发表，曾有过"少年诗人"的美誉。

　　之后，蒿文杰曾在兰州地质队工作。困难时期，国家减裁职工才辗转到汉中张寨安家。我读中学时，1963年曾见到蒿文杰在报纸上发表的作品羡慕不已。记得有一篇是快板《张寨新变》，学校还排了节目演出。1964年，我也回家务农了。漫长的岁月，我们都成为堕入生活底层的农民。首先得用原始沉重的工具挣工分养家糊口。我拉粪车时常见瘦条条的蒿文杰赤足挽了裤子在田地间劳作。那些年月，终年都得为"稻粱"奔波，我们都曾工余进山割柴火，打土坯；都曾被派到筑路或水利工地。那会的蒿文杰穿布疙瘩纽扣棉袄，腰间拴着草绳，潦倒却豁达。见多识广且能编快板，在百无聊赖的冬夜最受欢迎。

陈忠实多次到农二哥诗社。

左起 嵩文杰、陈忠实、王蓬

2000 年初春，王蓬、吴全民、嵩文杰在黄河壶口

2001 年王蓬与蒿文杰同时参加第五次全国作代会。一村产生两个代表，开全国先例。参加会议的陕西代表。

左起 李秀娥、李凤杰、陈忠实、王愚、蒿文杰、红柯、阎纲、王蓬、赵熙、李国平、高建群

1998 年农二哥诗社成立 35 周年，汉中市、县领导与各界人士前往祝贺。

也许正缘于此，工地成立宣传组，我和蒿文杰便同为其成员。我至今记得这样的情景：几乎每个夜晚都练写作，有了收获，不过几首小诗或一则简讯便要收工后骑车奔几十里送往报社，返回肚饥人困却话题不断。

之后，我离开农村。蒿文杰成了文化站长，仍住农村，这期间，曾在文学这条崎岖小路拥挤的青年纷纷另寻生活的位置。诗社成员搞缝纫、图书、电子技术……有的进城，有的购下商品房。蒿文杰若凭其智商、组织才能与交际能力，无论从事什么项目都注定发达，但他都没有，仍固守着文化营垒，去组织、去发动……

自然，蒿文杰也有自豪之处。自1958年发表民歌起，30年笔耕不辍，在全国50家报刊发表作品400余篇，有36篇获各种奖励。出版专集《张良庙的传说》等八部。他足迹遍布陕南山水，收集民间文学2万余件。精编成30余万字的《全国农村文化社团民间文学集成》，他创建的《农二哥诗社》拍成专题片在中央电视台播放，并被称作"为全国农村文学社团发展指明了方向"。经他推荐扶持的业余作者有40余人参加各级文学艺术协会，他本人则担任7家协会理事。汉中市政协八届、九届常委。他的工作与成绩获得了社会认可。文化界前辈与名人大家胡采、贾芝、公木、陈忠实、贾平凹、路遥、牛汉、冯骥才等都曾题辞称赞。

世间百态人各有志，或侧重钱财，或侧重精神，蒿文杰虽仍清贫，却精神充实，豁达顽强，于民有利，问心无愧，表现出一种存在，不失为一种潇洒。可惜的是文杰多年奔波，积劳成疾，因病不治，于2004年2月去世。让人欣慰的是由王继胜接替蒿文杰担任的汉中市民间文化家协会主席，由蒿文杰儿子蒿柔刚接替的农二哥诗社社长后，仍然把民间文化和诗社活动搞得生机勃勃，这也是对蒿文杰的极大安慰。

蒿文杰小传

　　蒿文杰（1945—2004），男，生于 1945 年 12 月 18 日，北京人文大学群众文化管理系毕业，曾任汉台区河东店镇文化专干，馆员职称。政协汉中市委员、汉台区常委、汉中市民间文艺家协会主席、农二哥诗社社长。1956 年开始在报刊发表文艺作品，至今有 100 多万字，出版著作 3 集。1963 年发起成立农二哥诗社，诗社成员发表作品 650 多万字，推荐 380 多人参加中、省、市、区各类协会、学会、诗社，7 次获全国文明诗社荣誉奖。收集整理民间文学作品 29000 件，主编、责编了《汉中歌谣卷》《张寨故事、歌谣、谚语》集成共 4 卷 40 万字，获全国艺术科研项目先进工作者奖。策划、参与、主持、引导汉中民俗文化庙会 16 届 86 次、研究论文多次出席全国民俗文化研讨会、文化部收编出版并获奖。出版了张良庙、哑姑山、北海庙、圣水寺故事专集、专号。1983 年以来，组建群众文化活动团队 36 个，校园文学社 54 家，自编教材 20 多万字，在大中小学作文辅导报告 200 多次。牵线搭桥救助贫困学生 26 人，个人资助 3 人读完小学、1 人读完初中、2 人读完中专；捐款并集资设立群众文化开拓奖，连续 16 年颁发 16 届，受奖者 860 多人次。曾获全国优秀辅导老师奖、全国优秀园丁奖、全国重点艺术科研项目先进个人、陕西省社会文化先进个人、陕西省德艺双馨优秀会员、汉中市有突出贡献的科技专业拔尖人才等省、市各类荣誉 71 次。2004 年 2 月因病去世。

（见《中国文艺家传集》1377 页，西南师范大学学出版社）

原载《西安晚报》1992 年 1 月 24 日，2016 年 4 月修订

后　记

这本书缘起于一次交往。

3月10日，西安出版社新任社长屈炳耀先生，在我多部书稿责任编辑李宗保先生陪同下来汉家访，一眼看到我悬挂在书房的那张1980年陕西作家群照片，即京夫、路遥、蒋金彦、徐岳、邹志安、陈忠实、王蓬、贾平凹、王晓新。听我介绍，其中已有路遥、京夫、邹志安、蒋金彦、王晓新等超过半数人离去，看到当年那个生机勃勃的群体，个个都意气风发的面孔，屈炳耀先生脸上表情变得凝重，深感痛惜。作为一个跨出大学校门，就进入出版社，从业20多年的资深出版家，深谙作家与读者的关系，互为表里，相互依存，出版社则为其间的桥梁与纽带。他当即建议我把他们都写出来，逝者已去，生者义不容辞。虽然过去也写过几位，单篇零碎，不成系统。需重做规划，通盘考虑，任何领域，皆有传承，故从老一辈算起，以亲历、亲见、亲闻为视角展示文学大省陕西作家风采。翻检整理，5篇现成、5篇修改、8篇需新写。陈忠实篇刚修订完就闻噩耗，天不假人，奈何。更感一种责任，昼夜兼程，完成书稿。再说什么都显得多余，最权威的评判只能是读者和岁月了。

最后，要特别感谢西安出版社社长屈炳耀先生与责任编辑李宗保先生，正是他们的真诚支持与有力配合，使这部纪念文友的纪实性作品集顺利出版并与读者见面。

2016年5月10日